SPD

Christian Y. Schmidt (Hg.)

Apokalypse Rot Grün

Die neueste Offenbarung der

Titanic
DAS ENDGÜLTIGE SATIREMAGAZIN

ESPRESSO VERLAG

Inhalt

Umschlag vorn Greser / Lenz / Schmitt
Vorsatz Gustke / Schmitt
Nachsatz Benjamin Schiffner
Vignetten Hilke Raddatz
Satz und Lithografie Marina Siegemund, Berlin,
auf Grundlage der Titanic-Hefte 1998 bis 2001
Druck Preses Nams Corp.
Jana Seta Printing Group, Riga
Printed in Latvia
ISBN 3-88520-798-2
www.espresso-verlag.de

Es geht los

»Wehe denen, die auf Erden wohnen und auf dem Meer! Denn der Teufel kommt zu euch hinab und hat einen großen Zorn und weiß, daß er wenig Zeit hat.« Offenbarung 12, Vers 12

Vor knapp zweitausend Jahren erlebt der Reise-Evangelist Johannes etwas Unglaubliches: Rein zufällig sieht er auf der griechischen Insel Patmos den Untergang der Welt voraus. Schnell notiert er die Einzelheiten und bietet die Reportage der Redaktion der Bibel an. Hier ist gerade Redaktionsschluß; Johannes kann seine Geschichte gerade noch auf den letzten Seiten des Mega-Sellers unterbringen. Dem Evangelisten soll seine sogenannte »Offenbarung« kein Glück bringen. Den Pulitzer-Preis, auf den er spekuliert, bekommt er nicht – Pulitzer ist noch gar nicht geboren. Statt dessen erntet Johannes viel Genörgel. Manche halten seine Story für verdammt schlecht recherchiert, etliche sogar für den Fake eines Spinners. Doch dann tritt am Ende des zweiten Jahrtausends ein, womit niemand mehr gerechnet hat: Im Herbst 1998 löst in Deutschland eine rot-grüne Regierung das Kohl-Regime ab, und alles, was der rasende Evangelist prophezeit hat, wird wahr.
»Drei unreine Geister« (Kap.16, Vers 13) kommen an die Macht, der Teufel (mit den schwarzgefärbten Haaren) Gerhard Schröder, das Tier mit den zwei Hörnern, Ziege Scharping, und das »fahle Pferd« Jockel Fischer. Die drei machen sich sofort ans Werk. Ihr Plan: die Zerstörung der Welt binnen einer Legislaturperiode. Ihre Waffen: leere Versprechungen, fürchterliches Gelaber, gräßliches Gegriene. Auf daß das Wort des Propheten erfüllet werde: »Von diesen drei Plagen ward getötet der dritte Teil der Menschen, von dem Feuer und Rauch und Schwefel, der aus ihrem Mund ging.« (Kap. 9, Vers 10)
Doch sehet und leset die Zeugnisse selbst, die zu Zeiten der scharlachrot-pestgrünen Schreckensherrschaft als neue Offenbarung niedergeschrieben wurden in der Zeitschrift der Zeitschriften, die da heißt Titanic.

Was will Schröder

Immer mehr Menschen in Deutschland wollen Gerhard Schröder wählen, und sie haben ein Recht zu wissen, warum sie Schröder eigentlich wählen wollen. Auch Gerhard Schröder würde jetzt langsam gerne mal wissen, warum ihn die Leute eigentlich wählen wollen. Es wird wohl irgendwas mit Politik zu tun haben. Schröder will etwas bewirken, er will die politische Landschaft verändern. Schröder will nicht nur den Wechsel, er will es einfach wissen. Und deshalb sagen wir ihm jetzt, was er will:

Schröder will Gerechtigkeit, aber mit Augenmaß. Was für den einen gerecht ist, ist für den anderen vielleicht ungerecht. Da muß man erst mal gucken und genau abwägen.

Schröder will die Menschenrechte in Deutschland einführen. So wie Nelson Mandela das gemacht hat. Es soll in den Polizeigefängnissen nicht mehr gefoltert werden, und wenn das nicht durchsetzbar ist, dann wenigstens nicht mehr so viel. Und es soll weniger weh tun. Niemand soll gegen seinen Willen länger als vierundzwanzig Stunden festgehalten und gefoltert werden.

Schröder will, daß der elektrische Stuhl hier in Deutschland kein »main issue« wird. »Die Todesstrafe ist mit uns Sozialdemokraten nicht machbar«, sagt Schröder. »Es gibt andere Möglichkeiten der Sühne, beispielsweise ein Parteiausschlußverfahren. Wenn ich wüßte, daß Scharping morgen hingerichtet wird, würde ich heute noch ein Apfelbäumchen essen«, sagt Schröder.

Schröder will Pressefreiheit. Der Bürger muß freien Zugang zu allen Kiosken haben. Das ist ein »essential« für Schröder. Zeitungsfritzen müssen freien Zugang zu allen Informationen über SPD-Parteitage haben.

Schröder will Zukunftstechnologien in Deutschland ansiedeln. Elektronische Sachen und Autoaschenbecherfabriken und Kofferraumhaubendeckelpreßwerke und Hutablagenüberzugbedampfereien und all so Zeug, was die bei VW dauernd brauchen.

Schröder will nichts übertreiben, aber er will Zeichen setzen. »Wenn von einem Schokoriegel gesagt wird, sein großes Plus sei ›Nuß an Nuß‹, und ich beiße dann da rein und sehe, da sind zwischen den Nüssen riesige Abstände, dann muß ich als Verbraucher aufstehen können und meine Meinung sagen«, sagt Schröder. Auf Wunsch schickt er jedem seine Meinung zu.

wirklich?

Schröder will keine PDS-geführte Regierung tolerieren. Das geht mit ihm nicht, da müßten sie sich einen anderen suchen. Schröder wird sich aber genauso wenig von der PDS tolerieren lassen. Schröder sagt: »Wenn die das tun, ist das ihre Sache, ich nehme das gar nicht zur Kenntnis.«

Schröder will die Steuerreform. Der Papierkrieg muß aufhören. Und diese Scheißformulare. Jeder soll einfach nur noch eintragen, was er zahlen möchte, und das Finanzamt teilt ihm dann den Differenzbetrag mit. Formlos, versteht sich.

Schröder will das Jahrtausend am 31. 12. 1999 offiziell beenden. Notfalls auch mit den Stimmen von PDS und DVU.

Schröder will seiner Frau keinen Ministerposten zuschanzen. »Das wäre Protektion«, sagt Schröder, und die lehnt er ab. Seine Frau hat das nicht nötig, die bekommt den Posten auch so. Schröder will überhaupt, daß die Frauen stärker in der Politik vertreten werden. Von ihm zum Beispiel, oder von Müntefering, der kennt sich mit Frauen auch ganz gut aus.

Schröder will, daß Deutschland zum Einwanderungsland wird. Für die Zeit vom 1. 5. 2000 bis 31. 10. 2000 will er einfach mal die Grenzen kostenlos öffnen lassen. Damit sich genügend Ausländer den ganzen Expo-Käse angucken können. »Einem Deutschen kann man das ja nicht zumuten«, sagt Schröder.

Schröder will das sinnlose Morden beenden. Den verdammten Zweiten Weltkrieg zum Beispiel. Da muß endlich ein Friedensvertrag her. Am besten irgendwas mit Siegermächten und Achsenmächten. Der Japs und die Nazis kriegen ihr Fett weg, der Russe die Wasserhähne und Wasserarmbanduhren.

Schröder will bessere Musik. Er wird den Vertrag zwischen der SPD und der dixielandverarbeitenden Industrie aufkündigen. »›Brüder zur Sonne zur Freiheit‹ kann man auch ganz anders spielen. Scharping hat da was entdeckt: Skiffle-Musik.« Aber gegen die Legalisierung von Marihuana ist Schröder trotzdem. »Man kann auch ohne Skiffeln fröhlich sein«, hofft Schröder.

Schröder will was von Kultur verstehen. Lange Opern, wo Frauen immer so rumschreien, oder Stadtteilfeste von SPD-Bezirksvereinen mit ihm als Überraschungsgast. Aber auch was für die Jugend. Pink Floyd, Rolling Stones und für die Kinder Tote Hosen und Hubert von Goisern.

Schröder will, daß bei der nächsten WM Matthäus von Anfang an dabei ist, und Möller soll auch noch mal eine Chance bekommen. Fußballübertragungen sollen weiterhin kostenlos sein, jedenfalls für Leute, die ihre Decoder-Gebühren bezahlt haben.

Schröder will ein Bündnis für Arbeit. Alle sollen an einem Strang ziehen. Den können sie sich bei ihrer SPD-Geschäftsstelle abholen. Ist natürlich nur symbolisch gemeint. Praktisch sieht das so aus: Wer Arbeit hat, geht hin, und wer keine hat, kommt mit und macht sich welche.

Schröder will, daß die Korken aus den Prosecco-Flaschen, die im Supermarkt falsch gelagert wurden, leichter rausgehen.

Schröder will Kanzler werden, aber demokratisch muß es zugehen. Also notfalls auch mit den Stimmen der SPD, da hat er keinerlei Berührungsängste. □

Hans Zippert

ALTERNATIVPOWER TOTAL:

Die Grünen setzen sich durch!

»Wer viel weiß, will noch mehr wissen«:

Wissen ist kein Ruhekissen!
Drei exemplarisch Tüchtige,
nach Wissen quasi Süchtige
erscheinen hier zu ihrem Lohn
als Sternchen eines Dreigestirns,
verdichten sich im Triptychon
zum Bilde *eines* Superhirns
aus Politik, Literatur
und Spitzeninfotainment »pur« –

Am obern Bildrand, aus der Fuge
zwischen Fischer und Ranicki,
starrt mit wissentrunknem Blicki
hochgelahrt die neunmalkluge
Fernsehbiene Nina Ruge
uns so humboldtsch clever an,
wie nur Nina blinzeln kann.
Linkes Auge: halb geschlossen,
schaut es schnurrend, quatsch: verdrossen
tief hinab in alle Gründe
unsres Daseins Leid und Sünde
bis hinein in jenen Mief,
da die Menschheit »Hilfe!« rief:
sei's der Günter Grass im »Faust«,
sei's der Jud im Holocaust –
doch die rechte Augenbraue
macht mit wahrhaft schopenhaue-
rischem Verve dann wieder Mut:
Hell durch diese heere Stirne
leuchtet Ninas leere Birne!
»Alles wird«, so Ruge, »gut« –

in der Tat: Mit seherischer
Kompetenz taxiert Herr Fischer
a) den Krach in Asien,
ob b) in Jugoslawien
er wohl das Toben stoppen kann,
die Dame oben poppen kann,
und wo denn c) die Lampe hängt,
die diesen blöden Schatten schenkt!

Denn neben ihm grinst feist im Schein
derselben Funzel ein Gesicht
von »kulturellem« Schwerstgewicht –
das kann nur Reich-Ranicki sein!
Und sein Gesicht spricht Bände!
»Darauf«, denkt Fischer, »ist geschissen!«
Er will nun wirklich alles wissen:
Wo hat der seine Hände?!
Und warum grinst auch Nina so
schrill oszillierend zwischen Brunft
und der praktischen Vernunft?!
Sie findet es wohl prima so!
»Spot an!« brummt Fischer, »los, mehr Licht!«
Doch lichter wird es leider nicht.
(Drum endet hier das Scherzgedicht.)

Thomas Gsella

Nach 16 Jahren Stillstand im Kanzlerbau haben deutsche Chef-Designer endlich wieder die Nase vorn. Mit **Schröder ™** konnte erstmals ein voll funktionsfähiger Kanzler der neuen S-Klasse in Betrieb genommen werden. Ausstattung, Verbrauch, Komfort - alles vom Feinsten und etliche Extras serienmäßig. Das Kürzel »TM« steht übrigens für »tolles Modell«, und »Schröder« steht übrigens praktisch alles.

Bis dahin war es freilich ein weiter Weg. Das Traditionsmodell **First Bismarck** fiel noch durch deutliche Mängel in der Sozialverträglichkeit auf, und die 1000-Jahres-Garantie für das österreichische Leasingmodell **Hitler Blitz** erwies sich als teuerster Flop der deutschen Kanzlerproduktion. Gegen das Nachfolgemodell **Adenauer** sprach allein schon das Designerkonzept »Keine Experimente«, und der schon fast vergessene **Kohl Truck** zeigte, daß man den deutschen Kanzlermarkt auf Dauer nicht mit bloßer Masse statt Klasse beeindrucken kann.

Jetzt wird neu durchgestartet: **Schröder ™** ist der Prototyp einer völlig neuen Kanzlergeneration. Ein Kanzler vom Reißbrett. Er vereinigt die beliebtesten Extras aller derzeit käuflichen Erfolgsmodelle aus Politik, Sport und Unterhaltung, ein radikaler Kompromiß aus Bodenhaftung und Schlüpfrigkeit, auffälliger Eleganz und unauffälliger Effizienz, beeindruckender Flexibilität und total toller Torsionssteifigkeit.

Der Schröder steckt wie immer im Detail – darüber informiert Sie unser bereits von Ihnen aufgeklappter Farbprospekt »Der Cyborg-Sozi«.

Hairstyle

Schröder™ bei seiner ersten Testfahrt in den USA. Der noch unfrisierte »Erlkönig« (li.) war zunächst als beige Hardtop-Version unterwegs und nur für Fachleute identifizierbar. Problem: deutsche Haarteil-Zulieferer konnten nicht termingerecht liefern. Erst der Stufenheckschnitt von Oscar-Preisträger Mel Gibson (re.) verleiht der deutschen Kanzlerkreation den weltweit einmaligen c_w-Wert von 0,0.

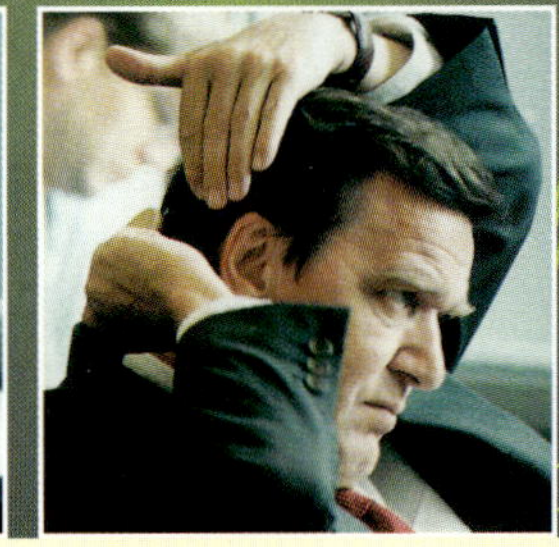

Test im Windkanal: nur wenn das Verdeck oben festgetackert (li.), seitlich vernietet und vernoppt wird (mi.) und hinten ordnungsgemäß einrastet (re.), kann kein Wind ins Kanzlerinnere rein. Dann kommt er hinten auch nicht raus. (Entschuldigen Sie bitte das Fachchinesisch.)

Der CYBO

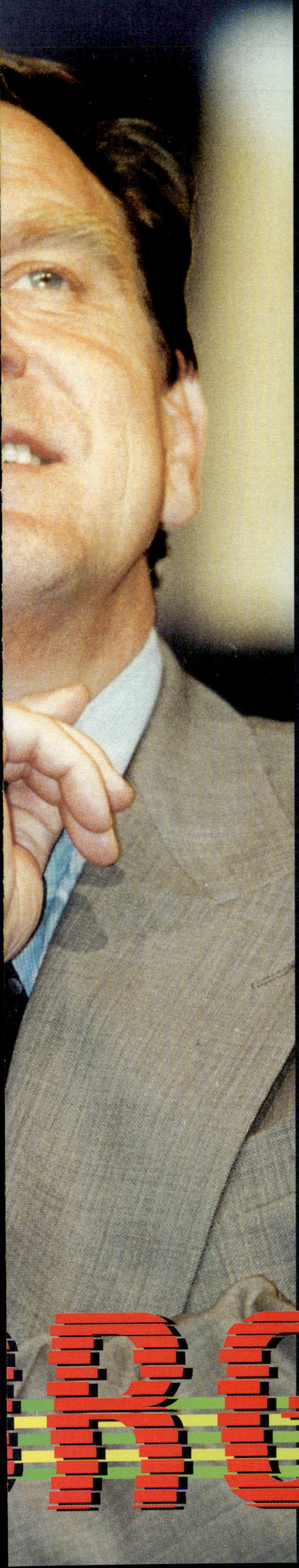

Eyeline

Für die augenfällige Optik kam nur ein Zulieferer in Frage: das Leimener Auslaufmodell Boris Becker, es stand zum Ausschlachten zur Verfügung. Die reflektierenden Rallyestreifen über den Blaulichtern garantieren passive Sicherheit auch bei stärkster Benebelung (bis 3,5 ‰).

Sehelemente

Sehen und gesehen werden: Ohne strahlende Sehelemente wirkt der Kanzlerrohling noch merkwürdig leblos (li.). Mit wirkt er jedoch vergleichsweise lebendig. Kleiner Wermutstropfen: Die Blickrichtung läßt sich nur manuell regulieren (mi.), und die Tränensäcke müssen ständig von Hand geleert werden (re.). Hier hätte eine einfache Pupillenwaschanlage Wunder gewirkt, aber Wunder dauern auch bei **Schröder™** etwas länger.

Frontspoiler

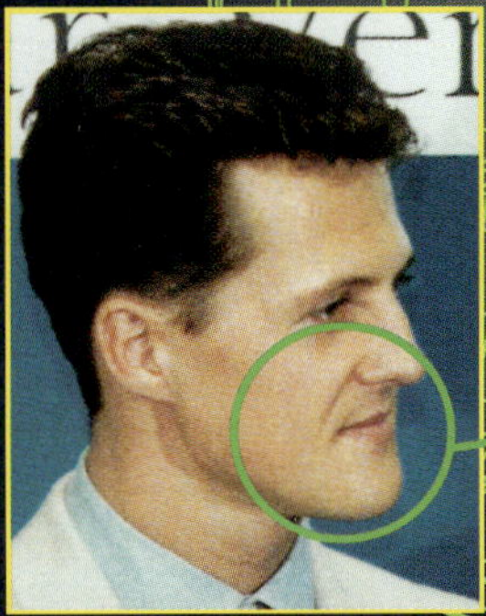

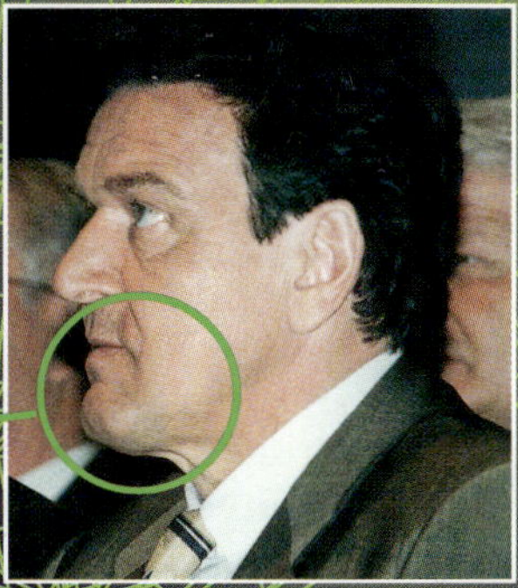

Unzählige Crashtests waren nötig, um die anfällige Frontpartie zur Schröderreife zu entwickeln. Erst Crashtest-Dummy »Schumi I« fand Gnade vor den Augen der Kanzlerdesigner. Sein aggressiver Frontspoiler verschafft **Schröder™** eine sensationelle Bremsspurtreue – so kommt er selbst bei Bundestagsregen nie ins Schleudern.

RG-Sozi

Winkelemente

Auch wenn die Aerodynamik leidet: ein gut sichtbares Winkelement ist unverzichtbar. So können Verkehrsteilnehmer sofort erkennen, wo der neue **Schröder™** »geparkt« ist. Als Lieferant kam als einziger Harald Juhnke in Frage, der mit einer einzigen Handbewegung sogar gleich zwei »sicherstellen« kann.

In Ausnahmefällen (»Happy hour«) wird das Führerfahrzeug mit einem zweiten Antrieb synchron geschaltet – eine doppelte Staatsführerschaft, die schon die Erbauer der Autobahnen zu schätzen wußten: »Gib Gas, wir woll'n Spaß«.

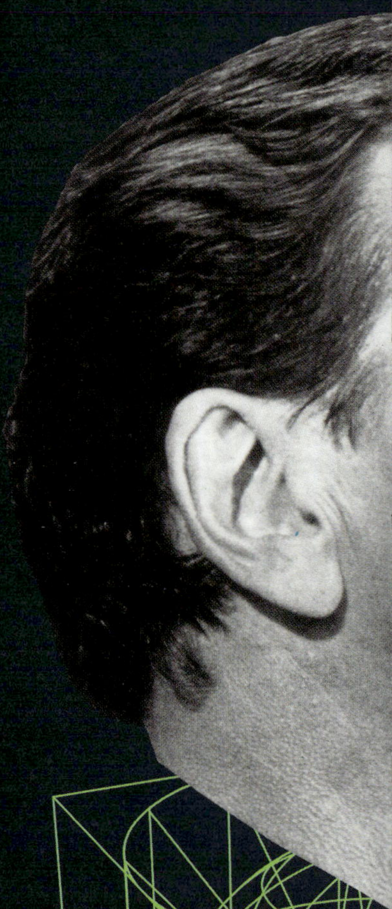

Ansaugstutzen

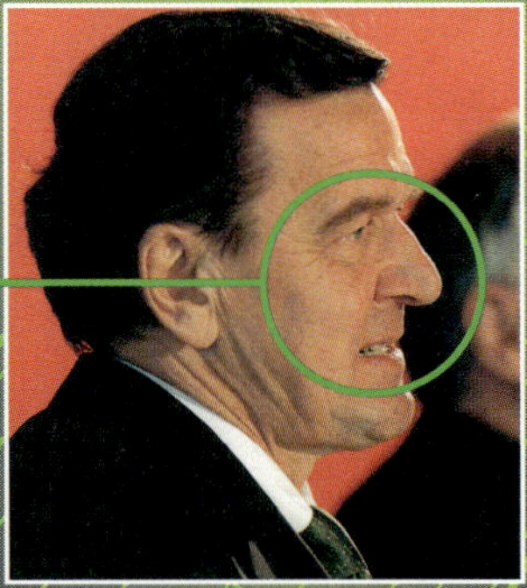

Optisch gefällt der **Schröder™** auf Anhieb: den Kühler ziert ein gewaltiger Ansaugstutzen aus der vielgelobten Glamour-Baureihe »Gottschalk XXL«. Mit dieser außenliegenden Doppellufthutze kommt immer ausreichend Luft in den Turbolader.

Großer Wermutstropfen: Die Abgassonderuntersuchung (li.) muß von Hand durchgeführt werden, denn nur Handarbeit garantiert, daß beim Ausfall einer Hutze (re.) wenigstens noch die andere Nothutze zischen tut. Ein Sauerstoffmangel im Getriebe könnte Totalausfall bedeuten. Das wäre ein Super-GAU, denn als Ersatz steht nur ein Ökomodell auf Mineralwasserbasis bereit: das Josh-Car Fischer.

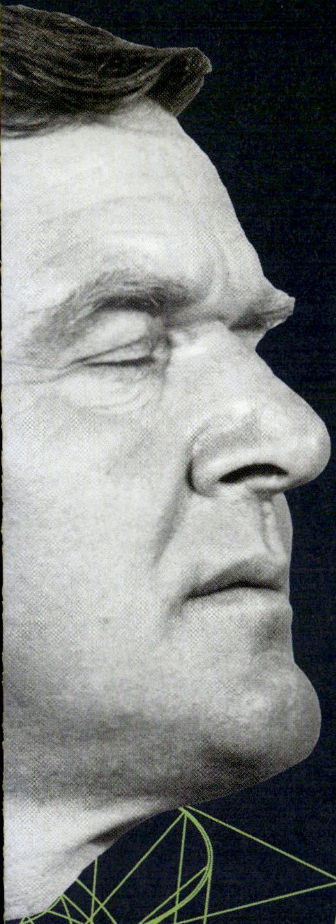

Hörwerk

Das tiefhängende Hörwerk des **Schröder™** stammt direkt vom Cockpit des legendären »Genschman«-Modells. Mit diesen schnittig designten Sportohren kann man sogar das Gras welken hören. Der fleischige Spritzlappen unterhalb der markanten Öffnung sorgt für saubere Akustik.

Übergroßer Wermutstropfen für Genschman: die Kassenprothese kostet ihn keinen Pfennig, und er kann sogar Englisch hören. Allerdings versteht er nach wie vor kein »word« (engl.) – leider ganz schön ermüdend für den Alten.

Finish

Irgendwas fehlt beim ersten Probelauf. Der **Schröder™** ist technisch zwar okay und springt schon nach kurzem Orgeln an – die Laufleistung jedoch ist enttäuschend. Grund: die teergelbe Grundausstattung in der unbeleuchteten Mundhöhle ist kaum erkennbar.

Abhilfe schafft hier der berüchtigte Schrotthändler Dieter Bohlen (li.). Für nur »zehn Lappen« stellt der seine Designer-Kauleiste »Modern Smiling« in Metallicperlweiß zur Verfügung, wofür sich eine strahlende Kanzlerlimousine (re.) per Fanpost bedankt.

Letzte Hand

Damit überzeugt der in moderner Modulbauweise gefertigte **Schröder™**: der Kunstkopf mit Cyber-Face ist jederzeit von Hand selbst montierbar: »Sitzt, paßt, wackelt und hat Luft!« Besser als wenn man sich jeden Morgen von seiner Frau den Kopf waschen lassen muß!

Start

Glanzvolle Premiere des **Schröder™** auf der Internationalen Kanzlerausstellung: Chefkonstrukteur Dr. Frankenstein tauft ihn auf den Namen »Gerhard« und gratuliert seinem Produkt zur sofortigen Auslieferung an die SPD. Der angeschlagene Kanzlerwahlverein hat auf den robusten Boliden gerade noch gewartet – an der Spitze ist noch eine Parklücke frei.

Bernd Eilert / Oliver Maria Schmitt

»Sehr

Was um Himmels willen will Gerhard Schröder denn nun überhaupt? Das weiß noch immer niemand. Wirklich niemand? Doch! Es gibt 26 Menschen, die es wissen könnten. Prominente wie Joschka Fischer, Günter Grass, Richard von Weizsäcker, Shimon Peres, Frederik Forsyth und Sebastian Schulz, der berühmte Erstwähler aus Magdeburg. Sie alle haben in letzter Zeit einen offenen Brief von Gerhard Schröder bekommen. Natürlich nicht per Post, denn die befördert keine offenen Briefe, sondern in Buchform und für 29,80 Mark. Darin erläutert Schröder erstmals in aller gebotenen Deutlichkeit, wer, wie, wann, was, warum und weshalb überhaupt. Freilich: Einer wie Schröder hat natürlich viel mehr Tinte auf dem Füller, als 200 Buchseiten fassen können. Ehrensache, daß TITANIC exklusiv die übriggebliebenen »Briefe für ein modernes Deutschland« druckt.

Sehr lieber Axel Schulz,

Gewalt ist keine Lösung, das wissen Sie so gut wie ich. Aber Sie kann einen Heidenspaß machen, wenn Sie so kunstvoll choreografiert daherkommt, wie das bei Ihnen der Fall ist.

Ich muß Ihnen unumwunden meine Begeisterung eingestehen: So, wie Sie drauflos dreschen, kriege ich allein vom Zusehen Lust auf mehr. Ja, da würde auch ich gern mal wieder so richtig was auf die Fresse kriegen, mir ordentlich aufs Maul geben und die sprichwörtlichen Möbel geraderücken lassen. Immer feste druff!

Meine Güte, zack, zack, aua, bumm, peng, platsch. Mir einfach derart gegen die Birne dreschen lassen, daß mir schwarz vor Augen wird und ich Sterne sehen bis ich schließlich, vom Schmerz betäubt, zu Boden gehe, wo ich in einer Lache meines eigenen Blutes bewußtlos liegenbleibe. Aber nur, bis der Ringrichter bis kurz vor Zehn gezählt hat. Dann springe ich wieder auf, um mir von Ihnen, lieber Axel Schulz, noch einmal ordentlich was vor die Sprechanlage zimmern zu lassen.

Das sind natürlich alles nur Phantasien, und Ihnen ist so klar wie mir, daß Sie in dem Moment, wo Sie, sehr lieber Axel Schulz, auch nur andeutungsweise versuchen sollten, mir irgend etwas derartiges angedeihen zu lassen, sofort von meinen Bodyguards zum Vollinvaliden gemacht werden würden.

Aber warum erzähle ich Ihnen das alles überhaupt? Ich weiß es ehrlich gesagt auch nicht so genau. Aber das ist eigentlich auch nicht so wichtig. Wichtig ist doch, daß ich jetzt endlich mal Kanzler werde. Und ich finde, darin sind wir zwei beiden Schlawiner uns schon verdammt ähnlich: Wir wollen gewinnen um jeden Preis. Der eine mit der Macht des Wortes, und ich wenn's sein muß auch mit roher Gewalt. Gehen wir nach der Wahl mal gemeinsam einen verkloppen?

Es freut sich schon tierisch:

Ihr Gerhard »linker Haken« Schröder

eehrtes Arschloch!«

Sehr geehrter Herr DJ Dr. Motte,

es soll ja noch immer Leute geben, die einen mittleren Schluckauf kriegen, wenn sie die Worte „SPD" und „House-Technomusik" in einem Atemzug sagen sollen. Da möchte man manchmal fast verzweifeln an der Starrköpfigkeit dieser unmusikalischen „Düffel-Doffel", wie mein alter Freund Herbert Wehner sie wohl genannt hätte. Statt auf unsere Einladung zur gemeinsamen Modernisierung und Innovation von U- und E-Musik einzugehen, tun sie so, als hätten wir zu Klassenkampf und Generalstreik aufgerufen – und dafür ist SPD als Unternehmerpartei der neuen Mitte nun wirklich nicht zu haben.

Dennoch habe ich natürlich mit Freude die Diskussionen verfolgt, die Sie, zusammen mit etwa einer halben Million Vertreter der jungen Generation, im Bereich des Berliner Tiergartens als „Liebes-Parade" auf den Weg gebracht haben. Ihr Motto war „Eine Welt Eine Zukunft", und, um es gleich vorweg zu sagen: Ich bin völlig Ihrer Meinung, auch und gerade bei den sogenannten unkonventionellen Ideen im Bereich des Overcrossens.

Sie, Dr. Motte, oder darf ich Du sagen, Dr. Du, Sie haben das ganz pfiffig gelöst, indem Sie sagen, der Widerspruch zwischen schweren Electro-Beats und peppigen Industrial-Noiz-Collagen auf den neuesten Transmat-Produktionen kann dem spirituellen Grundkonzept von Techno im Sinne von DJ Groovehead und seinem neuen Tech-House-Movern nur dann gerecht werden, wenn wir alle zusammen gemeinsam gerade auch in Deutschland tüchtig abraven und deep hottentotten oder was.

Um das aber noch einmal ganz klar zu sagen: niemand schätzt einen tüchtig phatten Beat mehr als ich, aber als Kind der Beat-Generation ist mir jederzeit auch eine dufte Rocknummer von unserem rumänischen Mitbürger Peter Maffay ein innerer Reichsparteitag, desgleichen ist auch der neueste Patrick-Lindner-Release „I klopf scho an dei Hintertürl zum Paradies" wahrlich Musik, die von Herzen kommt und zu Herzen geht, mit einem Wort: cooler Underground-Sound im besten Old-School-Acid-Stil. Dies sage ich in meiner Funktion als Mensch und als Sozialdemokrat.

Politik und Musik, sehr verehrter Herr Dr. Motte, haben vieles gemeinsam, z. B. hören beide mit -ik auf. Und Politik, wie ich sie verstehe, ist zwar keine Glücksverheißung, aber immerhin doch irgend so eine Wischi-Waschi-Overcross-Scheiße, wie sie bei Ihren Abendtanzveranstaltungen auch regelmäßig zu hören ist. Schließlich haben wir beide, Sie und Du bzw. ich, einiges gemeinsam. Sie haben sich durch Plattenauflegen emporgearbeitet, ich habe mich durch Rohrverlegen plattgearbeitet, und das alles nur, damit der Laden brummt und die Weiber gut drauf sind.

In diesem Sinne grüßt mit einem dreifachen „Hossa"

Dein De-Jott Gerhard Schröder

Liebe Arabella Kiesbauer,

Du hast – ich darf doch wohl Du zu Ihnen sagen, Sie kleines Luder, Sie haben in einer Ihrer letzten Sendungen etwas ganz Pfiffiges gesagt, nämlich »So, servus, danke fürs Zuschauen, ich komme morgen wieder« oder so ähnlich.
Das ist fein beobachtet und gut gesagt. Auch ich, Bella-Baby, komme von Herzen gerne und auch gerne wieder, wenn es meine knappe Zeit erlaubt. Und auch ich sage immer wieder gerne danke, denn Dankesagen, das kostet mich keinen Pfennig.
Und wenn du süße geile Schlampe mir jetzt noch sagst, daß du wie ich der Meinung bist, daß eine Energiesteuer die chemische Industrie, die ja zu den innovativsten unserer Gesellschaft zählt, über Gebühr belasten würde, dann, Arabella, würde ich Dich gerne bei einer meiner nächsten Hochzeiten kennenlernen.

Bleib dran und setz auf mich!

Dein

Lieber Joschka Fischer,

über Kleidungsfragen unterhalte ich mich am liebsten mit Dir. Denn ich weiß ja, der krawattenlose Abgeordnete, der ich selbst einmal war – anläßlich meiner ersten Bundestagsrede, als es um »Jugendprotest« ging –, und der »Turnschuhminister« haben sich immer einige Döntjes zu erzählen. Heute jedenfalls trage ich gerne Krawatten und bin auch ganz froh, daß Du die Turnschuhe inzwischen nur noch zum Marathonlauf trägst. Auch daß Du Dein Haar nicht mehr mit Mantafahrer-Mittelscheitel trägst, sondern mit Klassenstreber-Seitenscheitel, zeigt mir, daß Du mir in Sachen Angepaßtheit und Ranschleimerei in nichts nachstehst. Das verbindet natürlich. Und als Du mir neulich bei einer guten Zigarre und einem ordentlichen 1932er Pomerol St. Eglise versichert hast, daß Du Deinen Parteigenossen »diese Benzinpreisscheiße und das Pazifistenrumgespinne« auch noch austreiben wirst, da wußte ich, daß ich in Dir immer einen willfährigen Trottel habe, der für ein kleines Ministergehalt einfach alles tut.

Warum ich Dir das alles schreibe? Nun, weil ich's selbst immer noch nicht fassen kann, daß wir beide es so weit gebracht haben. Aber wenn ich es so hinschreibe, dann läuft es mir, lieber Joschka, Du kennst das – jedesmal feuchtwarm aus der Hose.

Und von dort grüßt herzlich

Dein Kumpel G. Schröder

Liebe alle meine Ex-Frauen,

Ihr werdet verstehen, wenn ich Euch hier nicht namentlich nennen kann; jede einzelne, meine Güte, das gäbe ja ein heilloses Durcheinander! Und ein Durcheinander können wir in unserm Deutschland der neuen Mitte nun wirklich nicht gebrauchen.

Was mir an Euch, liebe Ex-Frauen, immer sehr, sehr gut gefallen hat: Ihr habt weißgott einiges durchgemacht, aber seid Euch als Frau immer treu geblieben. Ich bin Euch als Mann zwar meistens alles andere als treu geblieben, speziell Dir, liebe Hillu, aber – Schwamm drüber. Das kommt in den besten Familien vor! Und Familien mit mir drin zählen ja bekanntlich naturgemäß zu den besten, wenn ich das mal so ungeniert sagen darf. Wie auch immer: Das sind alles Geschichten von gestern. Jetzt geht es um die Zukunft, geht es um Deutschland. Und Deutschland, das sind wir alle. Ihr, ich, noch mal ich, alle Frauen, aber auch Männer. Und Kinder. Die sind ja so süß!

Aber jetzt mal was anderes; nämlich worum es mir eigentlich geht, ist doch folgendes: Hör mal, Hillu! In dem alten Eichenschrank im ersten Zimmer oben rechts, gleich wenn man reinkommt, müßten noch zwei Paar caramelcremefarbene „Boss“-Socken von mir liegen. Kannst Du mir die bei Gelegenheit zuschicken? Empfänger zahlt selbstverständlich Porto, ich bin ja schließlich kein Schwein, sondern immerhin Kanzlerkandidat! Denkst Du bitte da dran? Ich weiß sonst nicht, wie es mit Deutschland, wie es mit dem Modell Europa weitergehen soll. Und daran möchtest Du doch bestimmt nicht schuld sein, oder?

Na siehst Du. Das wär's dann, schöne Grüße, auch von der Gattin. Apropos Gattin: Wißt Ihr eigentlich, was der G-Punkt ist?
Das bin ich, Euer

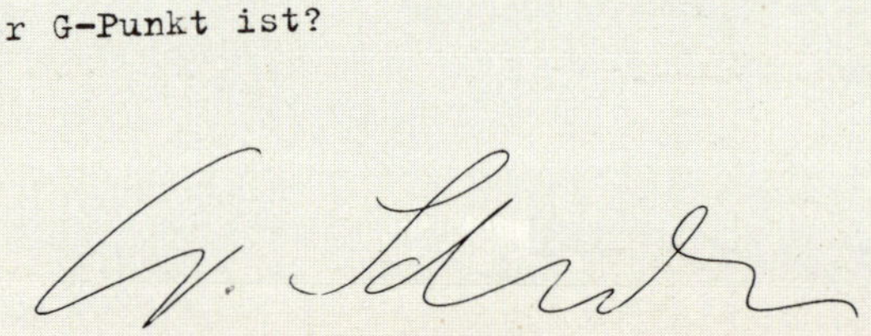

GRÜNE erzwingen Konsens!

ALLES AUSSTEIGEN, BITTE!

Eine bittere Pille mußten die Grünen zunächst schlucken: Atomkraftwerke kann man gar nicht abschalten, weil es dafür keinen Schalter gibt. Doch jetzt hat die Grünen-Spitze im Streit um den Atomausstieg überraschend sämtliche Grundpositionen ihrer Politik gegen die SPD durchdrücken können. Das geht zumindest aus einem TITANIC zugespielten Geheimvertrag zwischen Nuklearwirtschaft und Bundesregierung hervor. Und es kommt noch besser: Dank zäher Verhandlungsführung konnte Jürgen Trittin der Atommafia auch die ziemlich feste Zusage abringen, daß in den nächsten 30 Jahren höchstens zehn, aber nicht mehr als zwanzig Reaktoren neugebaut werden. Damit dürfte das Atomzeitalter in der Bundesrepublik endgültig der Vergangenheit angehören.

André Mielke / Benjamin Schiffner

Energiekonsensvertrag

Folgende Punkte werden von den Endesunterzeichneten als bindend für den Betrieb von atomtechnischen Anlagen i.S. des Atomgesetzes festgelegt:

§ 1 (1) Die Atomindustrie verspricht, daß alles ganz sicher ist und praktisch nichts passieren kann.
(2) Falls doch was passiert, sind jedenfalls nicht die Grünen schuld.

§ 2 (1) Alles muß schön umweltfreundlich zugehen.
(2) Als zulässige Höchstgeschwindigkeit bei der Teilchenbeschleunigung gilt Tempo 100.
(3) Im Reaktorkern wird eine Tempo-30-Zone eingerichtet.
(4) Die elektrischen Anlagen des Atomkraftwerks werden durch eine auf dem Dach des AKW installierte Solaranlage versorgt.

§ 3 (1) Sämtliche Generatoren werden strikt nach dem Rotationsprinzip betrieben. Andernfalls droht die sofortige Stillegung.

§ 4 (1) Frauen, Ausländer, Ausländerinnen und behinderte MitbürgerInnen haben jederzeit freien Zugang zum Reaktorkern.
(2) Frauen dürfen aber nicht alleine schweres Wasser heben. Dabei muß ihnen jemand helfen, z.B. ein Behinderter.
(3) Auf dem Hof vom Atomkraftwerk müssen ausreichend Fahrradständer und beleuchtete Frauenparkplätze vorhanden sein.

§ 5 (1) Atommüll muß sortenrein getrennt und in mindestens drei verschiedenfarbigen Behältern aufgehoben werden.
(2) Atommüll darf aber erst weggeworfen werden, wenn ganz sicher ist, daß man nicht noch irgendwas davon brauchen kann.
(3) Es darf nicht immer derselbe dran sein mit Atommüll runterbringen.
(4) Wer Brennstäbe in die falsche Tonne wirft, kann was erleben.

§ 6 (1) Sogenannte weiche Drogen sind auf dem gesamten Gelände des AKW legal.
(2) Natürlich auch in der Schaltzentrale.
(3) Immer schön langsam machen.
(4) Die komischen Farben haben nichts zu bedeuten und waren vorher schon da.

§ 7 (1) In sog. Schnellen Brütern dürfen nur noch Freilandelektronen aus Bodenhaltung verwendet werden.
(2) Sämtliche Schutzanzüge müssen asbestsaniert werden.
(3) Der Kraftwerksbetreiber wird von der Pflicht zur Bereitstellung einer vegetarischen Vollwertmahlzeit auch dann nicht entbunden, wenn ein GAU oder so eintreten sollte.
(4) Der Bierpreis beträgt auf dem gesamten AKW-Gelände fünf Mark pro Liter.
(5) Die zum Betrieb eines AKW nötigen Tiertransporte dürfen nicht über mehr als 150 Kilometer Entfernung führen. Der Fahrer muß zwischendurch auch mal anhalten und den Tieren gut zureden.

§ 8 (1) Homosexuelle dürfen im Atomkraftwerk heiraten.
(2) Und Kinder adoptieren.
(3) Aber nicht mißbrauchen.

§ 9 (1) Politisch Verfolgte genießen Asyl.

§ 10 (1) Uran darf nicht aus solchen Ländern bezogen werden, wo es von kleinen Kindern mit bloßen Händen abgebaut wird.

§ 11 (1) Niemand darf Blutkrebs bekommen.
(2) Sonst muß er zum Arzt.

§ 12 (1) Die Grünen müssen an der Regierung bleiben, sonst macht die Atommafia, was sie will.

Für die Bundesregierung

Gerhard Schröder — Jürgen Trittin

Für die Atommafia

XXX

Winfried Steuer

Rot-Grün macht Ernst, Teil 2:

Sinnvolle Strafe

Die bundesdeutsche Justiz steht faktisch vor dem Nichts. Grund: Die Kohl-Regierung hat nicht nur ein gigantisches Finanzloch hinterlassen, sondern auch alle noch vorhandenen Strafen verschleudert. Urteilssprüche wie »2 Jahre 6 Monate«, »120 Tagessätze à 35 Mark« oder »auf der Flucht zu erschießen« sind restlos aufgebraucht. Und die Verbrecher lachen sich ins Fäustchen.

Doch jetzt hat sich überraschend Justizministerin Herta Däubler-Gmelin eingeschaltet und erklärt: »Unsere Richter brauchen einfach eine größere Auswahl an sinnvollen Strafen, um im konkreten Einzelfall die beste auswählen zu können.« Ihr Vorschlag: Bagatelltätern sollen künftig vom Staat Auslandsreisen verboten oder die Fahrerlaubnis abgenommen werden, denn Schwerverbrecher, Frauenmörder und Trickdiebe unterscheiden sich von anständigen Menschen bekanntlich vor allem dadurch, daß sie gerne Auto fahren und Urlaub machen. TITANIC zeigt anhand der sechs aufsehenerregendsten Bagatelldelikte der jüngsten Zeit, was Deutschlands Verbrecher in Zukunft erwartet.

Ronny Rieken

Der zweifache Kindermörder ist nach konventioneller Rechtsprechung mit einer lebenslangen Haftstrafe relativ glimpflich davongekommen. Wenn es demnächst nach Herta Däubler-Gmelin geht, wird es ihm noch leid tun, daß er die beiden unschuldigen Mädchen einfach so umgebracht hat. Denn dann blüht ihm pro Mord ein Punkt in Flensburg; d.h. wenn Rieken noch elfmal rückfällig würde, müßte er zur Nachschulung oder sogar zum »Idiotentest«. Im schlimmsten Fall müßte er also seiner Fahrerlaubnis »Auf Nimmerwiedersehen« sagen! Wegen der ungewöhnlichen Härte ist diese Strafaktion allerdings umstritten. Alternativ dazu überlegt man in Bonn daher, Rieken für die Dauer seiner Haft mit einem strikten Auslandsurlaubsverbot zu belegen.

Mehmet

Der deutsch-türkische Serienstraftäter kann wegen seines jugendlichen Alters leider noch nicht belangt werden. Herta Däubler-Gmelin plant daher, Mehmet von Justizvollzugsbeamten aus Istanbul zurückholen und in Deutschland solange verprügeln zu lassen, bis er endlich volljährig ist. Dann muß er auf eigene Kosten den Führerschein machen. Den bekommt er aber erst, nachdem er nachweislich zweimal durch die theoretische und einmal durch die praktische Fahrprüfung gerauscht ist. Dann wird ihm auf Staatskosten ein schönes, schnelles Auto gestellt und gleichzeitig der Führerschein wieder abgenommen. Um ihn zusätzlich zu demütigen, wird für Mehmet in zehn deutschen Großstädten permanent ein kostenloser City-Parkplatz reserviert.

Alexandru Nemeth

Der Thomy-Erpresser muß künftig zweimal im Jahr zum TÜV. Außerdem wird sein Wagen wöchentlich einmal umgesetzt oder wahlweise abgeschleppt – je nach Laune der Vollzugsbeamten. Auf Urlaubsreisen muß der rumänische Verbrecher in den nächsten zehn Jahren ganz verzichten. Um das zu gewährleisten, wird der Kofferraum seines PKW komplett mit Beton ausgegossen. So hat Gepäck keine Chance. Nützlicher Nebeneffekt: durch das zusätzliche Gewicht steigt der Benzinverbrauch, der Straftäter weiß bald vor Mehrkosten weder ein noch aus. Er wird wieder straffällig und muß mit noch ausgefalleneren Urteilssprüchen rechnen, die sich Herta Däubler-Gmelin bis dahin ausgedacht haben wird.

Sergej Serov

Der Hintze-Entführer und »Erdloch-Mörder« *(Bild)* muß sich warm anziehen, denn auf verbrecherischen Menschenraub in Tateinheit mit Erdloch-Mord steht künftig eine Mindeststrafe

… n für alle!

von vier Knöllchen. Kann Serov allerdings glaubhaft nachweisen, daß die Straftat nicht zielgerichtet geplant war, wird die Anklage in Erdloch-Totschlag abgemildert. In diesem Fall wird von Vollzugsbeamten »Putz mich, du Sau!« in die Schmutzschicht auf der Heckscheibe von Serovs Wagen geritzt. Außerdem darf Serov nur noch Diesel tanken, denn damit versaut er sich den ganzen Motorblock und kann nicht mehr in Urlaub fahren.

Erik Weihönig

Für das, womit der legendäre TITANIC-Verleger sich so den Tag vertreibt und was er gelegentlich scherzhaft »Ar-beit« nennt, droht ihm jetzt die Stillegung und anschließende Totalverschrottung seines geliebten Jaguars. Das klingt hart, ist aber immer noch das kleinere Übel im Vergleich zu dem von Herta Däubler-Gmelin in die Diskussion gebrachten 20jährigen Urlaubsverbot. Denn dann müßte Weihönig seinen Paß abgeben und dürfte seine Nobel-Finca mit Hubschrauberlandeplatz auf Fuerteventura für diese Zeit nicht verlassen.

Abdullah Öcalan

Bei einer Auslieferung an die deutschen Behörden hätte der skrupellose Kurdenführer und PKK-Chef normalerweise nichts zu lachen. Herta Däubler-Gmelin sieht nämlich für skrupellose Kurdenführer und PKK-Chefs eine besonders empfindliche Strafe vor: 10 Jahre Wanderurlaub mit den Eltern im Erzgebirge. Leider hat Öcalan seine Eltern bereits vorsorglich erschießen lassen. In so einem Fall können ihm zwar per Gerichtsbeschluß sämtliche Auto-Duftbäumchen entzogen und das Anti-Blockiersystem blockiert werden. Aber auch hier kommt Öcalan wahrscheinlich ungeschoren davon, denn Italien liefert skrupellose Kurdenführer und PKK-Chefs prinzipiell nicht an Länder aus, in denen sie mit einer Strafverfolgung rechnen müßten.

André Mielke / Benjamin Schiffner

■ SPD-Sammelbildchen XXXIV

Driftet Deutschland nach ganz, ganz rechts? Wird bald wieder im Sender Gleiwitz mit scharfer Volksmusikmunition zurückgeschossen? Führende europäische Leitartikler (Smith, Dupont, Corleone, Sanchez, Eggeli, Leitartiklikowski) befürchten das. Die Parallelen liegen einfach zu deutlich auf der Hand. Genau wie Hitler ist auch Schröder »in der Partei«, genau wie Hitler will er die »Macht«, und genau wie der vermaledeite Nazi kann Schröder nicht malen. Die »Expo 2000« ist Schröders Olympischer Wettbewerb 1936, und raten Sie mal, wem er da ebenfalls nicht die Hand geben wird: Jesse Owen natürlich. Genau wie Hitler will auch Schröder mit Hilfe der Industrie (Piëch, Piëch, Piëch) ans Ruder, aber im Gegensatz zu Hitler benötigt er dazu weder die Hilfe von Hugenberg noch von Hindenburg oder Hagenbeck. Die hat er längst ausgeschaltet, und wir gehen jede Wette ein, daß er für die Tatzeiten kein Alibi hat. Solange hier noch ein Rest von Pressefreiheit herrscht, werden wir aber weiter unseren Freiraum dazu nutzen, den Mächtigen ans Bein zu pinkeln. Zum Beispiel mit diesem Gedicht, das die übrige korrupte Presse nicht zu drucken wagte, weil darin unbequeme Wahrheiten formuliert werden:

Die Deutschen werden immer blöder
und wählen gnadenlos den Schröder.

■ Letztes SPD-Sammelbildchen XXXVI

Erst seit dem 27. September ist der lange Dünne mit der dichten Oberlippenbehaarung bei den »Sozis«, aber er hat schon begriffen, wo es langgeht: »Wenn ich eine Fernsehkamera sehe, gehe ich direkt darauf zu und gebe eine Erklärung ab.« Und wenn mal keine Kamera da ist? »Dann natürlich erst recht!« Jürgen Trittin ist ein sozialdemokratisches Eigengewächs, er stammt aus der SPD-Jugendorganisation »Die Grünen«, wo er sich für Bordeaux-Weine und Politik engagierte. Als Minister muß er politisch natürlich kürzer treten, aber für das eine oder andere Glas Wein wird wohl noch Zeit bleiben. Wer ihn als »Trittinbrettfahrer« bezeichnet, macht sich des vorsätzlichen Kalauerns schuldig.

Nach den Morden in Rußland:

Erschießung von Politikern als Mittel demokratischer Einflußnahme?

NEIN

JOSCHKA FISCHER

Der 50jährige Grünen-Politiker ist seit kurzem Außenminister und Vizekanzler der rot-grünen Bundesregierung.

Die Idee, Volksvertreter durch Maßnahmen, die Leib und Leben bedrohen, in ihrer politischen Meinungs- und Willensbildung oder der Ausübung ihrer gesellschaftlichen Funktion zu beeinflussen, ist ja nicht neu, sondern vielmehr so alt wie die Politik selbst. So sehr ich aber in den letzten Tagen und Wochen in meiner Position als neuer Außenminister auch und gerade der Presse gegenüber betont habe, daß ich meinen politischen Standpunkt weniger durch austauschbare Inhalte definiert sehen möchte als vielmehr durch die unbedingte Wahrung von kontinuierlicher Stabilität oder zumindest stabiler Kontinuität, so möchte ich doch in diesem Punkt einmal dafür plädieren, mit der herrschenden Praxis zu brechen. Denn die Tolerierung der Interessen Andersdenkender sollte genau wie die sorgfältige Pflege der politischen Umgangsformen vor allem im Kernbereich staatlicher Innen- wie Außenpolitik allen Beteiligten, dem Minister genauso wie dem Wähler, die erste und wichtigste Grundlage jeglicher Kommunikation sein. Die demokratisch-kulturellen Prinzipien stehen, und ich betone das hier an dieser Stelle, unter der neuen Bundesregierung und ihrem Außenminister Fischer nicht zur Diskussion, außer falls doch. Wir haben uns in langen und engagiert geführten Diskussionen und unter Abwägung aller Aspekte ein Meinungsbild erstellt, und für dieses werden wir mit geduldigem Erklären einerseits und, wenn es sich als notwendig erweisen sollte, nachhaltigem politischen Druck andererseits auch bei den Oppositionsparteien werben. Und zwar in aller professionellen Sachbezogenheit und gesundem Realismus. Alles andere wäre ja auch absurd! Mit einem Wort: Je nach Sachlage, aber eigentlich schon eher: nein!

> **„Eigentlich schon eher: nein!"**

JA

SERGEJ KALASCHNIKOW

Der 39jährige Waffenbesitzer studiert seit zwei Jahrzehnten die politische Landschaft der Bundesrepublik Deutschland.

Manfred Kanther, Joschka Fischer, Gerhard Schröder, Oskar Lafontaine und Frau, Bodo Hombach, Guido Westerwelle, Peter Hintze, Claudia Nolte, Otto Graf Lambsdorff, Theo Waigel, Wolfgang Gerhardt, Bernd Protzner (!), Rita Süssmuth, Roman Herzog, Christian Wulff, Edmund Stoiber, Detlef Kleinert, Wolfgang Schäuble, Heinrich Lummer, Angela Merkel, Christine Scheel, Wolfgang Thierse, Rupert Scholz, Eberhard Diepgen, Erika Steinbach, Volker Rühe, Jürgen Rüttgers, Helmut Kohl, Jürgen Möllemann, Hans-Ulrich Klose, Ekkart Kuhlwein, Günter Rexrodt, Paul Krüger, Thomas Krüger, Klaus Kinkel, Heide Simonis, Gerhard Glogowski, Franz Schönhuber, Jochen Vogel, Christine Bergmann, Cem Özdemir, Franz Müntefering, Bernhard Vogel, Wolfgang Clement, Karl-Heinz Hornhues, Heiner Geißler, Reinhard Clement, Günter Verheugen, Norbert Blüm, Gerhard Frey, Dieter Wiefelspütz, Gregor Gysi, Harald Ringstorff, Heide Rühle, Peter Radunski, Michael Naumann, Gunda Röstel, Rudolf Scharping, Ulf Fink, Jörg van Essen, Dagmar Enkelmann, Günther Beckstein, Hans-Peter Repnik, Angela Marquard, Rezzo Schlauch, Hannelore Rönsch, Peter Glotz, Wolfgang Bötsch, Heidemarie Wieczorek-Zeul, Helmut Schäfer, Antje Vollmer, Andrea Fischer, Matthias Wissmann, Erwin Teufel, Ole von Beust, Lothar Bisky, Hermann Solms, Martin Matz, Uwe-Carsten Hege, Horst Seehofer, Karsten Voigt, Kurt Biedenkopf, Edzard Schmidt-Jortzig, Otto Schily, Walter Riester, Peter Maffay, Wilfried Penner, Johannes Rau, Hans Eichel. Und Björn Engholm!

> **„Kanther, Hombach, Protzner, Lummer. Und Björn Engholm!"**

Martin Sonneborn

DER MACHT DIE WORTE

Gerhard Schröder (SPD) macht nicht viele Worte. Endlose Diskussionen sind nicht sein Ding. Wenn andere reden, stellt er seine Lauscher auf Durchzug. Bis sie fertig sind. Dann spricht er: ein Machtwort. Kurz, knapp, kernig, kurz. Dann haben alle verstanden. Alles hört auf sein Kommando.
Darf der das? Ja, er darf. Weswegen? Deswegen! Davon handelt diese kurze Geschichte. Sie geht so: Schröder ist Kanzler, und der Kanzler hat die Macht. Die Macht ist mit ihm. Hätte er nicht die Macht, wäre er nicht der Kanzler. Und der Kanzler hieße nicht Schröder (SPD). So einfach ist das.
Doch immer noch gibt es Zweifler (SPD). Denen wird er es zeigen. Und zwar jetzt!

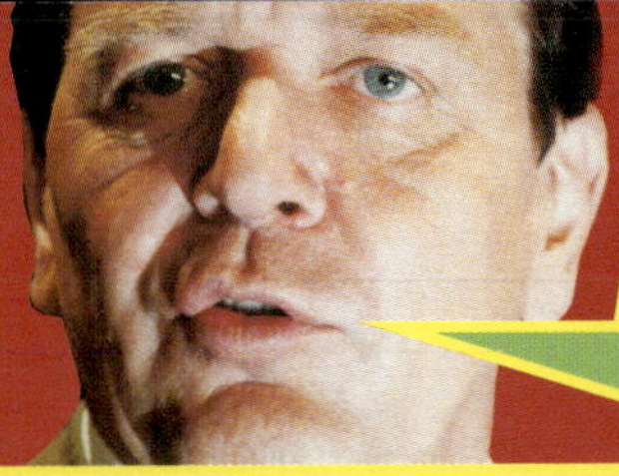

Mein erstes **Machtwort** sprach ich noch vor der ersten Kabinettssitzung...

Bonn. Die Ex-Hauptstadt. Der neue Kanzler.

Der Kabinettsaal. Minuten später. Voll.

Der Kabinettsaal. Sekunden später. Voll leer.

Nächstes Beispiel: Sonnenfinsternis, Totalitätszone.

Millisekunden später.

Ja, die Sofi war ein voller Erfolg. Das macht mir so schnell keiner nach. Aber es gab auch Rückschläge...
Pattensen bei Hannover. »Schnitzel-Tscharly«, Außenterasse, 11.55 Uhr.
Ich sach mal »Hallöchen«! Macht es dir was aus, meine Bestellung aufzunehmen, Tscharly?
Ich nehm wieder das Schröder-gedeck: ein Klodeckel-Schnitzel »Schröder Art«, ein Pils und vor-her ein frisch durchgeschosse-nes Helles! Avanti, Tscharly!
Bevor das Bier kommt: nächstes Machtwort. Helsinki, Konferenz zur Sicherung des männlichen Idealgewichts in Europa.
Ich beiß dir gleich in deinen dürren Daumen, du Spargeltarzan!
Echt wahr, Chef! Das Zünglein an der Waage war bei mir exakt auf Ideal-gewicht. Kein Gramm zu-viel. Jetzt stellen Sie sich mal drauf!
Scheiß-Waage! Die geht ja vor!
14 Pfund überm Ideal! Hurra, ich wußte es: der Kanzler ist zu fett! Zu viele Klodeckel-Schnitzel bei Tscharly!
Verdammt: Trick 17 mit Anschleichen! Er wird tatsächlich immer leichter!
Erstens hatte ich mein Schnitzel noch gar nicht. Und zweitens hol ich mir jetzt nach und nach das Ohrenschmalz raus und schmier's dir in die Haare. Macht dir doch bestimmt nichts aus, oder?
Hähä! 14 Pfund weniger! Europäisches Idealgewicht vom Feinsten!
Naja, Hauptsache, meine Frisur sitzt.

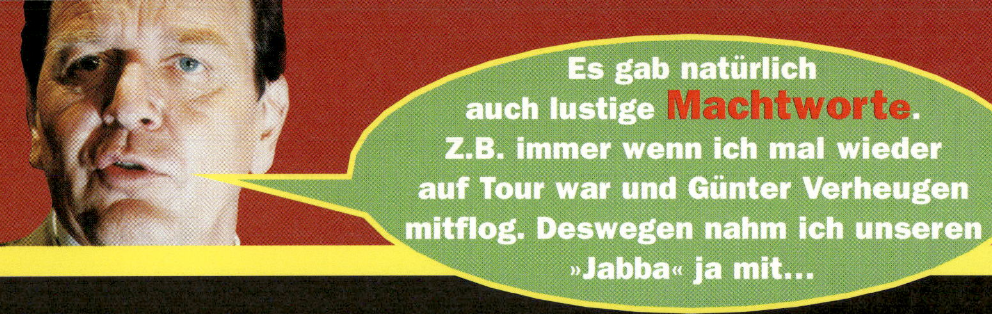

Condor Flug 661 Hamburg–Bremen. Nonstop.

Hannover. Feierliche Eröffnung des Weltfrauentages.

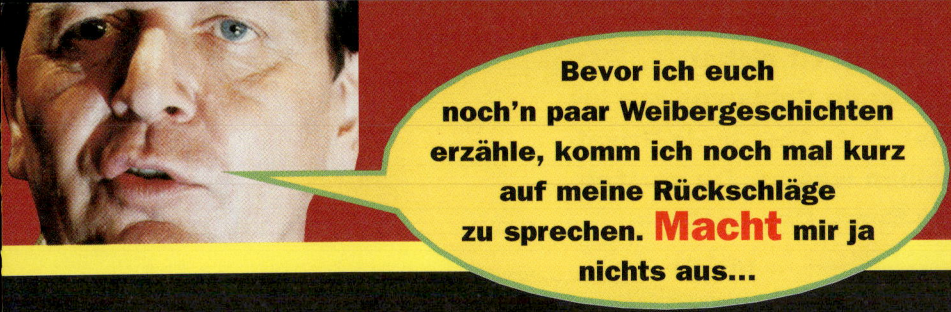

Pattensen bei Hannover. »Schnitzel-Tscharly«, Außenterasse, 12.30 Uhr.

Paris, Rive gauche. »Tschez Charles«.

Sie wollen jetzt sicher wissen, was die geile Schlampe mir ins Ohr gemauschelt hat. Aber mein Privatleben geht keinen was an. Da versteh ich keinen Spaß. Das nächste Machtwort, bitte!
Bonn. Der Garten des Kanzleramtes. Damenwahl.
Wenn Sie mir schon die ganze Zeit nachlaufen, dann zeig ich Ihnen zur Strafe auch meine Bronzeplastiksammlung.
Au fein! Wenigstens keine Briefmarken.
Scharfe Sammlung, gell? Und jetzt tanz für mich den Mambo Nr. 5, du Furchenmariechen!
Au five! Wenigstens keinen Striptease.
Ein kleines bißchen Monika an meiner Seit...
...ein kleines bißchen Gerhard jederzeit.
Na? Macht doch Laune, nochmal die alten Kackstelzen zu schwingen, oder nicht!
Was meint er nur mit »schwingen«? Vogelschwingen?
Pattensen bei Hannover. »Schnitzel-Tscharly«, Außenterasse, 13.50 Uhr.
So, jetzt warte ich hier schon gebratene 2 Stunden auf mein geschlagenes Klodeckel-Schnitzel.
Also, ich sach mal: Tscharly! Hast du mein Machtwort nicht gehört? Oder soll ich erst mal zahlen?

Mein weißer Freund Tscharly. Ein echtes Unikum. Reagiert nur auf Geld. Zum Glück sind Kinder da ganz anders...
Köln. Popkomm. Open-Air-Bühne am Gürzenich.
Wartet doch mal! Ich geb jedem von euch fünf Pfennige, wenn ihr mir mal fünf Minuten zuhört.
Nöö, laß stecken, Alter!
Aber ich hab doch was vorbereitet. Mega-Musik pur!
Nöö. Das riecht hier so komisch…
Hast du gepupt, Onkel?
Ja, ich mußte mich doch erst einfurzen. Sonst klappt das nicht gleich mit der Nationalhymne. Dabei hab ich mir wohl aus Versehen in die Hose gemacht.
Tschö, Alter! In deiner Hose möchte ich jetzt nicht stecken.
Pattensen bei Hannover. »Schnitzel-Tscharly«, Außenterasse, 13.55 Uhr.
Das ging aber schnell mit der Rechnung! Aber seit wann macht ein halbes Durchgeschossenes 60 Mark?
Wieder Berlin. Wieder die Hauptstadt. Wieder der Kanzler. Und noch einer.
Dann hau doch ab, du stumpfe Stange!
Was ist denn jetzt mit dem Machtwort, das von da oben kommen soll? Ich muß gleich los zum Zwischenwiegen.
Irgendwann wird die Macht schon wieder zu mir sprechen. Und dann gnade euch Gerhard!
Wollen Sie wissen, wann G. Schröder (SPD) sein nächstes Machtwort spricht?
Dann macht, daß ihr TITANIC lest, ihr Kanalratten!
Bernd Eilert / Oliver Maria Schmitt

Gerne-Gerda, Runzel und wir

Eine Vorausbilanz von Oliver Maria Schmitt

Readme

0 Enttäuscht stellte Gerhard Schröder unlängst fest, daß ihm namentlich von den Medien nicht die übliche 100tägige »Schonfrist« gewährt worden sei. Schon vor der Machtergreifung aber hat er durchblicken lassen, daß er im Gegensatz zu Helmut Kohl entschieden mit und nicht gegen die Medien zu regieren trachte. Also braucht er sich ja nicht aufzuregen.

Holz

1 Rotgrün regiert. Alle sind dabeigewesen, alle reden mit. Der Erfolg hat viele Väter und Mütter, vor allem welche, bei denen einige Schrauben und Muttern erschreckend lose sind.

Zu sprechen kam man hier schon auf die in der *taz* sich verbreitende Hochschullehrkraft Sibylle Tönnies (TITANIC 12/98), die nach der »Entscheidungswahl« (N. Ruge) mit viel Bock aus ihrer Schmollecke trat und schrie: »Seit der Wahl ist alles anders. Wir können nicht mehr bockig in der Ecke stehen und sagen: Hat ja doch keinen Zweck! Denn wir haben gesiegt. Joschka Fischer ist Außenminister!« (*taz*, 31.10.98)

Das reicht den »alten Linken« (Tönnies) heute also schon: »Unsere Leute, die aussichtslosen, querulatorischen, chaotischen alten Linken, sind plötzlich ganz oben.« Wo sie auch hinwollten; und was an einem wendigen Karrieristen wie Joschka »Kontinuität« Fischer »aussichtslos«, gar »chaotisch« sein soll, verschweigt die Hochschulschachtel tunlichst, um ohne Umschweife in den Alterslinkenschwachsinn und die Rolle der Super-Luzil-Mutter zu verfallen, die den chaotischen Lümmels noch mal den Jackenkragen ordnet, bevor es in die Welt hinausgeht: »Nicht ohne Stolz sehen wir sie, die Holz von unserem Holze sind, in der ›Tagesschau‹, wo sie, nicht mehr im Pullover, sondern in Anzug und Kostüm, einen tadellosen Eindruck machen.«

Sperma

2 Klaus Walter reagierte dankenswerterweise postwendend an gleicher Stelle in der *taz*, aber dann drückt der Adabei-Drive auch ihn aus dem postalternativen Jeanshemd.

Zunächst jedoch kommentiert er seine Vorschreiberin: »Mal abgesehen davon, daß man sich angesichts einiger grüner Anzüge und Kostüme glatt die Sonnenblumen, Birkenstock- & Wickelrock-Exzesse der Petra-Kelly-Family zurückwünschen möchte: Für solche Texte sollten keine Bäume sterben. Blöderweise aber ist Tönnies kein Einzelfall. [...] ›Wir sind wieder wer‹, und ›wir sind stolz auf unser Holz‹ – ›Holz‹ darf in diesem Emo-Diskurs getrost als ökologische Softcore-Variante von ›Blut‹ gelesen werden – nein, nicht völkisch, mehr so volkstümelnd plappernd: Wir Vollblutlinken von altem Schrot und Korn, Lefties by nature und so...« (*taz* 7.11.98)

Schön gesagt, aber dem verwandtschaftsstiftenden »wir« kann sich selbst Walter nicht entziehen; die Sprache des Blutes bzw. hier schon wieder kopfgewordenen Holzes ist eindeutig: »Wir. Fischer ist der erste Vizekanzler, mit dem ich unmittelbaren Körperkontakt hatte und mittelbar Körpersäfte ausgetauscht habe. Tritte beim Fußball, Sex mit denselben Frauen.«

Wie hilflos die Ironie auch sein mag – es muß einfach raus: Ich kenne ihn! Und habe sogar meinen Schwanz in die gleichen Löcher gedrückt!

Derart Widerwärtiges kriegt man selten aufgetischt.

Gerda

3 Schröder ist in erster Linie ein jovialer Handelsvertreter in eigener Sache. Sein Lebensziel, die Kanzlerschaft, ist erreicht, der Rest wird sich schon geben. Er hat nichts mitzuteilen, gibt sich volksnah und macht gerne auf gemütlich.

Wie die von ihm so hochgeschätzten Amerikaner, die außer Saddam Hussein alles immer »great« finden, so findet auch Schröder alles »toll«, was ihm vorgesetzt wird. Das erweckt den Anschein der Anteilnahme, und das hört man gerne, und aus diesem Grund sagt er auch gerne »gerne«.

Im Rahmen der SPD-Telefonate, die TITANIC am 2. Mai letzten Jahres u.a. mit Scharping, Lafontaine und Schröder führte, um sie nach Tony Blairs Wahlsieg zu einer fiktiven »Change-Party« nach London einzuladen, sagte Schröder während des fünfminütigen Telefonats u.a. der Reihe nach: »Ich komm gerne«, »Ich würd gern dabeisein«, »Ihr habt eine tolle Geschichte gemacht«, »Ja, ich komm gerne«, »Ja, nein, ich komm gerne«, »Ich find's toll, daß Sie sagen, wir machen das zusammen«, »toll eigentlich«, »Ich bin einer, der weiß immer gerne etwas«, »Ihr habt das toll gemacht«, »Aber übrigens: gerne.«

Diesen Stil hat Schröder in seine Amtsführung eingebracht. Auf einer Pressekonferenz in England sülzte er »Übrigens: Rom ist toll!« (*taz*, 4. 11. 98) und erklärte, daß er in England »besonders viel und besonders gerne« (ebd.) gewesen sei. Toll eigentlich.

Bisheriger Höhepunkt des Flachsinns: am 1. November erklärte er seinem Duzkumpel Stefan Aust (1, 49 m) in »Talk im Turm«, daß er, Schröder, sich ein Holocaust-Mahnmal in Berlin wünsche, »zu dem die Menschen gerne hingehen« (*FAZ*, 3.11.98).

Gerne klingt ein wenig wie Gerda – so nannte ihn seine Ehefrau Nr. 3 (»Hillu«).

Du

4 Gerne mag Schröder auch seinen Kumpel Stefan Aust, man verabredet sich zum Emporkömmlingsgipfeltreffen. Wenn der ehemalige Reporter der *St. Pauli-Nachrichten* und der ehemalige Ladenschwengel vor laufenden Kameras in der gerade von Aust ergatterten Sendung »Talk im Turm« zusammensitzen, dann geht das naturgemäß und vor lauter dampfender Selbstzufriedenheit nicht ohne Peinlichkeiten ab – wie die *FAZ* halb angewidert, halb neidisch berichtet: »Das Publikum hatte zur Begrüßung sehr freundlich applaudiert, was der Moderator – noch im ›du‹, bevor er zum ›vertraulichen‹ Sie überging – mit der aufmunternden Bemerkung quittierte: ›Geht gut los, alles für dich.‹« (*FAZ*, 3.11.98)

Solch klebriges Gehabe gemahnt unschön an die Zeiten, als die Gegenseite noch das Fernsehen regierte und etwa Dieter »Thomas« Heck seinen Spezi Rainer »Candidus« Barzel in eine seiner Schlagersendungen lud, um ihn dort ganz schamlos anzuduzen, während er den groteskerweise gleichfalls anwesenden Ex-Kanzler Brandt vorwurfsvoll siezte.

Jetzt machen es die Neuen halt genau so.

Neid

5 Dieses obszöne Geschiebe zwischen Macht und Medien hat natürlich auch sein Komisches. Etwa wenn Helmut Markwort, der allzeit beleibte Chefredakteur des Satiremagazins *Focus*, der früher so oft mit Kohl an einem Tisch schwitzen durfte, nun eifersüchtig und beleidigt versucht, seine Kollegen Funk *(Stern)* und Bissinger *(Woche)* des fortgesetzten Kanzlerduzens zu bezichtigen. Nur weil er, Markwort, in München nun vom Schleimfluß abgeschnitten ist. Und obwohl Markwort, der »erfolgreichste Journalist seit dem Zweiten Weltkrieg« (Eigenwerbung), die ehemalige *Focus*-Journalistin Köpf ins Kanzleramt schleusen konnte, geht Schröder lieber zur Konkurrenz.

Filz

6 Am 16. November berichtet der *Spiegel* in seiner Hausmitteilung: »Zu einem privaten Geburtstagsfest hatte *Spiegel*-Herausgeber Rudolf Augstein, 75, am vergangenen Montag seine Mitarbeiterinnen und Mitarbeiter geladen [...] ›Wo ist Schröder?‹ hatte der *Spiegel* auf seinem Titel gefragt; Chefredakteur Stefan Aust, 52, wußte am Abend – geographisch – die Antwort: ›Da hinten.‹ Ganz privat schaute der neue Bundeskanzler vorbei und wünschte Glück. Das taten auch Außenminister Joschka Fischer und...« etc.

Ganz privat. Und weil dieser Filz aus Kumpanei und Adabei aber schon derart und offenkundig dicht ist, sieht sich Rudolf Augstein dann genötigt, die Angelegenheit einige Seiten später wieder herunterzuspielen: »Alle Parteien wünschen sich die von ihnen unabhängige Presse vermutlich vom Halse; das ist menschlich. Aber alle wissen natürlich, daß es ohne Zusammenarbeit mit ihr nicht geht.« Will sagen: wir *Spiegel*-Angestellten mischen endlich wieder überall mit.

Immer noch zornig gedenkt Augstein der sechzehn Kohl-Jahre, in denen der Kanzler seinem Blatt kein Interview gewährte: »Helmut Kohl ist hier eine Ausnahme. Sein Wüten gegen den *Spiegel* ist von anderen Kollegen beschrieben und von *Spiegel TV* in Aktion festgehalten worden.«

Da ist der Neue von anderem Schleim und Korn, bzw., um mit Augstein zu sprechen: »Dieser Kanzler ist anders.«

Weiß Gott. Nämlich einer, der, so Augstein stolz, »seine Regierungserklärung noch nachts im Auto auf dem Heimweg von meinem intern gefeierten Geburtstag ausgefeilt hatte«. Was man, das scheint der *Spiegel*-Internist vor lauter Brummschädel am nächsten Tag gar nicht mitbekommen zu haben, der durchweg dürftigen und streckenweise auch einfältigen Regierungserklärung durchaus angehört hat.

Egal, Augstein jedenfalls ist zufrieden, Schröder auch, und Fischer ist's erst recht.

Werbung

7 Noch mehr als Schröder verkörpert Joschka Fischer den Phänotyp des gemeinen Aufsteigers. Daß es ihm ausschließlich auf Macht- und Amtserwerb ankam, zeigt sein verzweifeltes Streben nach dem Außenministerposten. Wäre es ihm auch nur annähernd auf das Durchfechten grüner Positionen angekommen, hätte er, wenn schon nicht ins Umwelt-, so doch mindestens ins Innenministerium wollen müssen, wo er u.a. mäßigend auf rüde Abschiebe- und Ausländerpolitik samt einem repressiven Polizeiapparat hätte einwirken können – aber damit macht man sich nicht beliebt, und Arbeit ist es obendrein. Die überläßt er lieber seinem Parteigenossen Trittin, den er, da immerhin noch halbwegs darum bemüht, grüne Positionen durchzusetzen, für einen Schwachkopf hält.

Lieber trifft sich Fischer mit anderen Karrieremachern und liefert sich mit Schröder einen bizarren Wettbewerb um größere Medienpräsenz. Kein Tag, keine Woche, an dem nicht mindestens eines der großen scheißliberalen Blätter uns ein mehrseitiges Schröder- oder Fischer-Interview bietet, eins ums andere so packend und interessant wie die Werbeunterbrechungen im Fernsehen.

»*Zeit*-Chefredakteur Roger de Weck im Gespräch mit Bundesaußenminister Joschka Fischer« lautet die seitenbreite Triumphschlagzeile in der *Zeit* vom 12. November. Heißt übersetzt: zween Knallköppe versichern sich gegenseitig über drei Quadratmeter Papier hinweg, daß sie sich endlich auf dieser Ebene gegenübersitzen können und selbander die Visagen in Falten legen.

Runzel

8 Leider wird kaum darauf hingewiesen, daß man es im Außenamtsinhaber mit einem virtuellen Idioten zu tun hat, der keinerlei niederen, geschweige denn höheren Bildungsabschluß besitzt und sich außer einer Führerschein- bzw. Taxifahrerprüfung keiner anderen ausgesetzt hat. Seine unbestreitbaren Qualitäten als Krakeeler, Aufmischer und Rumpöbler nützen ihm in seinem neuen Amt nur wenig, also beschränkt er sich, wie sein Kumpan Schröder, auf das gebetsmühlenartige Zusichern von »Kontinuität« und macht im übrigen das, was er für irgendwie staatsmännisch hält: rumrunzeln.

Ja, er runzelt.

Die Stirn wirft Falten, die Mundwinkel baumeln bodenwärts, und sorgenschwer wackelt die leere Birne hin und her. Und das Erstaunlichste: das funktioniert auch noch! Selbst die konservative Kritikerschaft der *FAZ* gerät angesichts des furchenwerfenden Kleiderständers in Begeisterung: »Die Miene des neuen Außenministers ist ernst und verantwortungsschwanger, so als spüre er die ganze Bürde der Weltverantwortung auf seinen Schultern« (13.11.98). Wird die offizielle Kleiderordnung eingehalten, ist nicht nur Frau Tönnies, sondern auch die *FAZ* mit ihrer Kritik schon am Ende.

Aber was soll sie auch kritisieren? ►

Fragt man genauer nach, wie es eine Journalistin der *Woche* tat, was er, Fischer, als grüner Außenminister denn nun eigentlich wolle, flüchtet er sich in neckischen Unfug: »Ich werde Ihnen nicht verkünden, wir stellen alsbald den Handel ein mit allen Staaten, die die Menschenrechte verletzen« (*Die Woche*, 13.11.98).

Hat ja auch keiner von ihm verlangt, aber das Gegenteil wäre auch richtig gewesen; nämlich zu sagen: Ich werde Ihnen nicht verkünden, wir schaffen die Demokratie ab und treten die Grundrechte mit Füßen. Das hätte den gleichen Aussagegehalt gehabt, aber Fischer ist es offenbar ein Anliegen, darauf hinzuweisen, daß er sich vorrangig nicht um Menschenrechte kümmern will, und erst dann um andere Sachen nicht.

Das Rezept dafür hat Fischer auch schon gefunden: »Wir müssen abwägen« (ebd.). Einmal dürfen wir raten, mit welchem Gesichtsausdruck.

Scheißhaus

9 Aber Fischer kann auch anders. Er kann auch lustig sein. Vor allem dann, wenn er unter seinesgleichen ist und der Spaß auf Kosten seiner Parteifreunde geht. Beim Treffen mit Deutschlands übelster Hofschranze, dem Militärfetischisten und Bonner *Bild*-Kolumnisten Mainhardt Graf Nayhauß (brancheninterne: »Graf Scheißhaus«), pflegt Fischer die hohe Kunst des Casinohumors: »Im Außenamt servierte ein zuvorkommender Ministerialrat Kaffee«, bilanziert der Graf am 3.12. zufrieden in seiner Tratschspalte, »während ich auf Joschka Fischer wartete. Als der Außenminister auftauchte, frotzelte er: ›Schau mir in die Augen, Kleines.‹ Eine Anspielung auf seinen Parteifreund Trittin, der Probleme hat, seinen Gesprächspartnern in die Augen zu schauen.« Hahaha, köstlich!

Dem Grafen ist nämlich Trittin gleichfalls suspekt, weil dieser ihm, im Gegensatz zu fast allen anderen neuen Ministern, nicht sofort einen Audienztermin angeboten hat.

Bild

10 Schröder hat sich's aufgeteilt: Feiern tut er mit dem *Spiegel*, aber regieren für die *Bild*-Zeitung. Von den Koalitionsverhandlungen berichtet die grüne Bundestagsgeschäftsführerin Heide Rühle: »Die Schlagzeilen von *Bild* haben die Bereitschaft der SPD zu Kompromissen und so auch die Entscheidungen der Koalitionsgespräche mitbestimmt. Gerhard Schröder hat sich hinter der *Bild*-Zeitung geradezu vesteckt und verschanzt. Die sechs Pfennige, die ein Liter Benzin laut Gerhard Schröder höchstens teurer werden darf, waren erst unverrückbar, nachdem sie zum ersten Mal in einer *Bild*-Schlagzeile auftauchten. Aber auch bei der Drogenpolitik, bei schwulen Lebensgemeinschaften und anderen Themen hat Gerhard Schröder explizit auf *Bild* verwiesen und dann gesagt: Das können wir nicht vermitteln« (*taz*, 16.11.98).

Zwischen den Verhandlungen wartet Schröder ungeduldig auf den scheißhausgräflichen Hofberichterstatter (»Der Kanzler sagte: ›Nun kommen Sie doch mal vorbei.‹« Nayhauß in *Bild,* 3.12.98) oder schafft Arbeitsplätze und macht z.B. den *Bild*-Redakteur Bela Anda zum stellvertetenden Regierungssprecher.

Sauhaufen

11 *Bild am Sonntag* vom 15. November: »360 Gäste feierten beim Bonner Presseball [...] Mit am Kanzlertisch: *ZDF*-Korrespondent Klaus Prömpers, *Spiegel*-Chefredakteur Stefan Aust, *Bild am Sonntag*-Chefredakteur Michael H. Spreng...« etc.

Gleiche Ausgabe, einige Seiten weiter, es geht um einen eminent wichtigen Quatschpreis, den *Bild am Sonntag* einmal im Jahr verleiht: »Zum ersten Mal war ein Bundeskanzler Gast bei der Verleihung des Goldenen Lenkrads. Gerhard Schröder reiste nach Berlin und brachte den neuen Verkehrsminister Müntefering gleich mit. [...] ›Ist dieser Besuch der Beginn einer wunderbaren Freundschaft? Nein, wir als Medienhaus wollen und dürfen das nicht‹, meinte Springer-Vorstand Claus Larass, an Schröder gewandt. ›Und Sie dürfen es nicht wollen.‹ Der Kanzler lächelnd: ›Ich bin sehr gerne gekommen. Nicht, weil ich eine wunderbare Freundschaft beginnen will. Die kann es zwischen Politik und Presse nicht geben. Wir sollten in gegenseitigem Respekt miteinander umgehen.‹ Der Bundeskanzler weiter: ›Jeder von uns kennt seine Funktion – ich kenne Ihre, Sie kennen meine.‹ Larass: ›Herr Bundeskanzler, wir freuen uns auf einen munteren Schlagabtausch zwischen freier Regierung und freier Presse.‹«

Man kann sich des Gefühls nicht erwehren, daß hier aus freien Stücken ein sehr formidabler Sauhaufen sich zu formieren im Begriffe ist.

Abschied

12 So. Artikel fertig, wir lehnen uns zurück, rauchen ein Rettchen, schlendern vorbei am hustenden Kollegen Gsella in den Redaktionslesesaal und blättern lustlos im *Spiegel*.

Hausmitteilung vom 30. November: »*Spiegel*-Chefredakteur Stefan Aust und seine Stellvertreter Martin Doerry und Joachim Preuß hatten am vergangenen Montag zum Abschied der Bonner Büroleitung ins Gasthaus ›Lindenhof‹ geladen. Neben vielen Kollegen kam Prominenz aus der Politik: Bundeskanzler Gerhard Schröder und Außenminister Joschka Fischer waren da...«

Ja scheißdochrein!

Diese Bilanz kann sich sehen lassen!

Gute 100 Tage ist die neue Regierung im Amt. 100 Tage Aufbruch und Neubeginn. 100 Tage neues Deutschland. Seit 100 Tagen zeigen uns Bundeskanzler Schröder und Außenminister Fischer, daß Politik auch Spaß machen kann. Sie kommen viel rum, und es gibt immer was zu essen. Das ist auch wichtig.

Seit 100 Tagen will uns die Presse diese Erfolge madig machen. Mit Meinungsmache und widerlichem Wischiwaschi. Darauf geben wir nichts. Denn die Fakten sprechen eine andere Sprache.

Bilanz nach 100 Tagen Rot-Grün:

- *keine Erdbeben*
- *keine Ausfälle von TV-Sendungen*
- *keine übertriebenen Preissteigerungen*
- *kaum Hochwasser*
- *keine sportlichen Enttäuschungen (bis auf Deutschland – USA 0:3)*
- *keine neuen Weibergeschichten bei SPD/Grüne/Bündnis90*
- *kein Krieg mit unseren europäischen Nachbarn*
- *signifikanter Anstieg der Außentemperatur (seit Mitte Februar)*

Deutschland sagt: »Danke, liebe Regierung!«

AUCH IM KRIEG:

Ein bißchen Spaß muß sein!

Es geht rund

»Und ich sah ein anderes Tier aufsteigen aus der Erde, das hatte zwei Hörner, gleichwie ein Lamm [Ziege], und redete wie ein Drache.« Offenbarung 13, Vers 12

Und also stehet geschrieben: Als sie aber ein halbes Jahr ununterbrochen gegrient, gelabert und leere Versprechungen gemacht hatten, da sahen der regierende Schröder-Teufel, die Ziege und der fahle Jockel, daß der geplante Weltuntergang nicht so recht in Gang kommen wollte. Kaum ein Haus ward zerstört, und bis auf die, die in der Zwischenzeit gestorben waren, lebten die Menschen noch. Da ärgerten sich die drei sehr.
Also setzte sich die Ziege aufs Fahrrad, um eine Runde um den Block zu drehen. Als sie aber abermals herunterfiel und sich den Kopf stieß an einer Laterne, da kam die Erleuchtung über sie. Und also sprach Ziege: »Lasset uns Krieg führen.« Da aber antwortete Schröder: »Au ja. Harmagedon. Die letzte Schlacht am Ende der Zeiten. Aber gegen wen und weswegen?« Alsbald runzelte Jockel die greuliche Stirn und sprach: »Gegen Jugoslawien. Wegen Auschwitz.«
Und also bombardierten die drei Jugoslawien, zerstörten Häuser, Straßen und Brücken und brachten daselbst ein gerüttelt Maß an Menschen um. Da aber sprach Ziege zu sich selbst: »Genau wie bei Johannes in Kapitel 13, Vers 13: Das Tier mit den zwei Hörnern – also ich – tut große Zeichen, daß es macht Feuer vom Himmel fallen vor den Menschen.« Da war das gehörnte Vieh sehr zufrieden, meckerte ein paar Mal lauthals und ging alsbald zum Fernsehen, um den Leuten noch etwas die Hucke voll zu lügen. Die Sache mit dem Weltuntergang aber machte in jener Zeit große Fortschritte.

Große Partner TITANIC Hilfsaktion

für Bundeskanzler Schröder!

Freitag, 9. April
Entsetzt sitzt die Redaktion von **Partner TITANIC** um den **Partner TITANIC**-Fernseher herum: Der angekündigte Tierfilm entfällt, weil eine Sondersendung kommt, weil Flugzeuge der Bundeswehr Bomben über Belgrad abwerfen, weil die Bundesregierung das angeordnet hat! Ein kurzer Blick in Fernsehzeitung und BGB bestätigen unseren schlimmsten Verdacht. Der Tierfilm wird natürlich nicht wiederholt, und das Herumbomben mitten im tiefsten Frieden ist total verboten! Und Frieden herrscht. Schließlich hat es bis dato keine vernünftige Kriegserklärung gegeben. Klar, daß die Bundesregierung jetzt ziemlich in der Patsche steckt; klar auch, daß wir ihr da raushelfen müssen: Bügeln wir also Kanzler Schröders Faux pas wieder aus und erklären Präsident Milosevic den Krieg! Am besten direkt über das jugoslawische Konsulat in Bonn:

PT Das Bundeskanzleramt der Bundesrepublik Deutschland, guten Tag. Ich hätte gern Botschafter Jeremic gesprochen.
JUGO Das geht nicht, der ist doch in Jugoslawien. Ich schlage vor, daß ich Ihnen Handynummer von Ex-Botschafter gebe, 0172/6542526.
PT Danke; haben Sie gesagt »Ex-Botschafter«?
JUGO Ja, wir haben doch die diplomatischen Beziehungen zu Ihnen unterbrochen!
PT Ah, ja, natürlich. Aber was machen Sie noch in der Botschaft, wenn ich fragen darf?
JUGO *(leise)* Ja, ich bereite alles vor, für die Zeit, bevor eine Schutzmacht uns übernehmen.
PT Natürlich, gut, vielen Dank...

Ups! Sind wir schon so weit? Wird heutzutage selbst der Krieg per Handy erklärt? Schickt sich so etwas überhaupt?

PT Herr Jeremic?
JUGO Ja! Ich bin's!
PT Guten Tag, Sonneborn aus dem Bundeskanzleramt der Bundesrepublik Deutschland. Wir möchten eine Leitung zu Präsident Milosevic.
JUGO Ja? Sie möchten eine Leitung zu Präsident Milosevic? Worum geht?
PT Genau, wir möchten eine offizielle Erklärung übermitteln.
JUGO *(verwundert)* Hm. Zum Präsident Milosevic. Und Sie sind?
PT Ich bin hier im Kanzleramt für die Erklärungen zuständig.
JUGO *(erstaunt)* Aha, das ist eine Botschaft von Gerhard Schröder an Herr Milosevic, ha! Aber ich kann so was nicht herstellen, das ist ein Problem. Ich kann Ihnen geben eine Fax-Nummer beim Bundesaußenminister. Dann wird weitergeleitet. Aber noch besser Sie können schicken über schwedische Botschaft. Sie wissen, daß wir diplomatische Beziehungen abgebrochen haben und haben keine direkte Möglichkeit; am besten über schwedische Botschaft.
PT Okay, dann machen wir das so...

Und so geschieht es: Um 14.24 Uhr mitteleuropäischer Sommerzeit geht endlich wieder eine deutsche Kriegserklärung hinaus in die Welt. Bzw. erst mal in die schwedische Botschaft. (s. Abb.)

Und natürlich vergewissern wir uns noch, daß die Schweden das offizielle Schreiben auch weiterleiten:

SWE *(bedauernd)* ...der Botschafter ist leider nicht mehr im Haus, ist Wochenende.
PT Oh! Wir haben Ihnen nämlich gerade eine Botschaft an den jugoslawischen Präsidenten Milosevic gefaxt. Und zwar ein relativ wichtiges Dokument, es handelt sich um eine Kriegserklärung!
SWE *(nervös)* Okay, natürlich, ich verbinde Sie sofort! Augenblick! Moment, ich muß jemand suchen! *(kurze Pause)*
SWE Ecelius, guten Tag.
PT Guten Tag, das Bundeskanzleramt der Bundesrepublik Deutschland. Wir haben Ihnen gerade ein Fax zur Übermittlung an Slobodan Milosevic geschickt, ist das angekommen?
SWE Ja. Können Sie eine ganz kurze Sekunde nur warten?
PT Ich warte. Zumal es ein sehr wichtiges Dokument ist, es handelt sich um eine Kriegserklärung.
SWE *(aufgeregt)* Ach so, ich verstehe, das ist ziemlich wichtig, ein Moment bitte! *(kurze Pause, hektische Aktivität)* Ja, hallo? Es ist angekommen, es ist gerade besprochen worden in der Botschaft.
PT Und wir können uns darauf verlassen, daß Sie es weiterleiten?
SWE Ja, das können Sie. *(erleichtert)* Aber Herr Larson, der Botschafter, möchte gerne einige Fragen stellen: Kann ich Sie weiterleiten?
PT Bitte verbinden Sie mich.
SWE Hallo, Larson, ja, wir haben es gerade bekommen, das Fax.
PT *(mitfühlend)* Das ist wahrscheinlich auch für Sie das erste Mal, daß Sie ein so wichtiges Fax in der Hand halten.
SWE Ja, genau, es steht hier, Regierung von Jugoslawien über schwedische Botschaft. Also formellerweise ist ja so, daß Schweden noch nicht offizielle Schutzmacht ist von Jugoslawien. Der Regierungsbeschluß kommt vielleicht nächste Woche formell. Ich möchte das nur sagen.
PT *(nachdrücklich)* Ja, wir haben mit Botschafter Jeremic besprochen, daß wir das trotzdem auf diesem Wege machen. Wir liegen doch terminlich schon etwas spät. Sie wissen ja, daß es völkerrechtlich etwas bedenklich ist, Länder zu bombardieren, mit denen man eigentlich in Frieden lebt.
SWE Jaja. Vielleicht geben Sie es, Japan ist jetzt offizielle Schutzmacht zu die jugoslawische Regierung, Sie übergeben es auch noch dahin.
PT Das machen wir, wir möchten ja auf Nummer sicher gehen.
SWE Okay, ich muß natürlich noch mit Stockholm sprechen, und dann machen wir das... →

Regierung
der Bundesrepublik Deutschland
Government
of the Federal Republic of Germany

Der Bundeskanzler

Bonn, den 8. April 1999

An die
Regierung von Jugoslawien
über schwedische Botschaft, Bonn

FAX 0228 - 223837

Bitte weiterleiten an:
Slobodan Milosevic, Diktator
Belgrad, Jugoslawien

Betr.: Kriegserklärung

Die Regierung der Bundesrepublik Deutschland erklärt Ihnen hiermit rückwirkend ab dem 24.3.99 den Krieg. Im Zusammenhang damit kann es bei Ihnen zu nächtlichen Ruhestörungen, Flächenbombardements und anderen Kampfhandlungen kommen, die wir uns noch genauer überlegen müssen. Bitte tragen Sie im eigenen Interesse dafür Sorge, daß teure Gebäude, zerbrechliche kulturhistorische Werte und seltene Zootiere rechtzeitig aus dem Weg geräumt werden. Andernfalls können wir für auftretende Beschädigungen keinerlei Haftung übernehmen.

Mit freundlichen Grüßen

i.A. Regierung der Bundesrepublik Deutschland

PS: Bitte haben Sie Verständnis dafür, daß Ihnen eine ordnungsgemäße Kriegserklärung erst heute zugeht. Durch einen Krankheitsfall im Sekretariat hat sich über die Osterfeiertage doch eine ganze Menge Post bei uns angestaut. Wir bedauern dies zutiefst und bitten Sie aufrichtig um Entschuldigung.

PPS: Eine identische Ausfertigung dieses Schriftstücks ist als Abwurfeinschreiben auf dem Luftweg zu Ihnen unterwegs.

Adresse:	Telefon:	Telefax:	Telex:	Telegramm:
Bundeskanzleramt Adenaueralle 141 53113 Bonn Germany	(0049) 228 56 0	(0049) 228 56 2357		

»Ich gebe Ihnen neun gute Gründe, die SPD zu wählen. Der zehnte heißt Krieg.«

Was wir versprechen, können wir auch halten

1. **Mehr Arbeitsplätze** durch innovative Weiterentwicklung und Förderung bislang benachteiligter Industriezweige wie z. B. Rüstungsbetriebe, Sargtischlereien, Leichentuchschneidereien und Schwerbehindertenbetreuung für Kriegsinvaliden.
2. **Ein Sofortprogramm.** 100 000 interessante und abwechslungsreiche Arbeitsplätze bei ScharpingAdventureTours zur Bekämpfung der Jugendarbeitslosigkeit durch die NATO-Job-Offensive '99.
3. **Aufbau Ost wird zur Chefsache.** Die Errichtung gigantischer Zeltstädte darf nicht den serbischen Banditen überlassen werden. Schröder, Blair und Clinton übernehmen höchstpersönlich den ersten Spatenstich zum Bau neuer militärischer Stützpunkte auf dem Balkan.
4. **Ideenfabrik Deutschland.** Als Armee einer selbstbewußten Nation darf die Bundeswehr endlich wieder die technologischen Innovationen deutscher Ingenieure vor den Augen der Weltöffentlichkeit präsentieren.
5. **Bekämpfung der Kriminalität.** Kriegsflüchtlinge aus dem Kosovo werden aus Gründen der inneren Sicherheit baldmöglichst wieder abgeschoben. Zu ihrer Sicherheit wird serbischer Widerstand mit aller Gewalt im Keim erstickt.
6. **Neuer Aufbruch für die Frauenpolitik** durch das Aktionsprogramm »Frauen an die Front« und gesellschaftliche Anerkennung für die Mütter unserer Kosovo-Helden.
7. **Mehr Steuergerechtigkeit.** Senkung der Unternehmenssteuern für die durch den NATO-Einsatz stark in die nationale Verantwortung genommenen Rüstungsunternehmen.
8. **Bezahlbare Gesundheit.** Durch den Kriegseinsatz steigt die Zahl der Kriegsdienstverweigerer, dadurch werden auch mehr Zivildienstplätze geschaffen. So kümmern sich immer mehr Menschen immer kostengünstiger um unsere alten, kranken und invaliden Mitbürger. Unser Gesundheitswesen bleibt weiterhin bezahlbar.
9. **Mehr soziale Gerechtigkeit.** Außer den Serben sind alle Menschen gleich.

SPD

Rudolf Scharpings

Erinnern Sie sich? Gestern noch waren wir schlapp und würdelos, unsere Luftwaffe versteckte sich feige hinter den Landesgrenzen, unsere Kampfmoral war im Eimer, die Wehrkraft zersetzt. Doch dann kam endlich die Ehrenrettung, der Überraschungsangriff aus der Tiefe des Gaumens: Rudolf Scharpings Powersprech™. Dieses megastarke Diktionspaket mit lesergeführten Rhetorikbomben (z. B. »Konzentrationslager«, »Föten, die Frauen aus dem Leib geschnitten, gegrillt und anschließend wieder eingesetzt wurden«, oder »Köpfe, die als Fußbälle dienten«) machte allen im Wortumdrehen klar, daß es jetzt ums gute Ganze geht.

Doch das Schönste an Powersprech™: Nicht nur der Verteidigungsminister darf mit einer Mundbewegung hypermoralische Urgewalten entfesseln. Auch Sie können damit Ihr Umfeld endlich mal richtig auf Vordermann bringen!

KASSENSCHLUSS?

Gerade wollen Sie sich zum Bezahlen anstellen, da ruft Ihnen die Kassiererin zu: »Hinter Ihnen ist Pumpe!« Sie befinden sich in einer grauenvollen Lage. Doch die Kunden an den anderen Kassen schauen gleichgültig weg. Treten Sie einfach mit dem Rudolf-Scharping-Powersprech™ (Basic Edition) an den gefühllosen Pöbel heran: *»Nur wer heute mitleidet, wer mit dem Herzen sieht, kann erfassen, was sich wenige Hundert Kilometer entfernt von uns abspielt.«* Schon nach wenigen Minuten werden sich Schwerbehinderte darum prügeln, Sie vorlassen zu dürfen.

ARBEITSLOSIGKEIT?

Ihr Chef will Sie feuern? Mit Powersprech™ kein Problem. Stellen Sie sich vor dem Massenmörder auf, und sagen Sie mit sonorer Stimme: *»Leute einfach so zu entlassen, das ist, als ob man ihnen die Ohren abschnitte, panierte, einen rosa Synthetik-Puschel draufklebte, etwas Grünkohl dazutäte und noch eine Whisky-Kirsche obendrauf und dem Opfer dann das Ganze vors Knie nagelte. Es handelt sich, und dieses Wort macht mich noch wütender, um Selektion.«* Und sehen Sie: Es hilft! Für dieses Verbrecherschwein werden Sie nie wieder schuften müssen.

POWERSPRECH™

DURST?

Pech gehabt? Zwei Uhr morgens, und Ihre Stammkneipe hat schon Feierabend? Grölen Sie einfach: *»Hier steht ein Mensch auf der, äh, Rampe und hat einen Brand wie eine Wohnung im Warschauer Ghetto. Da darf kein zivilisierter Europäer zuschauen!«* Wenn jemand das Fenster aufreißt und meckert, legen Sie rasch nach: *»Wenn ich solche Ignoranten wie Sie ansehe, dann blicke ich geradewegs in die Fratze unserer Vergangenheit.«* Wiederholen Sie diese Darbietung, bis Sie auf der Wache wenigstens einen Kaffee kriegen. Übrigens: Powersprech™ klappt auch, wenn die Kneipe offen und Sie zu sind.

STROMAUSFALL?

Sie sitzen bei Kerzenschein in Ihrer Bibliothek und spielen Xylophon. Auf einmal geht das Licht aus. Sie rufen beim Stromerzeuger an und tremolieren: *»Das erinnert mich an die dunkelsten Kapitel der deutschen Geschichte. Eine Geschichte, die sich nicht wiederholen darf. Schon gar nicht in Europa, vor unserer Haustür, und erst recht nicht im dritten Stock links.«* Betätigen Sie anschließend den Lichtschalter. Sie werden staunen: es funktioniert. Kein Wunder, sondern Powersprech™. Besonders gute Erfolge lassen sich erzielen, wenn Sie das nebenstehende Dokument des Grauens hochhalten und dazu rezitieren: *»Mich zerreißt es fast, wenn ich solche Bilder sehe.«*

ZWEITE LIGA?

Ihre Mannschaft liegt schon nach fünf Minuten klar hinten und muß nun wahrscheinlich absteigen? Na und? Verständigen Sie rasch den nächstbesten Grünen-Abgeordneten: *»Tausende Zivilisten sind im Stadion zusammengepfercht. Der Stärkere vernichtet die Existenz des Schwächeren. Knochen splittern. Blut fließt. Schmerzensschreie überall.«* Wenn Sie in der zweiten Halbzeit vom Himmel her ein tiefes Brummen hören, sollten Sie langsam das Stadion verlassen. Und machen Sie sich keine Sorgen: Heut' nachmittag muß hier niemand mehr in die zweite Liga. Scheuen Sie sich nicht, auch die hier abgebildete hitleristische Blutorgie gebührend anzuprangern: *»Einige spielen mit Köpfen Fußball.«*

DOOFE SPRACHEN?

Sie sind mit Rainbow Tours für 48 Stunden (89,90 DM) in Paris. Während einer Stadtrundfahrt (nicht im Preis enthalten) erblicken Sie mitten auf dem Pont Neuf beim Überqueren eines großen Flusses ein grauenerregendes Schild: »SEINE« steht dort geschrieben, tatsächlich »SEINE«! Es durchfährt Sie wie ein Blitz, Sie zwingen den Fahrer zum Anhalten und beginnen mittels Rütteln und kräftiger Tritte unverzüglich mit der Demontage des Schildes. Irritierten Passanten und hinzueilenden Ordnungshütern erläutern Sie Ihre Motivation mit Rufen wie *»Nie wieder!«* und *»Buchenwald«* und *»Fehlt nur noch ›Jedem das‹ davor«!* Ihre Erwähnung auf der Lokalseite von »Le Monde« bestärkt Sie in der Gewißheit, daß auch das Ausland anständige Deutsche zu würdigen weiß.

SCHLIERSPUREN?

An einer Berliner Ampelkreuzung in der Nähe des Potsdamer Platzes müssen Sie halten. Ein dunkelhaariger junger Mensch deutet mit einem tropfenden Wischgerät so freundlich wie fragend auf die Frontscheibe Ihres Autos. Seine Nationalität können Sie natürlich nicht zweifelsfrei bestimmen, er könnte aber trotzdem der Volksgruppe der Sinti und Roma angehören. Sie springen aus dem Auto, schlagen dem jungen Mann zunächst heftig in den Bauch und, nachdem er sich zwangsläufig gebückt hat, mit einem Aufwärtshaken unters Kinn. Dabei machen Sie mit Rufen wie: *»Es gibt keine Untermenschen!«* und *»Schluß mit der Zigeunerverfolgung!«* deutlich, daß Sie die faschistische Rassentheorie ablehnen. Und Sie haben Erfolg: Der junge Mann verzichtet darauf, die Scheibe Ihres Fahrzeugs zu putzen.

IGNORANZ?

Was? Sie kommen zu spät zur Party, die anderen haben schon zehn Bier Vorsprung und nehmen Sie überhaupt nicht für voll? Rufen Sie einfach in dieser Reihenfolge: *»Genozid, Insektizid, Plebiszit, El Cid, Mexico-City, Tür zu, es zieht«!* Spätestens nach einer Viertelstunde sind Sie der tollste Hecht im Tümpel, alle hängen an Ihren Lippen und finden Sie unheimlich »glaubwürdig«. Nein, danken Sie nicht uns, danken Sie Rudolf Scharping!

Dieses Foto ist dem Powersprech™-Grundkurs in einem versiegelten Überlebenspaket beigelegt. Benutzen Sie es wirklich nur, wenn gar nichts anderes hilft.

Georg Behrend / André Mielke

Die ersten Opfer des Krieges

Wenn das der Führer noch erleben dürfte: Kaum schickt Deutschland wieder einmal seine »besten« Söhne gegen Serbien, scheißt die Heimatfront auf Hedonismus und entdeckt die herbe Süße des Verzichts: Jockel Fischer schob wegen des Krieges seine Heirat auf, Peter Handke gab wegen Jockel Fischer seinen Büchnerpreis zurück, Harald Juhnke feierte seinen 70sten Geburtstag nicht, und auch andere bekennen laut und deutlich: Nun muß die Heimat Opfer bringen!

Lutz Rathenow
Dissident

»Was Peter Handke, kann kann ich schon lange, und auf dem Büchnerpreis verzichte ich auch gern – nur dafür müste ich ihn erst mal krigen!! Ich schlage also mich als nächster Preisträger vor, und dann wenn es soweit ist sage ich erst ja, und dann ganz plötzlich – – -: Nö…«

Gerhard Schröder
Bundeskanzler

»Verzichten ist eine tolle Sache in einem Krieg, zu dem die Menschen wirklich gerne hingehen. Darum sage ich hier noch einmal: Solange Restjugoslawien größer ist als Hannover, verzichte ich auf meine vierte Scheidung – und bleibe bei Hillu. Quatsch: Doris.«

Günter Grass
Schriftsteller

»Ich erkläre mich bereit, auf die Annahme meiner Romane zu verzichten, die mir meine serbischen Leser zurückschicken möchten. Es wäre doch unerträglich, daß die Kosovo-Flüchtlinge schön an der frischen Luft übernachten, während ich an Zehntausenden Exemplaren der ›Rättin‹ ersticke!«

Erik Weihönig
Verleger

»Ich habe der UCK-Führung telefonisch meinen Drittjaguar angeboten, für nur 400 Mark per Kilometer zzgl. Vollkasko und natürlich Albanerzulage. Leider lehnten die Säue mit der Begründung ab, meine Offerte komme zu spät, das Fahrzeug befinde sich bereits im Kosovo. Ich guckte in der Garage nach – tatsächlich! Wo soll dieser Krieg bloß noch enden?!«

Johannes B. Kerner
Bonvivant

»Der Frauenzeitschrift *Amica* machte ich neulich eine sehr interessante Mitteilung. ›Zu Hause‹, sagte ich, ›laufe ich manchmal bis nachmittags in der Unterhose rum.‹ Für die Dauer des Krieges werde ich solche Topnews freiwillig für mich behalten – gegen Ausfallhonorar, versteht sich.«

Mainhardt Graf Nayhauß
»Bild«-Kriegsberichterstatter

»Auch wenn's verdammt schwerfällt: Solange dieser rote Kakerlakenhaufen nicht in Schutt und Asche liegt, verzichte ich auf meine serbische Putze, die ja bestimmt irgendwie mit diesen stinkenden Milosevic-Ratten und Untermenschen verwandt ist. Aus, Ende, vorbei! Putzt mir halt meine Olle die Zähne – Thais sind ja eh sauberer…«

Til Schweiger
Schauspieler

»Bis sich die Ballerei wieder gelegt hat, werde ich in den supersauren Apfel beißen und nur noch in Amerika drehen. Ich finde nämlich Krieg echt 'ne total schlimme Sache. Außerdem ist es doch viel zu gefährlich in Deutschland!«

Thomas Gsella

Kriegsgreuel quo vadis?

Die Serben drehen durch!

Vorsicht! Feind liest mit!

ROCK IM AMSELFELD

Wir schicken Wunderwaffe

Es ist wieder soweit! Mehr als 3000 deutsche Soldaten warten in Mazedonien auf den Startschuß, um den Balkan komplett von unten her aufzurollen. Aber im Gegensatz zu seinem Vorgänger A. Hitler verfolgt ihr derzeitiger Oberbefehlshaber G. Schröder (ungedient!) eine nahezu wahnsinnige Strategie: Er schickt seine Soldaten in den Kampf – ohne Truppenunterhaltung! Zum Glück macht er seine Rechnung ohne TITANIC. Denn warum sollte Großdeutschland auf die wirksamsten Waffensysteme verzichten, die es je entwickelt hat!

Wie z.B. Sebastian Krumbiegel (re.) von:

DIE PRINZEN

TITANIC Sonneborn, von Zampano & Schott, Realisierungsmanagement. Wir haben von der Bundesregierung den Auftrag, Anfang Mai ein Konzert für die Soldaten in Tetovo zu organisieren. So eine Art Truppenbetreuung...
Prinz Wann ist der Termin genau? Anfang Mai?
TITANIC Am 1. Mai, 20 Uhr Zulu-Zeit.
Prinz *(abwehrend)* Das geht leider nicht, weil wir da schon selbst unser eigenes Benefizkonzert hier in Leipzig machen.
TITANIC Sie wissen doch um die Verhältnisse im Kosovo. Und das ist eine größere Sache bei uns, mit mehreren Bands...
Prinz Unter welcher Prämisse steht denn das Ding?
TITANIC Unter dem Motto »Rock im Feld«. Moderieren wird wahrscheinlich Harald Juhnke, und es besteht natürlich die Möglichkeit, Sie einzufliegen für den Gig.
Prinz Also Sie können das gerne versuchen, aber ich glaube, daß das nicht möglich ist...
TITANIC Aber grundsätzlich würden Sie schon mitmachen?
Prinz *(zweifelnd)* Na, ich weiß da nicht, inhaltlich, das ist natürlich schwierig, da knallhart für eine Seite Stellung zu beziehen... Das ist für mich da auch irgendwie umstritten. Irgendwie.
TITANIC *(empört)* Ich glaube, in diesem Fall sind Sie wohl kaum die richtige Band für uns. Auf Wiederhören!

Das fängt gut an. Krumbiegel weiß natürlich, daß der Feind möglicherweise mithört, und tut daher ablehnend. In Wirklichkeit gibt er grünes Licht für »das Ding«: »Sie können es gerne versuchen...« Wär ja auch noch schöner, wenn die Prinzen statt in Tetovo lieber in Leipzig ein Benefizkonzert für sich selbst geben würden!

DAGMAR FREDERIC

TITANIC ...das ist ein dreitägiger Benefiz-Event, ein Konzert in Tetovo, wo die deutschen Truppen zur Zeit stationiert sind.
Frederic *(holt Luft)* Also ich muß gleich

mal Luft holen, weil ich wollte jetzt gerade sagen: Schitt, kann ich wieder kein Geld verdienen. Weil Sie sagen Benefiz. Aber das ist jetzt blöde, ich bin nicht da, ich mache mit der Lindenstraße und mache auf der Buga, ich kann alle drei Tage nicht! Ich bin am 30. in Lübben, am 1. in Calberwisch, ich weiß auch nicht, wo das ist, und am 3. in Magdeburg auf der Lindenstraße. Ja, das ist jetzt peinlich zu sagen, ich kann nicht, aber ich hätte auch nicht gekonnt, wenn es richtig viel Geld gegeben hätte!

TITANIC Selbstredend! Das Konzert wird übrigens live übertragen, mit Lautsprechern nach drüben und im deutschen Fernsehen. Und wir könnten natürlich auch Künstler einfliegen lassen. Mit Flugzeugen.

Frederic Ja, nur Tetoro ist natürlich, um es mal als Dame zu sagen, am

n die Front!

Arsch der Welt! Also um da irgendwas noch schnell zu machen…

TITANIC Tetovo, Tetovo! Das stimmt, aber daran sind wir ja nicht schuld, sondern Milosevic. Und Truppenunterhaltung steht doch in einer guten und langen Tradition, und wir wollen dort hinten auch abendländische Kultur bieten, im Gegensatz zu diesen fürchterlichen serbischen Konzerten.

Frederic Also, ich müßte am Freitag spätestens um 18 Uhr in Cottbus sein. Wenn euch das was nutzt.

TITANIC *(begeistert)* Aber sehr! Wenn Sie früh auftreten. Weil wir durch die Luftwaffe da ziemlich flexibel sind. Ich möchte nicht sagen, daß man Sie da abwirft, aber notfalls kann man Sie ja da einfach irgendwo abwerf…

Frederic Also der Freitag wäre möglich. Wenn ich um 18 Uhr in Cottbus bin, dann kann ich euch am Tage da aus der Patsche, aus der Dings helfen.

TITANIC Gut! Das Ganze würde übrigens unter dem Titel »Rock im Feld« stehen. Das ist ein bißchen doppelsinnig, da ist ja auch das Amselfeld gemeint.

Frederic Ja, hahaha.

TITANIC Und darf ich fragen, was Sie dort machen könnten? Haben Sie Titel gegen Krieg? Oder positiver ausgedrückt: für Truppenbetreuung?

Frederic Also, ich hab doch nichts für Truppenbetreuung! Ich habe sowohl flotte Lieder, ich habe Musicals, ich habe Schlager. Aber von »Warum sind Männer keine Engel« über die »Reifen Frauen« über »Evita« über »Cats« über »Lieber Gott« – also ich habe schon ein breites Repertoire anzubieten! Was da auch gehen würde. Wer überträgt denn das?

TITANIC Einer von den größeren Privatsendern, wir verhandeln noch. Das ist ja für den Sender auch sehr interessant, weil im Moment doch eher eintönige Bilder aus dieser Richtung kommen. Aber 20 Minuten dürfte Ihr Auftritt nicht überschreiten.

Frederic Also drei Titel ist ja schon okay, da kann man auch so ein bißchen was zeigen! Aber drei Titel müßten schon sein. Sonst wär das blöd! Und ich muß auf alle Fälle spätestens um 18 Uhr in Cottbus sein. Das ist eine Polizeiveranstaltung, und ich muß auch noch Soundcheck machen. Wenn das geht, ist das kein Problem…

Typisch Drückeberger: Polizeiveranstaltung in der Etappe! Aber wir machen das möglich; schließlich ist es genau das, was wir brauchen: reife Frauen bei Rock im Feld am Arsch der Welt!

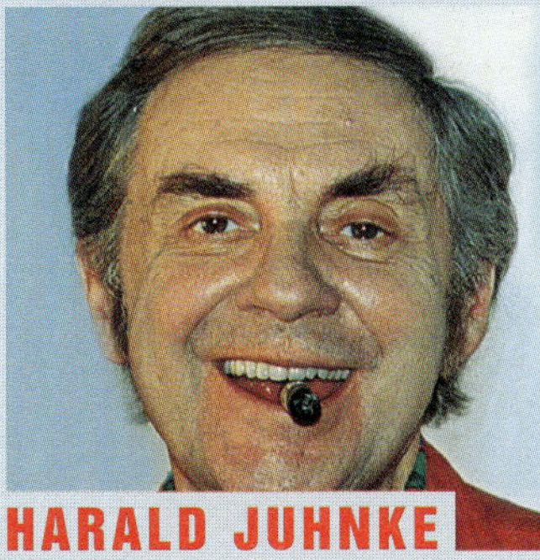

HARALD JUHNKE

TITANIC …zur Truppenunterhaltung, und zwar am 1. Mai.

Juhnke Oh, da kann ich nicht weg. Da drehe ich. Die ganze Zeit.

TITANIC Und da können wir Sie nicht mal kurz ausleihen?

Juhnke Nee, ausleihen könn wa nich, wenn einer jeden Tach drehen muß, kann er nicht ausgeliehen wer'n!

TITANIC Es gibt auch keine Möglichkeit, etwas zu verlegen? Oder daß wir Sie einspielen? Oder ein Gastauftritt? Wenn wir das vorproduzieren?

Juhnke *(entschuldigend)* Nee, tut mir leid. Ich bin zu bis nächsten Herbst!

Hoppla, das dürfte *Bild* interessieren: Juhnke wieder zu! Diesmal sogar bis nächsten Herbst! Wir aber merken ihn erst mal vor. Für den nächsten Truppenunterhaltungsabend vor Moskau.

WILDECKER HERZBUBEN

Herzbube *(entgeistert)* …wooooo soll das stattfinden?

TITANIC In Tetovo, in Mazedonien.

Herzbube Aha! Na ja. Also grundsätzlich geht alles zu machen. Ich weiß jetzt nicht, ob der Termin frei ist. Und unsere Band kann auch alle anderen Künstler begleiten, die sind sehr bewährt als Begleitorchester. Das sind 6 Instrumentalisten, ein Sänger, eine Sängerin.

TITANIC Und die können auch Dagmar Frederic begleiten?

Herzbube *(überzeugend)* Kein Problem, die hat ausgezeichnetes Notenmaterial, das können unsere Musiker spielen, wo es hingelegt wird.

TITANIC Und inhaltlich, was könnten Sie so spielen, was würde da passen?

Herzbube Also unsere Musik ist ja hinreichend bekannt, unser Haupttitel eben »Herzilein«…

TITANIC Den kenn ich!

Herzbube *(nachdenklich)* Was jetzt in die Situation paßt? Öh, das kann ich so aus dem Ärmel nicht schütteln. Vielleicht hat man da was… Eigentlich soll man die ja von dem, was sie da tagtäglich erleben, ablenken. Und nicht sagen, wie beschissen der Krieg ist, hahaha.

TITANIC Nein, aber vielleicht positive Botschaften vermitteln.

Herzbube Das läßt sich sicherlich machen! Obwohl das ja sehr kurzfristig ist.

TITANIC Aber das paßt gerade. Auch zum, ich sag es mal in Anführungszeichen, »heißen Tanz in den Mai«.

Herzbube Ach, am 1. Mai schon?

TITANIC *(beruhigend)* Ja, aber das ist alles organisiert: Wir würden Sie einfliegen, Sie spielen, übernachten im Feld…

Herzbube Ja, wenn das tatsächlich in der Nähe des Kosovo ist, dann… dann müßten wir da natürlich über Nacht bleiben, dahin fliegen, auftreten und zurückfliegen, das geht dann nicht.

TITANIC Und Sie fliegen natürlich mit der Bundeswehr, das ist auch gar nicht gefährlich, kein Gedanke! Und in Tetovo sind ja genug Soldaten zu Ihrem Schutz versammelt.

Herzbube *(nervös)* Ja. Hähähähähaha! Schon klar. Ja, wie gesagt, von der Sache her stehe ich dem positiv gegenüber. Und ob ich da passendes Liedgut habe, darüber muß ich mal nachdenken. *(Pause)* Unsere Musik, die wir als Wildecker Herzbuben haben, die ist ja relativ seicht. Das ist ja einfachste Unterhaltung, so'n bißchen Stimmung…

TITANIC Das ist ja genau das, was in Soldatenkreisen immer gut ankommt!

Herzbube Ja klar! Natürlich! So ist es!

TITANIC Sie wissen ja auch ungefähr, was Sie da für ein Publikum haben…

Herzbube Ja klar. Wir haben so was vor vielen Jahren auch schon mal gemacht, in Spanien. Das war auch bei der Bundeswehr.

TITANIC *(überrascht)* Bei der Bundeswehr in Spanien?! Was war das für ein Einsatz?

Herzbube Gar keiner, das nannte sich einfach nur Truppenbetreuung.

TITANIC *(zweifelnd)* In Spanien?

Herzbube Ja, die haben da so'n Camp. Aber das ist auch schon über 20 Jahre her. Unser damaliger Saxophonist war nämlich bei der Bundeswehr. Und der hatte Kontakt, und zack, zack, war'n wir da, haben 2 Tage ein bißchen Musik gemacht und sind wieder nach Hause geflogen. Da machen wir ganz normale Tanzmusik. Wie wenn Sie jetzt auf irgendein Fest gehen…

TITANIC Sehr gut, das ist genau das, was wir brauchen!

Deutsche Soldaten in Spanien? Vor über 20 Jahren? Offensichtlich haben die Wildecker Herzbuben schon für die Legion Condor gespielt. Die waren ja auch zack, zack, da, haben ein bißchen Musik gemacht und sind wieder nach Hause geflogen… →

DIETER »MASCHINE« BIRR
Sänger der Puhdys (1.v.l.)

TITANIC ...im Tetovo. Machen Sie mit, Maschine?
Maschine *(ängstlich)* Das kommt drauf an: Wie gefährlich iss'n das da?
TITANIC Es ist, äh, nun, es ist eigentlich, sagen wir mal, relativ ungefährlich. Das ist ein paar gute Kilometer von der Grenze zum Kosovo entfernt. Die haben da jetzt natürlich diese neuen 8,8-Raketen, schlimme Dinger mit Sprengstoff...
Maschine *(besorgt)* Ja, ja!
TITANIC Aber, ich meine, das ist ja eine Truppenunterhaltung, da stehen 3000 Soldaten um Sie herum. Da kann doch nicht viel passieren, eigentlich.
Maschine *(noch nicht überzeugt)* Ja, ja.
TITANIC Und wir möchten den Truppen, die wir da runterschicken mußten, einen moralischen Rückhalt geben!
Maschine Ja, ja, klar.
TITANIC Darf ich fragen, was Sie für Titel hätten? Was da auch thematisch passen würde?
Maschine Ja, auf jeden Fall würde ich denken: »Das Buch«.
TITANIC Wie bitte? Das Buch? Ist das ein Liedtitel?
Maschine Ja, da gehts um, äh, also das ist eigentlich im Prinzip ein Friedenslied! Das ist nachzuhören auf unserer letzten Platte, wir haben gerade 'ne Platte gemacht, »30 Jahre Puhdys«, falls Sie die haben sollten, also das ist unsere letzte jetzt.
TITANIC *(bestimmt)* Nein, ich höre so etwas nicht. Also ein Friedenslied? Wie friedlich ist denn das? Nicht daß die Leute gleich die Waffen fallen lassen, die Uniformen ausziehen und wieder nach Hause wollen?
Maschine *(abwehrend)* Nja, nee, puh, so nicht.
TITANIC Wie ist denn der Refrain?
Maschine *(leiert völlig emotionslos)* Etwa 10 Milliarden Augen, ein Trauerregen und ein Tränenmeer, das überlief und den letzten Damm der Hoffnung zerbrach...
TITANIC *(verstört)* Äh, jaha?
Maschine *(erklärend)* Das ist so eine Vorstellung, zum Beipiel wie die Welt vernichtet wird. So als ob... das ist eine Vision. Falls es Außerirdische geben sollte, fremdes Leben, die beobachten, wie die Erde sich selbst vernichtet. Und die ham so'n Buch, wo sie schreiben, daß es früher... früher mal die Erde gegeben hat. So in dem Sinne.
TITANIC Wunderbar! Das würde ja jetzt sehr gut passen, auch gegen Milosevic so ein bißchen.
Maschine Genau, ja, genau.
TITANIC Das Ganze steht ja unter dem Titel »Rock im Feld«. Haben Sie denn zufällig noch einen Titel speziell für unsere Truppe?
Maschine *(denkt nach)* Nö, nicht.
TITANIC Ich hab da mal was gehört, »Laß Deinen Drachen steigen« oder so?
Maschine *(stolz)* Ja, das ist »Geh zu ihr«. Also wir haben insgesamt über 200 Titel.
TITANIC Und das mit dem Drachensteigen würde mir auch gefallen, weil es sehr schön zu den Luftwaffensoldaten passen würde...
Maschine Genau, ja, genau!

Puh, die Puhdys! Bands mit Visionen und Liedern über Trauertränenregenmeere waren eigentlich nicht vorgesehen in unserem lockeren Unterhaltungsprogramm im Amselfeld. Welcher Soldat will so was schon hören, wenn er abends von der Arbeit nach Hause kommt?

REX GILDO

TITANIC Ich bin auf der Suche nach Rex Gildo.
Agent Ja, da sind Sie hier richtig, wir sind seine Agentur.
TITANIC Es geht darum, daß wir für die Bundesregierung »Rock im Feld« organisieren, einen bunten Truppenunterhaltungsabend in Tetovo, am 1. Mai. Und da sind wir natürlich zu allererst an Rex Gildo interessiert.
Agent Hm. *(zögernd)* Also ich, ich würde es eigentlich ungern machen wollen, weil es eigentlich zu riskant ist.
TITANIC Inwiefern riskant? Wir haben mindestens 3000 trainierte Soldaten da unten.
Agent Ja, aber ich möchte nicht in irgendwelche Kriegsgeschichten verwickelt werden. Ich halte die Sache für zu gefährlich. Ich möchte keinen meiner Künstler in ein Kriegsgebiet schicken!
TITANIC Und wenn wir einen Waffenstillstand organisieren für diese Zeit?
Agent Nee, das ist mir alles zu riskant! Es geht auch um die Sicherheit des Künstlers!
TITANIC Ich meine, da würden Flugzeuge bereitstehen, es gibt kugelsichere Westen, es...
Agent *(aufgebracht)* Kugelsichere Westen! Ja toll! Also nee! Bei allem Verständnis!
TITANIC Das Ganze ist auch versichert.
Agent Was nützt mir das, wenn der Künstler... Sie wissen schon!
TITANIC ...in Gefangenschaft gerät? Wir würden alles mögliche tun! Wir würden ihn rausholen, die Amerikaner haben ihre Leute auch wieder rausgeholt. Aber soll das heißen, nicht Herr Gildo entscheidet das, sondern Sie?!
Agent *(herrisch)* Das entscheide ich! Da werde ich ihn auch gar nicht fragen, das entscheiden wir hier!

Oder wir hier! Rex Gildo, machen Sie sich fertig! Schließlich herrscht Krieg, und wer an der Front gebraucht wird, muß auch da hin. Und wenn wir ihn auf einer Rakete da runterschießen! In diesem Zusammenhang trifft es sich gut, daß zur Abwechslung auch mal bei uns das Feldtelefon klingelt:

Bundeswehr Hier ist Krieck, schönen guten Tag. Eine Frage: Wie kommen Sie auf die Idee, Rex Gildo nach Tetovo zu schicken?
TITANIC *(überrascht)* Nun ja, das ist doch nicht überraschend, wenn man einen Truppenunterhaltungsabend organisiert!

BUNDESWEHR

Bundeswehr *(schneidend)* Was für einen Truppenunterhaltungsabend?
TITANIC Na, »Rock im Feld«! Darf ich fragen, wer Sie sind?
Bundeswehr *(wichtig)* Ich rufe von der Bundeswehr aus an.
TITANIC Von der Bundeswehr? Was machen Sie denn da?
Bundeswehr Ich arbeite hier im Ministerium. Aber noch mal – weil der Sachverhalt uns nicht bekannt ist, daß ein Rockfestival in Tetovo stattfinden soll...
TITANIC Das ist doch zur Truppenbetreuung. Sie kennen die Vorbilder in Vietnam, mit Bob Hope z.B...
Bundeswehr *(sarkastisch)* Marilyn Monroe, jaja, hochinteressant. Und das planen Sie? Na prima, herzlichen Glückwunsch!
TITANIC Danke. Wir gehen übrigens davon aus, daß wir Transportkapazitäten bei Ihnen bekommen können.
Bundeswehr *(freundlich)* Selbstverständlich, Freiflüge auf den Drohnen, können wir alles anbieten!
TITANIC *(entsetzt)* Gute Güte, das sind doch Raketen! Sie wollen Rex Gildo auf eine Rakete setzen und da rüberschießen?!
Bundeswehr Das können wir auch machen.
TITANIC *(ernst)* Das würde seinem Manager nicht gefallen. Der hat schon abgewunken, auf Gildo müssen wir leider verzichten.
Bundeswehr Ist das wahr? »Hossa, Hossa«, das kann ja nicht jeder. Na gut, ich wollte das nur mal verifizieren...

Geschafft! Wildecker Herzbuben und Puhdys an seinen Grenzen, Raketen mit Rex Gildo im eigenen Luftraum: Das kann kein Diktator der Welt lange aushalten. Wenn alle an einem Strang ziehen – TITANIC, beliebte deutsche Unterhaltungskünstler, die Bundeswehr und Dagmar Frederic –, dann kann eben kaum etwas schiefgehen... □

Martin Sonneborn

Sommerloch in Bonn – kein Lärm um nichts, kein Krach im Treppenhaus. Die Freude über die neugewonnene Regierungsmacht hat sich gelegt, das Regieren droht in Arbeit auszuarten, die Ergebnisse können sich nicht sehen lassen. Und selbst der schöne neue Krieg brachte nicht das, was man sich von ihm erhofft hat: Reichtum, Ruhm, Menschenrechte bis zum Abwinken und jede Menge serbische Putzfrauen.
Ja, nicht einmal Abwechslung. Und die Helden sind müde geworden...

→TITANIC-Leserservice. Damit Sie gleich wissen, von wem hier die Rede ist, blenden wir an dieser Stelle für zehn Sekunden sein Bild ein. Technisch ist so etwas für uns heute ohne weiteres machbar. Ästhetisch allerdings nicht ganz unproblematisch. Sie sehen ja selbst, wie das aussieht....

Sehen Sie Radi Schurping in »Regi, der Rudimentstrottel«... Quatsch:

RUDI SCHARPING ist

Rudi, der Regimentstrottel

Nach dem Hosenwechsel....
Hör auf zu lachen, er kommt. Ich versteck mich unterm Tisch!
Is recht, Krawatte. Überlaß den Trottel mir.
Du hat mich anrufen lassen, mein Fischer?
Ja, und ich finde es ganz toll von dir, Rudi, daß du alleine hergefunden hast.
Das war doch puppenleicht. Ich bin erst durch die große Türe vorne rein, und dann war da so ein Mann mit Mütze, der hat mich direkt...
Schon gut, Rudi, das erzählst du uns ein andermal. Ich hab jetzt einen wichtigen Auftrag für dich, der ist so geheim, daß nicht mal der Mann mit der Mütze ihn kennt!
Erst hatte ich ja Angst vor dem Mann, weil ich dachte, er wär ein General.
Apropos General. Du weißt doch, daß du diesen sinnlosen Krieg da unten angefangen hast. Und nun fragen wir uns, wie du den zu Ende bringen willst.
Wir könnten doch den Mann mit der Mütze fragen.
Nein, die Sache ist zu geheim: Morgen startet die »Aktion Kanonenfutter«, und ich erkläre dir jetzt genau, was du zu tun hast...
Stunden später....
...und dann hab ich ihm erklärt, daß wir als Bodentruppen auf keinen Fall unsere teuren Soldaten verheizen können und daß er uns bis Mittwoch billiges Kanonenfutter beschaffen muß. Und was glaubst du, was er geantwortet hat?
»Dafür lege ich meine Hand ins Feuer!« Hab ich doch alles selbst mitangehört, Weste.
Auch die Insassen des Seniorenstifts »Graue Ganter« müssen sich Scharpings Versprechungen selbst anhören:
Ihr habt hier lange genug eine ruhige Kugel geschoben. Jetzt werdet ihr andere Kugeln kennenlernen – dafür lege ich meine Hand ins Feuer!
Aber ich bin doch schon viel zu alt zum Sterben!
Pech für Herrn Becker, daß es ihn in seinem Alter noch erwischt!
Die Begeisterung der neu gebildeten Ü 60-Einheit hält sich in Grenzen. Und auch in der U 16 von der Carl-von-Ossietzky-Gesamtschule Friedberg sind nicht alle vom Sinn der geheimen »Aktion Kanonenfutter« überzeugt:
Und wenn ich euch verspreche, daß ihr nie wieder in die Penne hier zurück müßt, Jungs! Nie wieder Erdkäs – dafür lege ich diese meine Hand ins Feuer!
Schade, in Erdkäs war ich immer gut.
Pech für Olli. In Erdkäs war der immer gut.

Sehr vielversprechend läuft die Rekrutierung nicht an. Hat Rudi seinem Fischer zu viel versprochen? Seinem Schröder kann er jedenfalls noch keinen Vollzug melden.
Erdkäs?
Es gibt Probleme, mein Schröder: Die Alten wollen nicht mehr sterben und die Jungen lieber Erdkäs lernen.
Ja, Erdkäs. Der Mann mit der Mütze hat gemeint, daß das das ist, wo die Länder liegen. Was soll ich jetzt machen?
Pech für dich, Rudi. Dann wirst du dir bis Mittwoch wohl andere Dumme suchen müssen. »Aktion Kanonenfutter« kann nicht mehr gestoppt werden.
Dumme? Das ist ja genau Rudis Spezialgebiet! Er weiß sofort, was zu tun ist, und lädt zur großen Pressekonferenz:
Der Ernstfall ist eingetreten, weil die Geheimaktion nicht mehr gestoppt werden kann. Daher verkünde ich nun die sofortige allgemeine und totale Debilmachung!
Hat noch jemand irgendwelche Fragen?
Ja, ich! Die Journalisten stehn schon draußen. Soll ich sie jetzt reinlassen, Herr Minister?
Wie – die sind noch gar nicht hier drinne? Warum sagt mir das denn keiner?
Ich kann nur wiederholen, was ich drinnen eben schon gesagt habe, muß mich aber wegen der Vorbereitung der Geheimaktion kurz fassen, mit anderen Worten: Ich nehme die Gelegenheit zum Anlaß, in aller Kürze…
So viel Zeit haben wir leider nicht, Rudi! Wir spulen daher ein wenig vor, direkt zur Unterzeichnung der Generaldebilmachung. Technisch für uns kein Problem – aber für Rudi!
Hier soll ich meinen Namen hinmalen? Mal sehen, wie das aussieht…
Wollen Sie das auch mal sehen?
Radi Schaping

Jetzt geht's los: Die totale Debilmachung beginnt mit einem strengen Intelligenztest, bei dem nur die Dümmsten eine Chance haben.
Hey Alter, willsu mich anmachen oder was? Ich schlag dich Krankenhaus!
Was hängt an der Wand und macht tick-tack?
Dann folgt der erste Zählappell.
Dreifuffzich?
Ich?
Der neben mir?
Bin ich Kanonenfutte oder Einstein
Ich geb euch noch eine Chance: Also, was kommt nach der Drei?
Und ab zur Einkleidung!
Poch! Poch!
Super! Wenn ich jetzt dusche, bleibt meine Frisur ganz trocken.
Warum klingt das so hohl, wenn man hier dranklopft? Richtig unheimlich.
Den Tagesbefehl gibt der zweitoberste Kriegsherr persönlich aus.
Die Frisur ist aber schick!
Und wenn der Panzer nicht anspringt?
Mit donnerndem Motor, so schnell wie ein Blitz, dem Feinde entgegen im Panzergeschütz – na, habt ihr Bock?
Dann wird eben gezogen.
Wir ziehen den Panzer den Hügel hinauf, hinab rollt er selber, doch wer hält ihn auf?
Natürlich der Panzer, den die Trottel vom Konkurrenzkommando Bimberle im Halteverbot geparkt haben.
Bumms!
Krach!
Nicht mal im Feldlazarett kommen die Verletzten zur Ruhe:
Na, haben Sie auch beim großen Panzerunfall mitgemacht?
Nein, da konnte ich leider nicht. Hab mir beim Lesen der Dienstvorschrift das rechte Auge ausgerenkt.
Ich bin übrigens der behandelnde Feldscher.
Dann lesen Sie ab jetzt nur noch die linken Seiten. Versprochen?
Morgen klebe ich ihm noch das linke zu.
Großes Indianerehrenwort.

Im Generalstab der Blödeneinheit herrscht helle Aufregung: der Minister bittet zum Kartenstudium.
Ich glaub, ich hab mich vergeben – zählen Sie mal durch! Sie haben alle Karten und ich keine!
Ich hab viele Karten.
Ich hab genau so viele.
Klarer Fall – das Spiel muß wiederholt werden.
Jetzt hab ich vergessen zu drücken. Und Sie?
Ich hab auch vergessen, mich zu drücken.
Gleich schlag ich ihn Krankenhaus.
Bevor es dazu kommt, muß der Minister zu einer dringenden Ehrung in die Feststube.
Sie soll ich also zum Gröblaz ernennen?
Ja, weil ich bin der größte Blödmann aller Zeiten!
Meinetwegen. Aber sind Sie nicht dafür noch viel zu klein?
Das kommt Ihnen nur so vor, weil Sie größer sind.
Mittwoch morgen – der Mittwoch der Entscheidung. Letzte Nahkampfschulung im Nahkampfschulungszentrum »Nakaschuze«.
»Nakaschuze« – ist das japanisch?
Nein, das ist eine Abkürzung.
Na dann. Nach dem lautlosen Anschleichen mache ich beim Feind hinten einfach sooo…
Moment – was machen Sie unter meinem Hemdkragen?
Ich suche Ihre Krawatte. Mit der will ich Sie nämlich lautlos erdrosseln.
Aua, das kitzelt!
SPD
Damit ist die Grundausbildung abgeschlossen. Nun fehlt nur noch ein Freiwilliger, um die Kampfbereitschaft des Kanonenfutters zu demonstrieren.
Sie sind ab jetzt Freiwilliger – das ist ein Befehl! Wegtreten zum Umziehen, Ausgehuniform anlegen.
Weggetreten bin ich ja schon.

Bernd Eilert / Oliver Maria Schmitt

BUMM DIE INTELLIGENTE BOMBE

Das Bomben muß

Seit Jugoslawien ist klar: Gegen massive Menschenrechtsverletzungen durch unbeugsame Diktatoren hilft nur massiver Bombenabwurf; vielleicht noch Bodentruppen und/oder Dritter Weltkrieg. Doch die NATO-Bündnispartner rund um die USA dürfen sich jetzt nicht auf ihren Erfolgen ausruhen. Auch andere Länder und Landstriche warten nämlich sehnlichst darauf, daß bei ihnen wieder alles in Ordnung gebombt wird!

Eurodisney

Seit Jahren tyrannisieren der despotische Exil-Amerikaner Maus (Spitzname: »Micky«) und seine knallharte Führungsriege um Tick, Trick und [illegible]k, Generalstabschef Goofy und d[illegible] Chemiewaffenfabrikanten D. Du[illegible] mitten in Europa unschuldige Z[illegible]en. Männer, Frauen, Kinder, ganze [illegible]lien werden in ein unweit Paris g[illegible]enes Lager deportiert, wo sie unvorstellbaren Torturen (Wildwasserbahn! 3-D-Erdbebenkino! Zuckerwatte!) ausgesetzt werden. Und zahlen dürfen sie dafür auch noch. Im voraus! Keine Frage, Menschenrechte sind was anderes.

Mögliche Strategie:
Wegen der unvorstellbaren Starrköpfigkeit des Diktators helfen in diesem Fall nur Atomwaffen, und zwar jede Menge davon. Selbstverständlich nur auf militärische Ziele (Panzerknackerkarussell, Pluto-Niumfabrik). Und auch nur so lange, bis »Micky« Maus »die Message versteht« (NATO-Sprecher Jamie Shea) und eine einwandfreie Kapitulation unterschreibt.
Vorteil: Das Gelände wird anschließend zum NATO-Hoheitsgebiet erklärt und als »Kriegs-«, äh, »Humanitärer-Einsatz-Park« neueröffnet.
Nachteil: Um die immensen Kosten des Einsatzes auszugleichen, müßten wahrscheinlich die Eintrittspreise erhöht werden.

Türkei

Verfolgung, Verschleppung und Folterung von Kurden durch türkisches Militär und Geheimpolizei, Massaker an der Zivilbevölkerung, Unterdrückung kurdischer Kultur – das hört sich zunächst so an, als könnten hier vielleicht auch Menschenrechte verletzt werden.
»In so einem Fall müßten wir die Türkei natürlich sofort atomisieren. Aber«, so NATO-Sprecher Jamie Shea, »wir haben bei der türkischen Regierung angefragt, ob Kurden denn auch wirklich Menschen sind – und ein klares NEIN zur Antwort bekommen. Wenn das so ist, brauchen wir natürlich auch nicht einzugreifen.«

Mögliche Strategie:
Unterstützung der türkischen Regierung durch Waffenlieferungen und eventuell sogar Aufnahme der Türkei in die EG, also kurz: Alles so lassen, wie es ist.
Vorteil: Alles bleibt, wie es ist.
Nachteil: Keine spannenden Sondersendungen im Fernsehen.

Köln

Durch massive, jährlich wiederkehrende und von der Staatsmacht administrativ durchgesetzte Zwangsspaßperioden (»Karneval«) wird die frohsinnresistente Minderheit ihrer Souveränität beraubt, das Selbstbestimmungsrecht bleibt auf der Strecke. Wer sich wehrt, wird mit Psychopharmaka (»Kölsch«) ruhiggestellt oder durch symbolische Kastration (»Schlipsabschneiden«) erniedrigt und zur Teilnahme an widerwärtigen Ritualen gezwungen (»Umzug« bzw. »de Zoch«). Von Menschenrechten weit und breit keine Spur!

Mögliche Strategie:
Zunächst wochenlange und nichtendenwollende NATO-Bombardements von strategisch wichtigen Zielen (Kölner Dom, RTL-Zentrale, Gaffel-Brauerei), anschließend »Ausschalten« der diktatorischen Elferräte durch gezieltes Elfmeter-Erschießen mit landgestützten Cruise Missiles.
Vorteil: Sendeanlagen diverser völkerrechtswidriger Nachmittags-Talkshows und Daily-Soaps könnten en passant unbrauchbar gemacht werden, z.B. mit Wasserstoffbomben oder zur Abwechslung auch mal Laserwaffen.
Nachteil: Beim Einsatz von Bodentruppen könnte Willy Millo»se«witsch einen seiner gefürchteten Atomwitze auf europäische NATO-Staaten abfeuern.

weitergehen!

dämlich zahlen, das darf ja wohl nicht wahr sein!« Außerdem verprügelt der Neu-Monegasse Ernst August »Prügelprinz« von Hannover vermutlich täglich seine Angetraute, ohne sich dabei fotografieren zu lassen. Ein eklatanter Verstoß gegen die Menschenrechte!

Mögliche Strategie:
Die NATO muß Monaco einfach so lange in die Steinzeit zurückbomben, bis in Monaco wieder Steinzeit herrscht. Und zwar am besten mit riesengroßen Steinschleudern.
Außerdem muß Prinzessin Caroline eine bedingungslose Kopulationserklärung unterzeichnen.
Vorteil: Prinz Albert käme endlich – wenn schon nicht unter die Haube, so doch immerhin wenigstens – unter die Haubitze.
Nachteil: Die sehr gute Discoplatte von Prinzessin Stephanie aus den frühen 80ern könnten dabei kaputtgehen, und ein Kulturschatz von unermeßlichem Wert wäre für immer dahin.

Monaco

NATO-Experten hegen schon seit langem den Verdacht, daß die in der Neustadt La Condamine angesiedelten Monegassen schlecht über die Besitzer der Spielbank von Monte Carlo reden. »So fangen Diskriminierung und ethnische Säuberungen oft an«, erklärte Bundesaußenminister Fischer auf einer Pressekonferenz. Es gehe ihm zudem »auf den Sack, daß die Penner da unten Steuerfreiheit genießen, während wir uns hier doof und

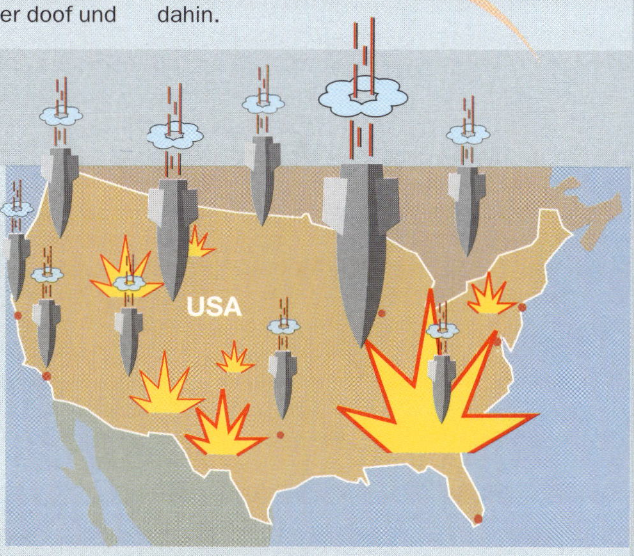

USA

Komisch, daß das früher noch keinem aufgefallen ist, aber die Vereinigten Staaten von Amerika sind quasi das Mutterland der Menschenrechtsverletzung: »Ich bin da erst durch Jugoslawien draufgekommen, aber die Diskriminierung von Negern, Schwulen und Indianern, die schlicht barbarische Todesstrafe und das mehrfache Vom-Zaun-brechen verbrecherischer Angriffskriege (Kuba, Vietnam, Granada etc.) – das alles hat doch mit Menschenrechten nix zu tun!«, so US-Außenministerin Madeleine Albright. »Außerdem besteht unsere Bevölkerung zu 98% aus dicken, ungebildeten Faultieren, die wahlweise erbärmlich schlechten Gitarrenrock oder süßliche Soul-Balladen hören. Da hilft nur eins: Wir müssen uns selber so lange bombardieren, bis Clinton endlich ein Einsehen hat.«

Mögliche Strategie:
Die amerikanische Zivilbevölkerung mit Bodentruppen einkreisen, dann aus tieffliegenden Hubschraubern wahllos in die Menge schießen. Anschließend Splitterbomben drauf und schließlich Napalm. Im Weg stehende Hochhäuser können vorher mit »Agent Orange« entlaubt werden.
Vorteil: Hätte in Vietnam auch fast geklappt.
Nachteil: Aber eben nur fast.

Benjamin Schiffner

Wie erkläre ich meinem Kind den Krieg?

Das Grauen kommt täglich aus dem Fernseher: verstümmelte Leichen, weinende Menschen, die zerstörten Gesichter von Rudolf Scharping und Jockel Fischer. Diese Bilder flimmern auch in die Seelen unserer Kinder. Aber wie soll man damit umgehen? Der Bielefelder Kinder- und Jugendpsychologe Christian Y. Schmidt beantwortet Fragen besorgter Eltern.

Sollte mein Kind überhaupt Nachrichtensendungen sehen?

Nils M., Berlin

Ja, aber nur bis etwa 12 Jahren. Ältere Kinder empfinden die gezeigten Kriegsbilder in der Regel als »nicht kraß genug«, langweilen sich schnell zu Tode.

Mein fünfjähriger Sohn kann leider immer noch nicht Serben von Albanern unterscheiden. Wie soll ich ihm klarmachen, wer in diesem Krieg »die Guten« sind?

Holm F., Lüdenscheid

Hier hilft ausnahmsweise ein bißchen Flunkern. Behaupten Sie einfach, daß die Albaner die Fruchtzwerge, das Softeis und die lustige Maus Diddl erfunden haben – es in Serbien aber weit und breit keinen McDonald's gibt. Ihr Sohn weiß dann schnell Bescheid.

Wegen des Kosovo-Kriegs kann unsere Svenja (7) nicht mehr schlafen. Seit sie ihn einmal im Fernsehen gesehen hat, glaubt sie fest daran, dieser Staatsminister Ludger Volmer liege unter ihrem Bett.

Dominique C., Heidelberg

Das ist tatsächlich eine fürchterliche Phantasie, die Sie Ihrer Tochter unbedingt ausreden müssen, wenn Sie Langzeitschäden vermeiden wollen. Sprechen Sie mit Svenja vor dem Schlafengehen über was Nettes, z.B. über Zombies, Freddy Krueger oder Godzilla. Dann ist das Volmer hoffentlich bald vergessen.

Seit Krieg ist, hängen unsere beiden Kinder (8 und 11) nur noch vor der »Glotze«. Weil sie nicht mehr aufräumen, sieht's in ihren Zimmern mittlerweile aus wie im Schweinestall. Wir haben uns deshalb entschlossen, die Kinderzimmer zu bombardieren. Meinen Sie, wir kommen beim Bundesverfassungsgericht damit durch?

Ulrich und Maria W., Detmold

Nein, Bombardierungen von Kinderzimmern sind im Moment noch verboten. Aber versuchen Sie es doch mal mit »Luftschlägen«!

Mein René hat demnächst Geburtstag und findet diesen ausgebrannten Bus auf der Brücke »voll geilomat«. Gibt's den vielleicht schon von Matchbox?

Andrea D., Putbus

Bedauerlicherweise noch nicht. Aber die Firma »Wiking« hat angekündigt, den Bus inklusive verkohlter Leichen als Bausatz auf den Markt zu bringen. Den zerbombten Zug (andere Brücke) gibt's ab Herbst von »Märklin«.

Unsere Jüngste (13) löchert mich die ganze Zeit mit der Frage, wer denn »die alte Oma mit der doofen Brille« ist, die in letzter Zeit so oft in der »Tagesschau« kommt. Ich hab leider überhaupt keinen Schimmer.

Katharina F., Schrobenhausen

Fragen Sie Ihre Tochter doch mal, ob »die Oma« öfters mit den Armen fuchtelt, laufend auf den Boden guckt und einen dicken schwarzen Klunker am Ringfinger trägt. Wenn ja, handelt es sich um Jockel Fischer. In diesem Fall seien Sie auf der Hut: Wenn Ihre Tochter schon geschlechtsreif ist, läuft sie Gefahr, in naher Zukunft von »Oma« geheiratet zu werden. Da hilft nur striktes Fernsehverbot.

Wegen des Kriegs in Jugoslawien will Birte (9) nicht mehr essen. Ihre Schulbrote soll ich »zu den armen Menschen, die immer auf RTL kommen« (nach Albanien) schicken!

Maren R., Tangermünde

Probieren Sie's doch mal mit einem kleinen Trick und geben Ihrer Tochter statt der Brote »echtes Kanonenfutter« mit in die Schule. Sagen Sie ihr, das mache stark und helfe gegen Serben. Ich garantiere Ihnen, daß es Birte bald wieder schmeckt.

Jürgen, unser Sohn, ist von Geburt an behindert. Er hat einen Sprachfehler, ist nicht der hellste und schnellste und trägt Brille. Seit Kriegsausbruch im Kosovo wird Jürgen verstärkt gehänselt, z. B. von den anderen Kindern in seiner Schule (2. Klasse) vom Fahrrad geschubst und nur noch »Scharping« genannt. Wie können wir ihm helfen?

Kathrin und Oliver N., Frankfurt/M.

Rüsten Sie Jürgens Fahrrad doch einfach etwas auf. Zum Beispiel mit lasergesteuerten Hellfire-Raketen (Reichweite acht Kilometer), der Vierfachrakete TOW und Zuni-Raketen Kaliber 127 mm. Damit pustet Jürgen jeden Hänsler aus dem Weg. Aber Achtung: Beim Umrüsten Stützräder nicht vergessen, sonst fliegt Ihr Sohn auf die Fresse!

Früher spielten meine Enkel begeistert Flugzeugquartett. Jetzt haben sie, wie sie sich ausdrücken, »keinen Bock« mehr. Der Grund: In Ihrem Quartett fehlen der »Stealth-Fighter« und der »Stealth-Bomber«. Wissen Sie, wo man Quartette mit diesen Flugzeugen kaufen kann?

Britta S., Reinbek

Kaufen – papperlapapp! Erklären Sie Ihren Enkeln doch, daß die beiden Flugzeuge sehr wohl in ihrem Quartett vorkommen, wegen ihrer Tarnkappe aber vollkommen unsichtbar sind.

Hab ich doch schon. Aber meine Enkel meinen, daß die Flugzeuge nicht wirklich unsichtbar sind. Die Serben hätten ja schon eins abgeschossen.

Britta S., Reinbek

Sind sie doch. Die durch Propaganda verhetzten Serben haben das bloß nicht gewußt.

Mein Son bietet dringen um ein pahr fette NATO-Bomben auf »Carl von Ossitskie-Gesamtschule« in Bilefeld-Schildesche. Seine Lährerin, Frau Gebauer, unterdrükt immer alle Schüler ganz doll. Sie vertreipt die Schüler in der grosen Bause aus den Klassenziemern auf den Schulhof wie die Albaner. Auserdem giept sie schlechte Noten in Diktat. Und noch ne Frage: Giepts den Krieg gegen Serbien auch für Play-Station. Wenn nich, warum nich???

Ein armer Vati (42), Bilelfeld

Bist Du das, Ralfi? Warte nur, bis ich nach Hause komme. Meine berühmten Arschflugkörper kennst Du ja schon… □

WONDER-BRA
BERND
DER SUPERHELD MIT DEM SOZIALEN GEWISSEN, STIFTET FRIEDEN ZWISCHEN JOSCHKA FISCHER UND JÜRGEN TRITTIN.
MÖCHTE ICH AUSDRÜCKLICH NOCH EINMAL AUF MEINE EINLADUNG AN DEN ABGEORDNETEN TRITTIN ZURÜCKKOMMEN, MICH VON MORGENS BIS ABENDS AM ARSCH ZULECKEN...
JOSCHKA FISCHER
...IM ÜBRIGEN BEKRÄFTIGE ICH MEINE AUFFORDERUNG AN DEN BUNDESAUSSENMINISTER FISCHER, SICH ANSTÄNDIG INS KNIE ZU FICKEN.
OJEMINE!
JÜRGEN TRITTIN
WIE UNWÜRDIG! DABEI HAB ICH SELBST DOCH GRÜN GEWÄHLT, IM PLANSPIEL "SCHÜLER DER HEINZ-RÜHMANN-GESAMTSCHULE WÄHLEN IHR PARLAMENT".
BERND VERSUCHT, FRIEDEN ZU STIFTEN:
DER HERR FISCHER IST DOCH AUCH NUR EIN MENSCH!
HAST DU DAFÜR BEWEISE?
DER HERR TRITTIN MEINT BESTIMMT ALLES NUR GUT!
ALLES?! AUCH, DASS ER MEINEN STUHL MIT AFFENSPERMA BESTRICHEN UND IN MEINE TASCHE GESCHISSEN HAT?!
WAS SOLL MAN DA BLOSS MACHEN, FLIEGE?
LASS DIE BEIDEN DOCH EINEN ERLEBNISPARCOURS ABSOLVIEREN. GEMEINSAM PROBLEME LÖSEN, AUFEINANDER ANGEWIESEN SEIN, FRISCHE LUFT UND BEWEGUNG. DAS WIRKT WUNDER FÜR DIE GRUPPENBILDUNG UND KONFLIKTBEWÄLTIGUNGSFÄHIGKEITSENTWICKLUNG.
SUPERIDEE! FLIEGE, DU BIST KING!!
HEE! WAS SOLL DIE SCHEISSE!?
IST NE ÜBERRASCHUNG!
ICH REDE VON DER SCHEISSE MIT SCHNAUZBART HIER NEBEN MIR!
DA MÜSST IHR JETZT ZUSAMMEN RÜBERHANGELN, DAS GIBT 100 PUNKTE. UND DANN MÜSST IHR EINEN SCHATZ HEBEN!
GRRR
ZACK
AU!
PENG
KNEIF
HÄRTERE MASSNAHMEN SIND ANGESAGT!
ICH WERFE EUCH JETZT IN EINEM MINENFELD IM KOSOVO AB, OK? UND DANN MÜSST IHR ALS TEAM DA WIEDER RAUS!
HÜHNERFICKER!
BIST DA NUR NEIDISCH!
OH-OH! WIE PEINLICH!
BOOOM
BOOOM
DIE GUTE NACHRICHT: WIR KONNTEN BEIDE RETTEN UND SIE SIND BEI VOLLEM BEWUSSTSEIN. ALLERDINGS HABEN WIR LEIDER NICHT ALLE TEILE GEFUNDEN.
?
DIE RECHTE HAND IST MEINE! ICH BIN STIMMBERECHTIGT!
HALT'S MAUL, ODER ICH MACHE DIR IN DIE HOSE!

FOTO DES MONATS

Fast wie bei Muttern

Soldaten der Bundeswehr beenden ihren humanitären Arbeitseinsatz. Hoch in den verschneiten Bergen, in der Grenzregion zwischen Albanien und dem Kosovo, errichten sie provisorische Behausungen für die Angehörigen der jugoslawischen Bundesarmee, die demnächst hier eintreffen werden. In den trostlosen Baracken gibt es kaum das Nötigste – aber dafür sind die Menschen in Sicherheit und haben ein Dach über dem Kopf. Bei so viel Elend und Vertreibung immerhin ein kleines Stückchen Heimat.

Oliver Maria Schmitt

Endlich Zukunft

ANNOUNCEMENT

A Plan For Reconstruction
International Competition

The Richard C. Welden Foundation, Inc. invites proposals for the Postwar Reconstruction of the Balkan Countries.

The proposals should deal with the integration of the Balkan countries into the European Community, and should address social, economic, ecological, and political aspects of postwar development and reconstruction. Authors should look at the area as a whole and elaborate on historic infrastructures, and the best ways to improve and adapt them to a democratic Europe of the 21st century. Specific recommendations are necessary for Albania, Bulgaria and Romania, as well as all former Yugoslavian Republics.

The purpose of the competition is to provide a blueprint for Balkan integration into the European Community. The top three proposals will be forwarded to the governments of all European Union countries, the governments of the USA, Canada, and to the United Nations.

The Jury: A distinguished International Panel.

The Prizes: A $10,000 first prize and two $5,000 second prizes will be awarded.

Deadline: November 30, 1999

Forward all entries to:

Trustees,
The Richard C. Welden Foundation, Inc.
30 Rockefeller Plaza, Suite 4340, New York, NY 10112, USA.

PUBLICATION

Emerging Stock Markets Factbook 1999

"The Factbook is the definitive reference work on emerging markets. No one working in international finance can afford to be without a copy."

TENDERS

Merck
Company
Foundation
REQUEST FOR PROPOSALS

The Merck Company Foundation is funding a new grants program for academic "centers of excellence" to conduct independent research into pharmaceutical policy issues.

aus: *Economist* 21/99

Um eine stabile Friedensordnung auf dem Balkan bemühen sich alle: Politiker, Militärs, ausgewiesene Experten und Idioten und natürlich die hervorragende »Richard C. Welden Foundation« aus New York/USA. Per Anzeige im *Economist* 21/99 rief sie dazu auf, bis zum 30.11.99 und im Rahmen eines internationalen Wettbewerbs fundierte Vorschläge für den Wiederaufbau und die europäische Integration des Nachkriegsbalkans auszuarbeiten. Angesichts der lockenden Preise von 10 000 Dollar für den schönsten sowie 5000 für den zweit- und drittschönsten Friedensplan ist die Beteiligung schon heute immens. Und in der Tat versprechen die uns dankenswerterweise zugespielten Einsendungen einen Balkan, wie er friedlicher und menschenfreundlicher nie war!

Musik ist Trumpf! Populäre deutsche Interpreten bringen gute Laune ins Kosovo: mit der »Flüchtlingshitparade«! Denn mit Musik geht alles besser – auch das Warten auf den Wiederaufbau!

Startnummer 5: Jürgen Drews: »Ein Bett im Amselfeld«
Startnummer 4: Michael Holm: »Barfuß im Regen«
Startnummer 3: Roy Black: »Schön ist es, (noch) auf der Welt zu sein«
Startnummer 2: Tony Marshall: »Da steht ein Serb' auf dem Flur«
Startnummer 1: Klaus & Klaus: »Klingelingeling, da kommt der Eierhandgranatenmann«

Dieter »Thomas« Heck, Moderator (Baden-Baden)

Der Serbe hat früher schon immer destruktiv gespielt, hat immer nur kaputtgemacht. Ein optimaler Aufbau ist da praktisch unmöglich. Und jetzt, wo's »brennt«, wo der Abstieg droht, da geht er natürlich erst recht in jeden Zweikampf, gibt 150 Prozent. Wenn du da gewinnen willst, mußt du mindestens 200prozentig fit sein! Und einen starken Regisseur haben, der Impulse nach vorne geben kann, aber auch hinten mal ausputzt und dafür sorgt, daß das Spiel über die Außen funktioniert. Deshalb mein Vorschlag: Wir reaktivieren den Lothar, spielen mit Viererkette und warten auf Konter. Dann hat der Kosovo eine reelle Chance, wieder in den Kreis der großen Fußballnationen zurückzukehren.

Franz Beckenbauer, Kaiser (München)

im kosovo müssen alle faschistischen, rassistischen und sexistischen strukturen ein für alle mal zerschlagen werden. wir fordern deshalb

1. frauenquote beim trümmerräumen
2. bevorzugung von homoschwulen/frauenlesben bzw. schwerbehinderten bei der vergabe neuer diktatorenstellen
3. beendigung der diskriminierenden praxis gegenüber kosovarischen langzeitstudenten
4. abschaffung aller grenzen, zöllner, banken, supermärkte, autos usw.
5. verbot von streu- und sexbomben.

gegen hass und ungerechtigkeit, für frieden und freiheit macht alle mit!

Ulrike, Aljoscha und Dominik, AStA Uni Marburg

für den Balkan!

Liebe Kommission,

was die jugoslawischen Völker jetzt retten kann, ist doch klar: eine solide Monarchie, wie sie z. B. unter Nixon, Pol Pot oder Kaiser Wilhelm existierte. Garant für ein geregeltes Miteinander ist und bleibt ein verehrungswürdiges, im besten Falle blaublütiges Staatsoberhaupt, das weiß und sagt, wo's langgeht. Da ich derzeit so gut wie kaum mit Staatsführungsaufgaben belastet bin, würde ich den Job machen. Voraussetzung sind natürlich ein angemessenes Jahressalär im achtstelligen Bereich, eine goldene, mit silbernen Rubinen besetzte Krone, die im Pfandhaus locker ihre drei, vier Mille bringt, eine 80-m²-Eigentumswohnung in Belgrad (Einbauküche, PKW-Stellplatz), eine Einladung zum Wiener Opernball sowie das Versprechen, daß mein Volk nicht wieder bombardiert wird. Und wenn doch, dann aber nur, solange ich auf Staatsbesuch im Ausland bin.

Prinz Otto von Habsburg

Eine sehr gute Idee hat der achtjährige Kevin Lotz aus Bochum:

Ich finde das man einfach meinen Opa Werner da runterschigen solde, weil der siht so doof aus mit seiner doofen Brille und komischen Nase und ~~brinkt~~ brinkt immer alle zum Lachen und wenn

die da unten den Opa sehn, dann müsen die auch alle lachen un sind nich mehr böse aifeinander, weil ~~dert~~ der Opa so lustich is. Meine Oma sagt auch ihmmer, der Opa siht so doof aus, da lacht sogar der Iwahn!

An die Richard
C. Welden Foundation
Amerika

Hannes Klopke
Steigerweg 312
Gelsenkirchen

Alle wollen jetzt den Jugos helfen. Aber nach dem Krieg brachte meine Mutter elf Kinder durch – mit 14 Mark im Monat! Schwarzmarkt, Kohlenklau, Rüben statt Schinken. Ein guter Europäer bin ich heute trotzdem.

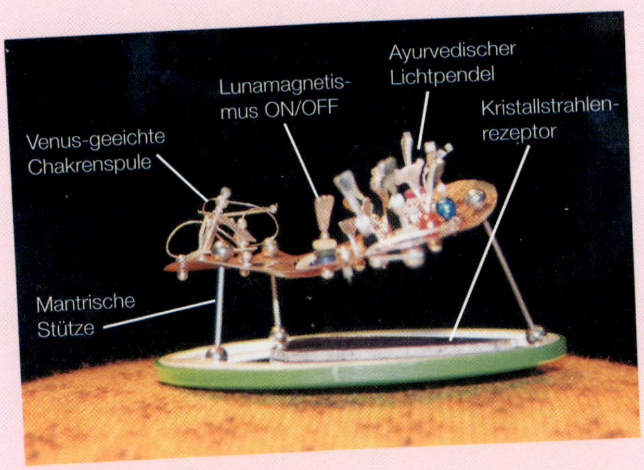

Krieg ist immer eine Störung des ayurvedischen Gleichgewichts, ein Ungleichgewicht im Strömungsverlauf des metapersönlichen Chakras. Die Aura ist gestört, das Erdstrahlenkontinuum im Frontverlauf ungerade und das Mantra außer Form. Ying ist nicht mehr Yang, Kling nicht mehr Klang – was das Kosovo jetzt braucht, ist eine ganzheitliche Meridian-Massage im Suprakraftfeld, erzeugt von meinem thermoionischen Chakrastabilisator im Yogadesign: entspannt den Parasympathikus, holt die Allkraftströme ins Leben zurück und fördert die Wundheilung. Neue Blumen werden blühen, die Menschen finden zu sich selbst zurück, und Shiva persönlich breitet seine Arme aus und schenkt den Menschen Frieden, Liebe und den Glanz aus innen, der die materielle Welt überwinden hilft (DM 369,– zzgl. Verpackung und Versand, Scheck oder Briefmarken, Kreditkarten willkommen).

ALVA COSMA SHIVA, BERLIN

Balkanplan des 16jährigen Bernd Reinbuhl, Metzgerlehrling aus Bremenerhaven:

Die NAto mus noch fil meer krachen mitt Bompben und Atom damitt Mil-losewocht eksplodirt und totget!! Das Asch! Fon Schiff und Apatsche-Hupschrauber und Stellsch-Fluzuege und Leser-Kanonen volle Kane auf den Palaßt des Dicktator und seine Scheis-Famielie, bumm! Zock! Tong! Kragch! Auch Strenbompen und Gifst aus de Luft! Albs mus kaputt sein die ganz Gegent.

Ausgehend von der Prämisse, daß Gewaltlosigkeit in gemeinsamen Interessen, diese aber allein in einer funktionierenden Nachbarschaft gründen, scheint unserer Organisation die Verwirklichung eines wie folgt siebenstufigen Balkanplans unabdingbar:

1. Alle für den Wiederaufbau der industriellen, technischen, verkehrsmäßigen und allgemein zivilisatorischen Infrastruktur vorgesehenen Gelder sind sofort umzuwidmen und
2. dem alleinigen Aufbau von Wohnhäusern und nahegelegener riesiger Supermärkte zuzuführen.
3. Ob Fisch, Fleisch, Wurst, Käse, Obst oder Gemüse: In diesen Märkten wird nur frische und also schnellverderbliche Ware angeboten, dies allerdings massenweise. Der Verkauf von haltbaren Lebensmitteln aus Tüten, Dosen, Tuben usw. ist mit dem Tode zu bestrafen.
4. An einem festgelegten Stichtag bekommen alle in den neuen Wohnhäusern lebenden Hausfrauen einen kostenlosen Kühlschrank und je 5000 Euro Haushaltsgeld, das sie entweder am selben Tag ausgeben oder am nächsten wieder zurückgeben müssen. Gleichzeitig verbietet
5. die Nato per Besatzungsstatut jedweden Verkauf, Erwerb oder Schmuggel von sog. »Frischhaltefolie«.
6. Vier Tage nach Stichtag müssen alle Hausfrauen einer Straße um Punkt 15 Uhr in ein vorher festgelegtes Wohnzimmer gehen und dort warten.
7. Um 15.15 Uhr erscheint dann eine unserer Mitarbeiterinnen.

In der Hoffnung auf einen dauerhaften Frieden:

TUPPERWARE, Deutschland

Viele Probleme löst man am besten dadurch, daß man erst einmal wieder beginnt, miteinander zu reden. Zu kommunizieren. Über alles, auch und gerade über die grausamsten Geschehnisse. Laut und deutlich, ohne Scheu und falsche Scham. Deswegen: immer fünf oder sechs ehemalige Kriegsgegner und/oder -opfer auf ein Sofa setzen und sich aussprechen lassen. Vielleicht unter Aufsicht eines seriösen, psychologisch geschulten Gesprächsleiters, der behutsam dirigiert und eingreift, wenn die Leutchen da zu gewalttätig aufeinander losgehen, z.B. mit den Scheinwerfern aufeinander einprügeln. Oder gar nicht. Oder zu oft in die Kamera gucken. Realistisch wäre wohl eine Live-Sendung pro Tag und vielleicht noch vier, fünf Aufzeichnungen. Als Titel böte sich natürlich »Hans Meisers Front-Talk« an, ich stehe in den Startlöchern...

Mit freundlichen Grüßen,
Hans Meiser

Was kommen muß

Ende aller Kriegsqualen
Und danach Parlamentswahlen
Lieber sich vertragen als streiten
In den kommenden Friedenszeiten
Freie Ladenöffnungszeiten
Altersversorgung (Stichwort Rente)
Gute Polizei (»Polente«)
Serben-Moslems-Albaner-Entente
Sensibilität bei Brotpreisen
Pro Dorfstraße einen Streitschlichter
U N D: Einladung deutscher Dichter
zu Balkan-Lesereisen...!

Lutz Rathenow, deutscher Dichter

Rudi Birkel
Oberstudiendirektor
Regensburg

An die Richard C. Welden
Foundation, Inc.
30 Rockefeller Plaza, Suite 4340,
New York, NY 10112, USA

Wohin linksfaschistische Gesamtschulpolitik führt, hat man im Kosovo nur zu deutlich gesehen. Mein Vorschlag: Zentralabitur zweimal jährlich, Verdopplung aller Prüfungsfächer, und wer »Salihamidzic« (Bayern München) nicht gescheit deklinieren kann, wird erst mal umgelegt. So geht's doch auch!

Der 8jährige Sven aus Chemnitz meint:

Wenn alle Menner aufhören mit dem Schißen und sich liebhaben wie Schwuhle, ist der Krieg sofort vorbei und alle umarmen sich und tanzen Ringereien zurameen. Auch die ~~Panzerknacker~~fahrer sollen aussteigen und Blumen dranbinden dann ißt Frieden.

Antonia, 14, aus Halle findet einen verblüffend einfachen Weg aus der Gewaltspirale:

Ich habe eine Katze, die heißt Mucki ist vier Jahre und ich würde sie bestimmt nie aufessen. Viele Erwachsene kochen Tiere und essen sie dann beim Mittagessen. Danach erschießen sie Menschen. Wir dürfen keine Tiere essen, nur Gemüse und Birnen, dann ist der Krieg für immer aus.

Das völkerrechtswidrige Nato-Bombardement der Republik Jugoslawien kostete zahlreiche Opfer gerade auch »unter« der einheimischen Bevölkerung: Dutzende Gewürzkräuter, Käfer, Froschtümpel und so weiter sind beschädigt. Für eine nachhaltige europäische Integration des Balkans ist erforderlich:

- die sofortige Neuzüchtung und großflächige Auswilderung des endemischen »großen Rüsselkäfers« *(anthonomus grandis)* als Nahrungsgrundlage der bedrohten Balkan-Gelbschnabelmeise
- der Abzug bzw. die vollständige Demontage aller kosovarischen Grenzposten und -anlagen, soweit sie die freie Wanderung des *anthonomus grandis* behindern oder verzögern
- der schnellstmögliche Ausflug aller Flüchtlinge ins europäische/amerikanische Ausland. Die Massierung Tausender Kosovaren auf einigen Quadratkilometern verhärtet den Boden, verhindert Pflanzenwachstum und bedroht so die Existenz einer ganzen Generation grüner Blattläuse – Lieblingsspeise des »großen Rüsselkäfers«
- die aus der Luft gut sichtbare Umbenennung des geschichtsträchtigen Amselfeldes in »Feld aller Vögel, zumal der Gelbschnabelmeise«
- ein G8-gestütztes und auf mindestens drei Jahrzehnte terminiertes Verbot des Wiederaufbaus der zerstörten Donaubrücken. Immer wieder versteckte sich in der Vergangenheit der Nachwuchs des mazedonischen »Buntbarsches« *(percidae coloritae)* in den Furchen der Brückenpfeiler – unauffindbar für den mit der Gelbschnabelmeise verwandten Rauhschwanzpelikan
- die von unabhängigen Ökologen kontrollierte Entmachtung des Milosevic-Clans. Ohne eine Demokratierung Serbiens bleibt jede Renaturierung der Donau ebenso gefährdet wie die Schließung der von Milosevic' Sohn Marko betriebenen Discothek »Madonna«. Ihr Lärm belästigt die Balkan-Gelbschnabelmeise auf ihrem Flug in die montenegrinischen Larvennester des *anthonomus grandis* – und dringt nicht zuletzt auch in die Schlafplätze der »direkten Anwohner« *(habitates directii)*.

Mit freundlichen Grüßen:

Naturschutzbund Deutschland *(NABU)*

Gärtner/Gsella/Rattelschneck/Sonneborn/Schmitt

Hier lacht die deutsche Wirtschaft!

Es geht weiter

»Und ich sah ein fahles Pferd; und der darauf saß, des Name hieß Tod, und die Hölle folgte ihm nach.« Offenbarung 6, Vers 8

Und also stehet geschrieben: Nach zwei Monaten aber kam der Krieg gegen Jugoslawien zu einem Ende. Die Welt jedoch stand immer noch. Alsbald fragte der Schröder-Teufel: »Was machen wir jetzt?« Da aber wieherte das fahle Pferd Jockel und sprach: »So lasset uns denn fortfahren zu grienen, zu labern und leere Versprechungen zu machen. Ich aber will hinfort noch etwas öfter meine ledrige Stirn runzeln.« Also geschah es.

Alsbald aber erkannten die drei Plagegeister neuerlich, daß dies alles nicht genüge, um die Welt zuschanden werden zu lassen. Also ersannen sie neue Greuel, mit denen sie die Menschen heimsuchen wollten. Der Schröder-Teufel verfaßte ein Sendschreiben, das da hieß Schröder-Blair-Papier; sein Inhalt aber glich kalter Rotze. Der Jockel ließ seinen Schnauz los, der da heißt Trittin, der sandte den todbringenden Castorwagen ins Land, wider alle früheren Versprechungen. Der Ziege gefiel es, einen Panzer ins Türkenland zu schicken, dem dereinst viele folgen sollten, auf daß dort drunten viele Heiden abgemurkst würden, den drei Unreinen zur Freude. Und doch war dies alles noch nicht genug der Plage. Da sandte der Schröder-Teufel sein gräßliches Weib hinauf zur Bild-Zeitung, dorten zu predigen ein strenges Regiment gegen die unschuldigen Kinder und auch sonst viel Scheißdreck. Den Weibern aber befahl das schwarzgefärbte Tier, hinfort auch das Kriegshandwerk zu erlernen, auf daß auch sie viele umbrächten und abschlachteten, wenn sich die Zeit erfüllet habe. Alsdann ließen die drei Unreinen einen Ökozehnten erheben, zu füllen ihre eigenen Beutel.

Da aber begannen die Menschen zu ächzen und weh zu klagen, und sie zerbissen ihre Zungen vor Schmerzen. Bald griff der eine zum Strick, bald ging der andere ins Wasser. Viele aber suchten Trost im Alkohol oder bei einem guten Schuß Heroin, und etliche gingen alsbald elendig zu Grunde. Da erhob sich ein großer Jubel unter dem teuflischen Schröder, der Ziege und dem Jockel. Und sie frohlockten und bekannten: »Wir sind stolz, Apokalyptiker zu sein!«

Jockel Fischer, 51 (Bündnis 90/Die Grünen), staunte nicht schlecht, als er am vergangenen Samstag sein Vorab-Exemplar des *Spiegel* aufschlug. Der von ihm so geschätzten Personalien-Doppelseite am Ende der Gazette entnahm er zwar Neuigkeiten über die politische Annäherung zwischen Norbert Blüm und Guido Westerwelle („a zwergo") und die Farbe von Gerhard Schröders Seidenunterwäsche („tiefbraun") – nichts jedoch über sich selbst. Keine einzige Zeile. Obwohl dort sonst Woche für Woche genau das zu lesen war, was der auffällig gut gewandete Polit-Profi der Redaktion mitteilen ließ. Ein kurzer Anruf, so Fischer, hätte aber genügt, „um den Vollidioten da Bescheid zu stoßen". Und feixend setzte der Grüne nach: „Schließlich haben wir Krieg."

Jockel Fischer

Jockel Fischer, 51, krisenerfahrener Außenminister, bewies einmal mehr Reaktionsschnelligkeit und Improvisationstalent. Als er während der Präsentation neuer Greuel-Bilder aus dem Kosovo versehentlich lauthals lachen mußte, schlüpfte Fischer blitzschnell aus seinen rahmengenähten Kenzo-Schuhen und schlug sich unter dem Tisch mit einem bereitstehenden Bugatti-Fünfkilohammer kräftig auf die Zehen. In Sekundenschnelle hatte er wieder den nachdenklich verrunzelten Gesichtsausdruck, für den er mittlerweile in ganz Europa bekannt ist.

Jockel Fischer

Jockel Fischer, 51, grüner Buchautor („Fit und schlank") und Vizekanzler, staunte beim Einkauf in einem Frankfurter Supermarkt nicht schlecht, als er sich in der Kassenschlange plötzlich von „ganz gewöhnlichen Prolos in Jeans und T-Shirt" umgeben sah. Fischer, gewiefter Diplomat, ließ sich jedoch „nichts anmerken" und kaufte „ganz normal für mehrere Tausend Mark ein".

Jockel Fischer, 51, zu Ministerwürden gelangter Ex-Sponti, mangelte es am rechten Durchblick. Zwar nicht im politischen Sinne – da weiß der talentierte Krisenmanager mittlerweile selbst kleinste Probleme mit Gewalt aus dem Weg zu räumen –, sondern im praktischen. Bei einer launigen Festansprache zur Eröffnung des Weinkellers im Bundeskanzleramt fand der Außenminister seine Joop!-Lesebrille nicht. Erst *Spiegel*-Chef Stefan Aust sorgte für Klarheit, als er Fischer darauf hinwies, daß seine Lesebrille gar nicht von Joop!, sondern von Cartier sei, dagegen sei des Außenministers Siegelring von Joop!, die Uhr von Lange und die Frisur von vorgestern, während seine, Austs, Uhr naturgemäß von Rolex sei, die Brille von Apollo Optik und die Glatze vom vielen „Reiten". Nach herzlichem Gelächter konnte Fischer mit seiner Rede und mit Brille fortfahren.

Jockel Fischer, 51 (Bündnis 90/Die Grünen), beschwerte sich über eine ganze Serie von Falschmeldungen deutscher Tageszeitungen. Verschiedene Blätter hatten mehrfach über „Bundesgesundheitsministerin Fischer" berichtet. Im Falle einer Wiederholung, drohte Außenminister Fischer, müßten Köpfe rollen: bei den Tageszeitungen oder im Bundesgesundheitsministerium. „Schließlich haben wir Krieg", setzte er schnippisch hinzu.

Jockel Fischer, 51, grüner Außenminister, bewies, daß er mit den Gepflogenheiten seiner wilden Apo-Vergangenheit inzwischen gebrochen hat. Als mehrere grüne Genossen nach dem wöchentlichen Umtrunk zur Feier der Machtübernahme begannen, einen parkenden Polizeiwagen aus dem Langen Eugen heraus mit geleerten Rotweinflaschen zu bewerfen, schritt Fischer ein. Mit der Bemerkung, man sei „ja schließlich kein armer außerparlamentarischer Schlucker mehr", verteilte er ein Dutzend noch geschlossener Moët & Chandon-Flaschen und landete selbst den ersten Treffer.

Jockel Fischer, 51, grüner Spitzenpolitiker, setzt sich für eine Wiederauflage der nach dem Machtwechsel in Bonn eingestellten Regierungspostille *Journal für Deutschland* ein. Unter dem leicht geänderten Titel „Wie ich es sehe“ soll das Blatt ab August wöchentlich erscheinen und inhaltlich wesentlich anspruchsvoller werden. Man wolle ein Magazin machen, das „berühmte deutsche Außenminister“ ebenso porträtiert wie „prominente grüne Hermes-Krawatten-Träger aus Gerabronn“ oder „gutaussehende grauhaarige Spitzenpolitiker mit Charisma und Sex-Appeal“. Einer der schlausten Köpfe Deutschlands habe sich bereiterklärt, unter einem unauffälligen Ausklappbild wöchentlich eine scharfsinnige Kolumne mit dem Titel „Der Menschenfischer“ beizusteuern.

Jockel Fischer, 51, frisch vermählter Außenminister (Bündnis 90/Die Grünen), seit neuestem auch Besitzer eines Prada-Eierwärmers, eines silbernen Gucci-Kugelschreibers und einer goldenen Dr. Best-Reisezahnbürste, hat seine Ausstattung um ein wertvolles Accessoire bereichert. „Das Außenministerium der Bundesrepublik Deutschland würde es begrüßen“, lautete die Fax-Botschaft an den Münchner Taschenhersteller Michael Cromer („MCM“), „wenn es je ein Rezensionsexemplar Ihrer neuen Schlangenhautreisetaschenserie erhielte. Andernfalls“, so mußte der verblüffte Adressat lesen, „kann es gut sein, daß sich eine HARM-Rakete mal nach München verirrt.“

Jockel Fischer, 51, dauergestreßter Außenamtschef, bewies dieser Tage einmal mehr Sinn für Humor. An einer Ampelkreuzung wies der geläuterte Ex-Chaot seinen Fahrer an, trotz roten Lichts weiterzufahren, und zwar „mit Vollgas, ich hab' Hunger“. Auf die verdutzte Gegenfrage des Untergebenen, ob

Jockel…

„so etwas“ nicht streng genommen „verboten“ sei und „von den zuständigen Stellen“ mit Führerscheinentzug geahndet werden könne, erwiderte Fischer schlagfertig: „Paß mal auf, Kröte: Is' das mein Führerschein oder deiner?“ Daraufhin habe, so Fischer schmunzelnd, „die Kröte ihr Maul gehalten“.

Jockel Fischer, 51, Außenminister und grauer Star der Grünen, wurde Opfer eines üblen Scherzes. Ein Parlamentarier, dessen Name der Redaktion bekannt ist, fragte Fischer beim Wasserlassen, ob er nur deshalb eine geschmacklose Halbbrille trage, um auf seine profunde Halbbildung hinzuweisen. Indes hatte der Mann nicht mit der Schlagfertigkeit des Bündnisgrünen gerechnet: „Und du willst mit deinem kleinen Schwanz wohl darauf hinweisen“, beschied er dem verdutzten Genossen, „daß du ein ganz kleiner Schwanzlutscher bist!“ Klarer Punktsieg für Fischer!

…Fischer

Jockel Fischer, 51, Außenminister (Bündnis 90/Die Grünen), feiert ein bemerkenswertes Jubiläum. Seit seinem Amtsantritt hat er es auf genau einhundertdreiunddreißig Meldungen in der Rubrik „Personalien“ gebracht. Pardon: einhundertvierunddreißig.

Augen auf beim Panzerkauf!

Gleich 1000 deutsche Panzer wollen die türkischen Generäle für ihren Fuhrpark kaufen – der Leopard II ist derzeit unter passionierten Panzerfahrern gefragter als Golf GTI, BMW 525 td und Opel Corsa mit Beifahrer-Airbag zusammen! Um trotz Koalitionskrise zumindest die Lieferung des gewünschten Test-Leos sicherzustellen, griff TITANIC ein: per Feldtelefon!

Erster Ansprechpartner ist in solchen Fällen, wie jeder Feldwebel weiß, das Türkische Verteidigungsministerium in Ankara: (0090) 312 – 417 61 00

TÜRKISCHES VERTEIDIGUNSMINISTERIUM: »SPRECHEN SIE LANGSAM!«

TITANIC Oberst Sonneborn aus der Bundesrepublik Deutschland. Ich müßte mal mit dem türkischen Verteidigungsminister reden. Sprechen Sie Deutsch?
Ankara *(unverständliches Türkisch)*
TITANIC Haben Sie niemanden da, der Deutsch spricht? Und Verteidigungsminister ist?
Ankara *(übergibt an Kollegen)*
TITANIC Ich spreche auch mit seinem Stellvertreter. Haben Sie denn nicht jemanden, der schon mal in Rüsselsheim gearbeitet hat, beim Opel?
Ankara *(verwirrt)* Hallo? Here is Turkish Defense äh, hold on please. *(übergibt an eine Kollegin)* Hallo? Wohin willen Sie? Wohin wollen Sie sprechen?
TITANIC Es geht um den Testpanzer. Wir möchten Ihnen einen Kampfpanzer Leopard II schicken, damit Sie den mal ausprobieren können!
Ankara Moment bitte! *(aufgeregtes Diskutieren im Hintergrund)* Jetzt sprechen Sie langsam, ich übersetze!
TITANIC *(langsam)* Wir sollen liefern einen Kampfpanzer Leopard II! Ich bin deutscher Oberst, von der Bundeswehrmacht, Deutschland.
Ankara Generalstab?
TITANIC *(wichtig)* Genau, Generalstab, jawolll!
Ankara *(beeindruckt)* Generalstab, ah! *(übersetzt)* Haben Sie Nummer?
TITANIC Nein, ich habe keine Nummer, ich habe einen Panzer! Und ich weiß nicht, wo ich den hinbringen soll! Wollen Sie den jetzt haben oder nicht?
Ankara Ah! Aaah! Moment! *(Besetztzeichen ertönt)*

Sehr entscheidungsfreudig ist man offensichtlich nicht im türkischen Verteidigungsministerium! Oder haben die Türken in der Aufregung den falschen Knopf gedrückt? Gute Güte, wenn das im Leopard II passiert!
Vielleicht will die Gegenseite aber auch nur Zeit schinden. Klar, daß wir fünf Minuten Bedenkzeit zugestehen, bevor wir die gleiche Nummer wieder anrufen.

TÜRKISCHES VERTEIDIGUNSMINISTERIUM: »I DON'T SPEAK ENGLISH!«

TITANIC Hallo? Sprechen Sie Deutsch?
Ankara No!
TITANIC Jo? Ein bißchen wenigstens?
Ankara *(abweisend)* No! I don't speak English!
TITANIC But you speak English in this moment! I'm sure! But I'm looking for someone who speaks German!
Ankara *(beharrend)* Turkish?
TITANIC No, German!
Ankara *(legt auf)*

Orientalen und Autokauf! Daß das keine einfache Sache wird, wußten wir von vornherein. Aber hartnäckig ist die Mutter der Porzellankiste. Also erhöhen wir in Gedanken schon mal den Kaufpreis um ein paar Milliarden Piaster und versuchen es ein drittes Mal.

TÜRKISCHES VERTEIDIGUNSMINISTERIUM: »CALL THE CHIEF OF TECHNICAL DEPARTMENT!«

TITANIC *(etwas energischer)* Hallo? Oberst Sonneborn hier, haben Sie jemanden, der Deutsch spricht?
Ankara No, Sir! Sorry!
TITANIC *(herrisch)* Sir Oberst, please! *(eindringlich)* I have to speak with General Dings! Because of the German test tank! But quick!
Ankara Sir Oberst, I will give you the number of Secretary of Defense: 402 30 71 *(eine Frauenstimme mischt sich auf türkisch ein, dann:)* Sir, hold on, they will connect you!
TITANIC I hope so! Thanks!
Ankara *(erleichtert)* You're welcome... *(stellt durch)*
Ankara Hallo?
TITANIC Hallo? Sprechen Sie Deutsch?
Ankara Yes, äh: no. Do you speak English?
TITANIC A little bit. My name is Oberst Sonneborn from the headquarter of the German Bundeswehr.
Ankara *(überrascht)* Yes? You're calling from Germany?
TITANIC So it is. It's about the German test-tank Leopard II.
Ankara Yes, I know!
TITANIC Now we have to clear up the delivery of our testtank. Which colour do you want? White, metallic or camouflage paint?
Ankara *(distanziert)* I can't say! I'm the private secretary of the Turkish Minister of Defense!
TITANIC *(erfreut)* Great, so you could ask the minister about the colour of the Leopardtank and the length of the gun he wants.
Ankara *(Schweigen)* I think you have to speak with the technical department! I'll give you the number of the chief of technical department, please call 312 402 5245.
TITANIC Okay, thanks.

Na endlich! So kommen wir der Sache schon näher, schließlich sind es auch in erster Linie technische Fragen, die wir zu klären haben: Farbe, Ausstattung, Rohrlänge, Kurdenverdrängung etc.

CHIEF OF THE TECHNICAL DEPARTMENT: »BREMSE IS NICH SO GUT?«

TITANIC Hallo? Sprechen wir Deutsch?
Ankara Germany? One moment! Murat... *(schreit auf türkisch nach hinten, übergibt Hörer)*
Murat Hallo?
TITANIC Do you speak German?
Murat No, there is no one speak German. Sorry. Can I help you?
TITANIC I hope so, I'm Colonel Sonneborn from the German Bundeswehr-army. It's about the testtank we have to deliver.
Murat Ah, okay! You are talking about Leopard II? Moment! *(vermittelt weiter)*
Sergeant Sergeant Kaan, hallo?

TITANIC Hallo, Oberst Sonneborn, Wehrbereichskommando Mitte links. Sprechen Sie Deutsch?

Sergeant Ja, ich kann Deutsch sprechen, aber nicht so gut wie früher.

TITANIC *(erleichtert)* Aber das geht doch schon sehr gut, z.B. viel besser als mit Ihrem Kameraden!

Sergeant Ja, mein Kamerad kann nicht Deutsch sprechen. Er versteht gar nichts.

TITANIC Jawoll. Es geht um die Lieferung des Leopard II-Panzers.

Sergeant Ja, was ist damit?

TITANIC Wir haben da eine ganze Reihe Fragen. Zum Beispiel: Haben Sie denn überhaupt Leute, die die Kiste fahren können?

Sergeant Unsere Leute?

TITANIC Ja, Sie haben ja bisher nur Leopard I A1 und Leo I A3 gefahren, die haben Sie ja zur Zeit.

Sergeant Leopard I, ja, ja, haben wir.

TITANIC *(herablassend)* Leopard II A5 ist aber ein bißchen anders: Die Bremse sitzt auf der anderen Seite, die Kanonenkurbel dreht man linksrum, die Nebelschlußleuchte ist jetzt vorne oben.

Sergeant *(überrascht)* Die Bremse is nich so gut, sagen Sie?

TITANIC *(abwehrend)* Nein, die Bremse ist sehr gut! Felgenbremse, beidseitig! Aber die sitzt im Leo II rechts, neben der Kupplung, und das Gaspedal ist links.

Sergeant Ja, ja, ja, jetzt habe ich verstehen, normalerweise muß die links sein.

TITANIC Genau, und wenn man das nicht gewöhnt ist, und man gibt Gas und tritt auf die Bremse, dann... hoppla! Sonst ist das Fahren aber unproblematisch. Jedenfalls für die, die drinnen sitzen.

Sergeant *(versteht gar nichts)* Ich verstehen.

TITANIC Außer beim Anfahren am Berg, Handbremse lösen und dann gaaanz vorsichtig... Eigentlich ist sonst alles wie beim alten Modell. Aber er fährt sich etwas komplizierter, deswegen möchte ich wissen, ob Sie eine Besatzung dazu haben möchten.

Sergeant *(windet sich)* Oh, Sir, da müssen wir Kommandeur General Jamal Alagös selbst fragen! Aber er ist morgen wieder da. Was waren jetzt alle die Fragen? Können Sie schon mir sagen? Ich schreibe auf!

TITANIC Okay, Sergeant, Sir. Also, erstens: Haben Sie Fahrer, die auch rückwärts einparken können? Mit Führerschein-Lizenz 1, 3 und 17, gepanzerte Fahrzeuge über 3 Tonnen mit Ketten und Kanone? Oder brauchen Sie Panzerfahrer für das Modell?

Sergeant *(schreibt mit)* ...Fahrer.

TITANIC Welche Farbe möchten Sie: Metallic, weiß oder Tarnfarbe olivgrün?

Sergeant *(schreibt mit)* ...Farbe, ja.

TITANIC Versichert ist der natürlich, Vollkasko mit 300 SB, obwohl, ich sag mal so, kaputtzukriegen ist der kaum, außer Sie fahren wogegen, z.B. eine Wand oder ein Hohlladungsgeschoß.

Sergeant *(verwirrt)* Ja?

TITANIC *(beruhigend)* Wichtig ist aber: Welches Modell sollen wir schicken, mit elektrischem Rohrheber oder manuell, Anhängerkupplung und wieviel PS: Den Leo II gibt's mit 1200 oder auffrisiert auf 1800. Frißt zwar 50 Liter mehr, kommt auf der Autobahn aber locker auf 120 Stundenkilometer!

Sergeant *(schreibt mit)* PS, 120 Stunde, ist sehr schnell?

TITANIC Schnell, ja, sehr schnell, kann man richtig Gas geben, vollgetankt ist er auch, müßte auch voll wieder zurück dann, versteht sich ja wohl von selbst, 300 Freikilometer inklusive! Frage: gelbe Scheinwerfer oder weiße?

Sergeant *(schreibt mit)* ...Scheinwerfer, gelb, weiße?

TITANIC Dann müssen wir noch wissen, wo Sie ihn hinhaben möchten, mit dem Schiff nach Izmir? Über die Autobahn ist etwas schlecht!

Sergeant Ja, natürlich, mit Schiff ist besser! Aber wohin, das muß ich auch fragen, ich weiß nicht.

TITANIC Aber sonst, Herr Kamerad, sonst fällt mir im Moment nichts weiter ein. Wann soll ich denn morgen mit General Alagös sprechen?

Sergeant Ein Moment! *(fragt nach)* Gegen zwei, halb drei ist wieder da, es gibt 402 5247, direkte Telefonnummer.

TITANIC Gut, dann rufe ich morgen um Punkt drei an. Ich bedanke mich, stehen Sie bequem, Sergeant...

Am nächsten Tag steht Sergeant Kaan wahrscheinlich immer noch bequem, und zwar auf der Leitung. Die angegebene Telefonnummer jedenfalls ist ständig besetzt. Als wir nach ungefähr einer Stunde doch einmal durchkommen, erhalten wir die Auskunft, General Jamal Alagös sei »not available for the time«! In einem solch Fall hat man sich lt. Bundeswehrhandbuch direkt an den Militärattaché der Deutschen Botschaft in Ankara zu wenden: 312 – 426 54 65

DEUTSCHER MILITÄRATTACHÉ: »AU KACKE, DIE SIND UMGEZOGEN!«

Attaché Deutsche Botschaft, stellvertretender Attaché, Oberstleutnant Schuth.

TITANIC Oberst Sonneborn, guten Tag, Herr Kamerad! Ich habe ein Problem. Und zwar geht es um die Aufrüstung des Leopard II A5, den wir den Türken liefern. Da scheint niemand Bescheid zu wissen!

Attaché *(nachdenklich)* Hm! Hm! Mit wem hatten Sie denn Kontakt, Herr...

TITANIC Ich habe mit General Murat gesprochen.

Attaché *(irritiert)* Hm, wo soll der sitzen, hier in Ankara?

TITANIC Genau, im technischen Department, es geht ja um technische Details.

Attaché Das ist ja ein dicker Hund! Wurde der Ihnen als Ansprechpartner genannt?

TITANIC Jawoll. Kann es sein, daß die türkischen Kameraden von nichts wissen?

Attaché Also im Prinzip müssen die auch Bescheid wissen. Was machen wir denn jetzt am besten? Die Türken haben doch bei BWB ein Verbindungsbüro, haben Sie denn zu dem Kontakt?

TITANIC Nein, bisher noch gar nicht! Ich sitze ja hier nur in der Technik!

Attaché Ich würde Sie mal bitten, mit denen Kontakt aufzunehmen, Herr Oberst. Ich sitze nämlich zur Zeit ganz alleine hier, ich würde Ihnen gerne helfen, aber mir läuft gleich die Zeit weg, der Minister kommt in gut neun Tagen und bei mir bricht alles zusammen im Moment. Ich würde Sie mal bitten, über den türkischen Heeresattaché in Bonn, Oberst Gökce, zu gehen.

TITANIC Haben Sie zufällig eine Telefonnummer von ihm?

Attaché *(verzweifelt)* Oh, ob ich

die jetzt hier habe... Oder sind die umgezogen, nach Berlin? Au Kacke, die sind umgezogen!

TITANIC Das lasse ich auskundschaften.

Attaché *(klagend)* Ansonsten, ansonsten kurz den Fü S 25 anrufen, denn die sind ja für die verantwortlich. Denn bei mir sieht es derzeit katastrophal aus...

TITANIC Genau wie bei mir. Und Sie wissen ja auch, wie das politisch ist, das Ganze...

Attaché Nee, das ist mir vollkommen klar, wenn irgendwo der Strick reißt, wenn Sie das Gefühl haben, hier läuft was nicht, dann klingeln Sie mich wieder an, Herr Oberst. Stehen Sie denn arg unter Zeitdruck? Wann soll der los?

TITANIC Das hängt mit dem Ministerbesuch zusammen, das Fahrzeug soll Ende der Woche hier abmarschbereit sein, Sie verstehen!

Attaché *(mitfühlend)* Da sind Sie auch unter Zeitdruck!

TITANIC Das ist doch immer so, da oben die Herren in der Politik entscheiden, und dann haben wir zu springen!

Attaché Das ist richtig, genauso geht es mir hier! Ich kriege hier jede Minute 'ne andere Meldung: da fünf Minuten weniger, da zwanzig Minuten mehr Besprechungszeit.

TITANIC Na, ich hoffe, daß da auch noch mal die politischen Dinge etwas mehr zur Sprache kommen. Ich möchte nicht, daß da irgendwelche Kurdenprobleme mit unseren Panzern...

Attaché *(aufgebracht)* Sie benutzen das falsche Wort! Es geht nicht um Kurden, die türkischen Streitkräfte gehen gegen die PKK vor! Ja? Sie haben sich auch schon beeinflussen lassen! Es rutscht einem so leicht über die Zunge! Genau da muß man der Presse entgegenwirken! Ich mache Ihnen ja keinen Vorwurf, aber man muß sich das mal auf der Zunge zergehen lassen: Als würde jemand mit dem Leo II den armen Kurden da hinterherfahren!

TITANIC Das geht doch gar nicht, unser Leo ist doch für gebirgiges Gelände gar nicht geeignet!

Attaché *(triumphierend)* Genau! Als guter Infanterist weiß man das! Und wir haben ja die RAF auch nicht als Freiheitskämpfer bezeichnet...

TITANIC Auf keinen Fall! Bei denen wär ich auch dafür gewesen, Panzer einzusetzen...

Attaché Ja! Genau so! Also, wenn ich hier noch mitmachen müßte, ich hätte auch keine Kopfschmerzen! Gut, wenn es ein Problem noch gibt, dann klingeln Sie noch mal durch...

Jetzt reicht's! Statt die technischen Probleme zu lösen, haben wir jetzt zusätzlich noch ein moralisches am Hals: Darf man als guter Infanterist den Kurden da mit dem Panzer hinterherfahren, als wären sie bei der RAF? Eigentlich nicht! Und deswegen werden wir jetzt den ganzen Spuk beenden. Und dem türkischen Militärattaché mitteilen, daß er sich den Panzer leider abschminken muß. Unter (030) 27 58 501.

TÜRKISCHER MILITÄRATTACHÉ: »ICH BIN NUR EINE KLEINER BEAMTER!«

TITANIC Herr Oberst Gökce, guten Tag. Oberst Sonneborn von der Wehrbereichsverwaltung.

Gökce Guten Tag.

TITANIC Ich muß Ihnen leider mitteilen, daß wir uns entschieden haben, der Türkei keinen Testpanzer zu liefern! Das Ganze ist eine Entscheidung, die nicht revidierbar ist, und ich mache Ihnen lediglich eine inoffizielle Mitteilung dieser Tatsache.

Gökce *(betroffen)* Ach so! Aber die Entscheidung des... des Bundeswehr-Rates über eine Lieferung an die Türkei, ist das... das ausgefallen?

TITANIC Ja, die ist ausgefallen. Unseren Erkenntnissen zufolge sind Sie nicht in der Lage zu gewährleisten, daß die Türkei diesen Panzer aus innenpolitischen Konflikten heraushält und nicht etwa gegen Kurden einsetzt.

Gökce *(überrascht)* Ach so. Und wir hatten Besatzungspersonal bei Ihnen an Panzerschule in Munster. Ihre Aufgabe ist zuende gehen?

TITANIC Nein, die schicken wir Ihnen zurück. Am Freitag.

Gökce *(vorsichtig)* Wird diese Entscheidung ein Thema, ein Tagesordnung beim Ministerbesuch in der Türkei sein?

TITANIC Wenn Ihre Seite darüber sprechen möchte: ja! Selbstverständlich wird Bundesverteidigungsminister Scharping Ihnen das Ganze erläutern. Unser Problem ist die Kurdenproblematik. Sie können ja nicht garantieren, daß Sie diesen Panzer nicht einsetzen.

Gökce *(windet sich)* Das, das ist ein sehr politische Sache natürlich, ich bin nur eine kleiner Beamter, kann ich darüber nichts sagen. Aber kann ich das als von inoffizielle Quellen erhaltene Nachricht in die Türkei weiterleiten?

TITANIC Ich möchte Sie darum bitten! Offiziell wird es dann Bundesverteidigungsminister Scharping bei seinem Besuch erklären.

Gökce Ach so, ja. Vielleicht dort werden wir eingehender darüber sprechen, ja?

TITANIC Das wäre möglich.

Gökce Und wissen Sie, wir hatten viele, viele andere Sachen kaufen, z.B. Panzerhaubitze und so weiter. Ist das Zusammenarbeit auch ausgefallen?

TITANIC Tut mir leid, Herr Oberst, betrachten Sie das alles als auf Eis gelegt. In zwei oder drei Jahren sieht das vielleicht ganz anders aus. Aber im Moment liefern wir Ihnen nichts!

Gökce *(resigniert)* Ach so. Ja. Von unserer Seite schade, aber was kann man tun? Ja, inoffiziell werde ich das weiterleiten, vielen Dank, Herr Oberstleutnant.

Vielen Dank selber, Herr Attaché. Nicht nur für die Degradierung zum Oberstleutnant, sondern auch für Ihr Verständnis. Die Panzer bleiben nämlich in der Garage, bis der TÜV abgelaufen ist. Aber so ist schließlich Kimet!

Martin Sonneborn

Grünen-Vorstand jetzt doch für Castor-Demonstrationen!

Vom Fischer u

Ehrenerklärungen prominenter Persönlichkeiten für Deutschlands Prügelminister

Als Oberhaupt der katholischen Kirche habe ich weiterhin vollsten Respekt vor Herrn Fischer. In die Eier getreten wird mir in meinem Beruf schließlich nicht jeden Tag!

Johannes Paul II., Papst

In einer gut funktionierenden SM-Beziehung, wie wir sie über zwei Jahre hinweg hatten, ist erlaubt, was beiden gefällt! Daß Fischer in seinem Alter nicht mehr so hart zuschlagen kann wie ich, hat die Sache für uns beide interessant gemacht.

Madeleine Albright, Ex-Außenministerin USA

Man kann über Monsieur Fischer sagen, was man will; aber nicht, daß bei ihm die Rechte nicht wüßte, was die Linke gerade tut! Apropos »gerade«, auch die ist nicht von schlechten Eltern, wie ich bei unserem letzten Zusammentreffen feststellen durfte.

Jacques Chirac, Staatspräsident Frankreich

d seiner Faust

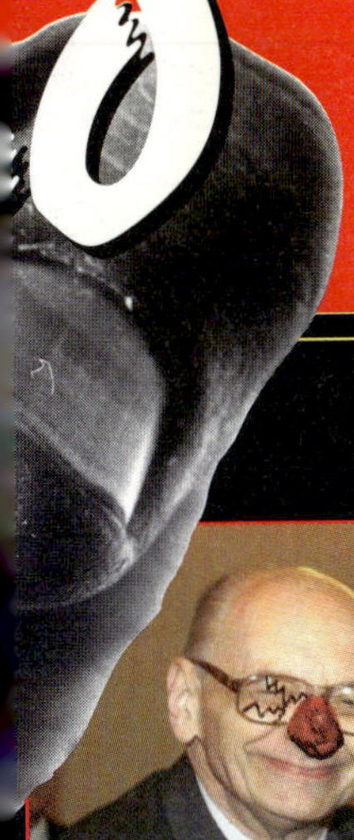

Außenminister Fischer? Ein Ehrenmann, der Gewalt zutiefst verabscheut, das muß ich schon sagen. Sonst krieg ich wieder aufs Auge, und Brillengläser sind auch in Polen teuer; zumal mit Panzerglas.
Wladislaw Bartoszewski, Außenminister Polen

Ich bewundere Außenminister Fischer. Seit er auch im Nahen Osten die Fäden zieht, habe ich keine Angst mehr, daß die Israelis uns langsam erwürgen!
Yassir Arafat, Palästinenserpräsident

Ich sehe nicht den geringsten Grund, mich über die Schlagfertigkeit von Herrn Fischer zu beklagen. Ich sehe allerdings im Moment überhaupt nichts.
Atal Vajpayee, Premierminister Indien

Fischer? Ein integrer Charakter, der einstecken und austeilen kann. Ich hatte bis vor kurzem einen sehr teuren Schal, jetzt habe ich Kopfschmerzen. Wenn Sie verstehen, was ich meine.
Dalai Lama, Dalai Lama

Rürup / Sonneborn

WAS EIN **DUMMES LEBEN**

Nochmals: Jockel Fischer – eine Zwischenbilanz

Von Eckhard Henscheid

»Es ist unser und mein dunkelstes Kapitel, ich weiß oder ahne es besser nur, weil ich da selber wahnsinnige Angst vor bestimmten Sachen in mir habe. Bartsch und Honka sind Extremfälle, aber irgendwo hängt das als Typ in mir drin. Stalin war so ein Typ wie wir, nicht nur, daß er sich als Revolutionär verstanden und gelebt hat, sondern er war im wahrsten Sinne des Wortes auch ein Typ.«

Daß aber ein Mensch noch mit 29 schon so dumm sein und daherreden kann. Seltsamer noch, daß so einer, der so was keineswegs nur mündlich und nach der Polizeistunde daherfaselte, sondern aufschrieb und drucken ließ (1977 im Frankfurter Zirkular *Autonomie*), daß der nämliche Wirrkopf und Putzmacher zwanzig Jahre später Außenminister werden konnte; daß einer, dessen angebliches rhetorisches Vermögen auch sonst kaum je über die allernotdürftigsten Kraftprotzereien und Regressivismen von »Wahnsinn« und »der Typ« über die »Fresse« (des »Systems« meist) bis zum »Arsch« und »Arschloch« (Stücklen u.a.) hinauskommt oder jedenfalls -kam, daß der auch jetzt im Frühjahr 2001 noch, nach der nun halbwegs erfolgten Bewältigung einer offenbar gänzlich zwielichtigen Vergangenheit, noch immer den im Volk »angesehensten deutschen Politiker« (69 Prozent) vorstellt: »Bürger lassen Milde walten« (*Stuttgarter Zeitung* vom 13.1.) hinsichtlich dieses »hervorragenden« (G. Grass) Außenministers – und das, obschon zuletzt auch fast überall zu lesen stand, wie es der Außenminister 1973 beim Nahkampftraining mit seiner »Putzgruppe« im Taunus trieb (zit. nach *Zeit* vom 11.1.): »Los, lauf, du Arsch – und jetzt ran!«

Aber inzwischen hatte der Staatsmann Gewordene halt dieses erkannt: »Ich habe nicht nur ›Nie wieder Krieg‹ gelernt, sondern auch ›Nie wieder Auschwitz‹!« Und deshalb Belgrad angreifen lassen. Daß einer mit derart dümmlichen und prätentiösen und entfernt erahnbar adornoisch hochgeschraubten Sprüchen im Rahmen einer schwer obszönen, nämlich komplett gedankenlosen Dickwortlaberei Karriere zu machen, es bis zum Vizekanzler zu bringen vermag, das ist wohl einerseits aktuell soziales Symptom, das macht dem Jockel Fischer gleichwohl vorerst keiner nach. Auch er selber schien zuweilen beinahe überrascht von dieser seiner Lebenskurve, ließ aber (zit. nach *konkret* 12/99) hinsichtlich irgendwelcher eigener Verdächte einer etwaigen Bewußtseinsspaltung oder gar Nichtidentität des gar zu unglaublich vom Glück übersäten Dummbauern nichts anbrennen: »Mit mir als Mensch bin ich vollkommen im reinen« (Jockel).

Und das Ganze aber gelang (zit. nach der Teilautobiographie »Mein langer Lauf zu mir selbst« von 1999) so: »Um mein Leben als Weichei zu ändern«, begann Fischer sein bisheriges Bonner Leben als Weichei und grad frisch zum dritten Mal geschiedener Ehemann zu ändern und nämlich unglaubliche Strecken zu laufen, nämlich nach der so beschriebenen Ehekatastrophe als Katharsis: »Dieser Blitz traf mich aus heiterem Himmel, die Erde tat sich vor mir auf, der Himmel fiel mir auf den Kopf« (S. 51), und ungeachtet dieser schauerlichen und offenbar sogar selber zusammengeschmierten Katachresen-Katastrophe aus dem Deutschhilfsputzkurs der ganz besonders Inferioren stand bald schon fest: »Ich hatte meinen neuen Lebensrhythmus gefunden.« Zumal, wie schon einst im frühen Sozialismus die Neutechnologie noch den erbarmungswürdigsten Zurückgebliebenen zu neuem Sein verhalf, auch hier beim Laufen fördernd die Vision neuester Hightech jene Bewußtseinsveränderung des rhythmisch Rennenden vorantrieb: »Das wirkliche Geheimnis meines Erfolgs war das Auswechseln und völlig Neuschreiben meiner persönlichen Programmdiskette.«

Zu dieser wiederum traten dann (ebd.) im Sinne des »ganz persönlichen Umbaus« »große Anstrengung und eine eiserne Willenskraft«, das Ganze kurzum war der Scanner-Laptop als Diskettenfestplatte des ganz besonders akuten Zeitlosspießers und seiner Weltenerklärung – der verhaltene Spott Schirrmachers (in der *FAZ*) und Schweliens (in der *Zeit*) kommt zu Recht auf den Punkt, daß die hier nicht allein buchbestsellerwillig gelogene, sondern auch noch autosuggestiv geglaubte und in nimmersatten Platitüden daherwalzende Wiedergeburt eines Menschen in nichts anderem als in den trübseligsten Idealen der Zeit gründet – in der Synthese aus Abspecken plus Dauerlauf. Der vorbildlich mollig gebliebene und wohl bleibende Schirrmacher (*FAZ* vom 10.1.): »Leben als Muskeltraining und Schlankheitskur: So natürlich, so buchstäblich aus der Natur kommend, so ohne jede Historie und Vergangenheit hat sich noch kein Schmetterling entpuppt. Leben ist Diäterfolg, und Erziehung ist Annahme der gesellschaftlich durchgesetzten Kleiderordnung.«

Und ergänzend Jockels einstiger Genosse Thomas Schmid in der *FAZ* vom 5.1.: »Der Mann, der einst dem Bundestagspräsidenten eine deftige Beleidigung zurief, ist längst so staatstragend geworden, daß er vor Bedeutung kaum noch laufen kann.« Und derart hoffentlich bald etwas menschenwürdiger und im abermaligen Programmdiskettenaustausch wieder fetter wird. Fair is foul and foul is fair: das Volk erkennt sich in dem Marathonjogger wieder und liebt den einstigen »militanten« (Jockel) Rebellen, wenn auch nicht (da unterscheidet er heute zäh) Revolutionär, den eingestandenermaßen Steine- wenn auch nicht mörderischen Molotow-Cocktail-Werfer; liebt ihn und hält ihn hoch, ungeachtet der *FAZ*-Fotos vom April 1973, die den nachmaligen Spitzenpolitiker beim schweren Randalieren zeigen, der aber gleichwohl dem Polizisten Rainer Marx bloß »mit nichts als meinen Händen« friedsam klassenkämpfend entgegengelaufen sein will. Und heute, nach knapp drei Jahrzehnten, so wie sich Woityla und Rau jetzt für alles und jedes entschuldigen, dem Beamten großherzig sogar eine »Entschuldigung« einräumte.

Auch das gefällt offenkundig dem Volk – und dessen Sprachrohr, die *Bild*-Zeitung, kann sich da jetzt sogar allerlei hintersinnige Jokes erlauben. Stellvertretend für Jesus läßt *Bild* (vom 5.1.) durch den Bischof Joschka, pardon Hans-Jochen Jaschke, dem »geläuterten« Fischer »Gnade« zuteil werden – und im nächsten Satz verzeiht ihm auch noch gleichermaßen die »Moderatorin Sonja Kraus (27, Talk, Talk, Talk)«. Sowie die Polizei, hier vertreten durch Wolfgang Kehl: »Er ist unser bester Politiker.« Andersens Märchen vom unbekleideten Kaiser reicht hier beim Außenminister Joseph Martin Fischer aus Gerabronn als Erklärungsmodell für eine veritable Massenverblendung, vielleicht der ersten 55 Jahre nach dem Reichsführer Hitler, nicht mehr hin. Soziale Selbstverarschung? Nonsens als neueste Plebskultur? Schiere Autosuggestivdynamik eines Gerüchts? Und aber die Medien? Wird er von denen so uniform ehrfürchtig, zumindest nachsichtig behandelt, weil dort inzwischen die nämlichen Pfeifen als Opportunisten zu Führungsriegen hochschlawinert sind? Oliver Maria Schmitts Hinweis in diesem Blatt und vor eineinhalb Jahren, daß es im Fall Jock. Fischer offenbar als vorbildlich gilt, wenn einer im Leben hochkommt, ohne je ein Examen abgeleistet zu haben außer der Taxifahrerprüfung (die ähnlich gelagerte Alice Schwarzer macht sich ähnlich mit Unbildung als dem Vorzug einer neuen Elite dick): er mahnt uns ebenso interessant wie die allgemeine Atmosphärenschilderung rund um den noch jungen Joc. Fischer durch seinen Biographen, den bisher einzig unwirschen, Christian Y. Schmidt (»Wir sind die Wahnsinnigen«, 1998) – mit Jo. Fischer als ständig präsent zentralem Stammtisch-Haudegen und furchtlosen Krakeeler und als dem neuesten gesellschaftlich anerkannten Leitwolf und Ichideal aller kraft Provinz, Elternhaus und Spitzenweiberversagung Zukurzgekommenen. Es fällt auch auf die ehemalige Linke und ihre kulturresistente Doofheit zurück, daß sie dergleichen Underdog-Manieren und -Karrieren scheint's als vorbildlich ästimiert(e); von heute aus ist das alles schon wieder recht schwer verständlich.

Falsch war jedenfalls vor zwei Jahren die Einschätzung von *konkret*, man müsse sich jetzt schon um den sicherlich nur ephemer amtierenden Außenminister Sorgen machen; wie und wo er als Kellner unterkommt, jetzt, nachdem ihm die nötige Taxi-Fahrpraxis fehlen dürfte. Selbst im Falle seines Amtsverzichts oder seiner Enthebung stünden mindestens Bertelsmann, Telekom und der IT-Sektor für ihn bolzengerade; jetzt, da er »ein heute so würdevoller Mensch« geworden ist, wie sich U. Wickert in den Tagesthemen vom 4.1. mit kaum erkennbarer Verhohlenheit zu witzeln traute. Was ein vergeigtes, was ein tief unmoralisches Leben.

Drei Biographien hat im 53. Lebenjahr der einstige »Motorrad-Prügler« (Schirrmacher) und hessische Turnschuhminister und spätere Jogging-Bestsellerautor und heutige Stresemann-Vortragskünstler Jockel Fischer über sich ergehen lassen und hinter sich gebracht, nebst momentan schon 3 ½ Ehen. Und »heftigen« (Fischer) letzten Wochen dazu. Aber, auch wenn ihm Grass dabei überraschenderweise noch nicht mit Apologie und Zuspruch beigesprungen ist: Ohnehin ist das Volk mit ihm weiter wie nichts Gutes unvergleichlich sehr »zufrieden« (Infratest).

Was ein strotz-, ein furzdummes, was ein charakterhülsenleeres und zutiefst gemütsvergammeltes Leben.

Dessen Besitzer damit aber auch noch inmitten seines »Traumjobs« (Ulrich Greiner) letztlich höchst zufrieden scheint. »Kokettieren, verharmlosen, verklären: Fischer bastelt sich eine Vergangenheit, an der er auch heute noch Gefallen findet«, faßt Michael Schwelien in der *Zeit* (11.1.2001) zusammen. Und Jockel bestätigt in der gleichen Woche, nur scheinbar ein bißchen beengt: »Das ist meine Biographie, das bin ich, Joschka Fischer. Ohne meine Biographie wäre ich heute ein anderer, und das fände ich gar nicht gut.«

Nicht einmal das mit dem Joschka, wie bekannt, stimmt so ganz. Und besser hat es auch ein paar Tage später der zurückgekehrte Chr. Daum in seiner berühmten Pressekonferenz nicht humorfest hingegaunert: »Dat bin ich nun mal.«

O Bagage, hier wie dort! □

TITANIC-
Kanzler-Coaching

Eigentlich war Klaus-Peter Schmidt-Deguelle Gerhard Schröders Wunschkandidat als Image-Berater. Schließlich hat der ausgewiesene Fachmann für Medien und *Corporate Identity* nicht nur Hans Eichel vom Image des hessischen Ministerpräsidenten befreit, sondern ihm auch gleich noch die Aura eines Bundesfinanzministers verschafft. Sein Meisterstück allerdings hatte Deguelle bereits Jahre zuvor abgeliefert, als er erreichte, daß sein Name gemeinhin Degwell ausgesprochen wird und nicht Degülle. Schmidt-Degwell sagte dem Kanzler ab, weil ihm die Aufgabe zu hart erschien. TITANIC nicht. Denn Gerhard Schröder gibt sich schon fast wie ein echter Kanzler. Fast...

GUT GELAUNT REGIEREN

Gute Laune erzeugt nur, wer selbst welche hat. Von Zeit zu Zeit ziehen ausgebuffte Politprofis ihr Lächeln nach.

Richtig

Falsch!

KANZLER-MACHTWORTE

Ein Machtwort sollte zwar immer mit einer dramatischen und ehrfurchtgebietenden Geste einhergehen. Pure Pantomime jedoch ist schnell zuviel des Guten.

Falsch!

BILLIGE OUTFIT-TRICKS

Längsstreifen machen zwar schlank, aber nur wenn man sie trägt! Vor ihnen zu sitzen läßt Männer dicker erscheinen, ebenso wie eine magersüchtige Frau oder Adipositát.

OPTIMISMUS ZEIGEN

Der Ausruf »Ich kann wieder sehen!« verbreitet Optimismus. Und der ist für unser Wirtschaftswachstum so wichtig!

Richtig

DYNAMIK DEMONSTRIEREN

Dynamik muß nicht nur ständig rhetorisch angemahnt, sondern auch anschaulich demonstriert werden, gerade bei einer so günstigen Gelegenheit. Hier müßte der Kanzler ein Glas Wasser anfordern und es dem eingenickten Senior ins Gesicht schütten, ihn damit aktiv ins Geschehen einbeziehen.

Mit einem überzeugenden Ausdruck von Abscheu, Betroffenheit und Empörung muß auf Terroranschläge aller Art reagiert werden, wie hier angesichts der (Falsch-)Meldung von der Sprengung Belgiens.

FALSCH LACHEN

Über Witze auf Kosten von Minderheiten wie dem kleinen Kobold vorne links darf der Bundeskanzler lachen – solange sie vom amerikanischen Präsidenten erzählt werden. Erst recht, wenn Schwule, Frauen und behinderte Neger in fairer Ausgewogenheit darin vorkommen.

POLITIK UND SEX

Neue Erfahrungen dürfen als solche offenkundig sein. Wichtig sind Unvoreingenommenheit, parteiübergreifende Aufgeschlossenheit und Standvermögen.

KRAWATTEN-KNOTEN

Krawattenknoten sind entscheidend für den ersten Eindruck. Ein solches Bild kann keine Sympathien erwerben: Das ist kein Windsor-Knoten, sondern ein Palstek.

Bernd Zeller-Deguelle

Ziege (52) im Glück (51)

Gräfin Kristina Pilati-Borggreve, Scharping

Kürzlich sah das Vaterland
zart einander zugewandt
wie im Sinnbild bravsten Glücks:
Kriegsminister, Adelsbüchs.

Und sie sprach: »In Ziege mußt ich
mich verlieben, der ist lustich!«
Und ihr schien der Schlafe-ein
ungemein spontan zu sein!

Mittlerweile ist sie schlauer.
Lächelnd muß sie stinkesauer
aber nun mit dieser Fresse
dauernd in die Billigpresse.

Zischend steckt sie ihrem nassen
Sack: »An meine Schulter fassen!«
»Etwa so, o Hochgeborne?«
»Halt die Klappe. Kuck nach vorne.«

Und noch während sie ihn schilt,
zerrt sie seine Uhr ins Bild.
»Paß mal auf, du Serbentöter«
(Ziege grinst nun blöd und blöter):

»Steht der große Zeiger unten,
bist du aus dem Land verschwunden.«
»Aber… ich… o weh… Kristina…«
»Du gehst wieder nach Pristina;

und nun Cheese, du Superträne!
Himmelarsch, nu' mach die Zähne
auseinander! Aah, o fick…«
Kurzes Surren. Dann macht's klick.

Thomas Gsella (50)

Miesepeter Productions

präsentiert:

Lafontaine liest die Leviten:
Die Generalabrechnung

Montag, 22. November
Offenbach – Stadthalle
Was Schröder alles nicht kann
Oskar Lafontaine erzählt die ganze Wahrheit über die Natter, die er an seinem Busen genährt hat. Der Mann, der als Bundeskanzler ein Vorbild für alle sein sollte, ist in Wirklichkeit ein Totalversager. Er kann nicht singen, er spielt erbärmlich Trompete, wenn er getrunken hat, kann er das Wasser nicht halten; er färbt sich die Schamhaare, und im Bett ist er eine Katastrophe: »Er wollte immer oben liegen, meist war er nach drei Minuten fertig, drehte sich um und schlief ein. Wie es mir gefallen hatte, interessierte ihn nicht. Vor lauter Frustration telefonierte ich nächtelang mit dem Econ Verlag…«

Dienstag, 23. November
Nürnberg – Meistersingerhalle
Was meine Mutter alles falsch gemacht hat
Oskar Lafontaine macht Schluß mit falschen Sentimentalitäten. Seine Mutter war keineswegs die Beste: »Sie ließ sich häufig von mir provozieren und tat nie das, was ich wollte. Zum Essen servierte sie gekühlten Rotwein und zum Kaffee Mariacron. Ich habe mich oft vor meinen Spielkameraden geschämt. Ich mußte mein Zimmer selber aufräumen und hatte nur Autos von Matchbox und Siku – für Corgi-Toys war angeblich nicht genug Geld vorhanden. Dabei hätte die Schlampe doch nur einen reicheren Kerl heiraten müssen!«

Mittwoch, 24. November
München – Paulanerkeller
Warum der Delphin allgemein überschätzt wird
»Er sieht ja ach so elegant aus, wie er da durchs Wasser gleitet und mit Bällen jongliert, die wir ihm allerdings erst zuwerfen müssen. Auf dem Land ist er vollkommen hilflos. Bei Tengelmann könnte er nicht einmal einen Einkaufswagen losketten. Er ist zu blöd, sich eine Fahrkarte vom Marienplatz nach Gauting am Automaten zu ziehen, und eine Parteitagsrede würde er erst recht nicht zustandebringen. Der Delphin kann nicht Fahrrad fahren, ja, er ist sogar zu blöd, vom Fahrrad zu fallen! Und damit ist er noch blöder als Scharping, und so blöd kann doch eigentlich keiner sein....«
(Dauer der Veranstaltung: 4 ½ Stunden)

Donnerstag, 25. November
Augsburg – Königreichsaal
Was finden die Leute eigentlich an Leo da Vinci?
»Das Lächeln der Mona Lisa. So ein Quatsch. Rätselhaft lächeln kann ich selber, sardonisch noch viel besser und säuerlich am allerbesten. Bis heute weiß man nicht, wer diese Mona Lisa überhaupt gewesen sein soll, weil da Vinci das nicht hintendrauf auf sein ach so berühmtes Bild geschrieben hat. Besser er hätte ein Buch geschrieben, so wie ich, aber dazu hat es ja bei dem sauberen Herren nicht gereicht…«

Freitag, 26. November
Erlangen – Jugendzentrum
Warum der Grand Canyon mißlungen ist
»Typisch Amis! Ein paar Steine und ein lächerliches Rinnsal, das reicht ihnen schon als Naturwunder. Nirgendwo eine Burg, von Vergnügungsdampfern ganz zu schweigen, wo man mal in Ruhe einen schönen Bordeaux trinken und dazu ein Kalbsnierchen im Teigmantel verdrücken könnte…«

Samstag, 27. November
Würzburg – Kukoz
Der Ameisenstaat – warum er nicht funktionieren kann
»So ein gräßliches Durcheinander! Werfen Sie mal ein Taschentuch auf einen Ameisenhügel, was da los ist! Die können sich kaum wieder einkriegen. Was soll man von einer Monarchie auch anderes erwarten! Anstatt den Mittelstand zu stärken, beuten sie die Arbeiter aus. Vom dreizehnten Monatsgehalt haben die noch nie was gehört, geschweige denn vom ersten. Dann melken sie auch noch arme kleine Blattläuse. Iiih, bäh! Warten Sie mal ein paar Millionen Jahre, dann ist der Spuk endgültig vorbei!«

Sonntag, 28. November
Bielefeld – Gaststätte Bewekenhorn
Wieso Carl Lewis gar nicht so gut ist
»Laufen und springen – das kann doch jedes Känguruh besser. Aber das läßt sich nicht ständig irgendwelche Medaillen dafür umhängen. Ein bißchen Bescheidenheit täte dem Mann wirklich mal gut. War der vielleicht mal Vorsitzender irgendeiner sozialdemokratischen Partei? Und Trompete kann er auch nicht spielen…«

Montag, 29. November
Rastanlage Bad Eilsen, A2 Richtung Hannover, Hinterzimmer
Die zehn größten Fehler Gottes
»Zehn??? Hahahaha, daß ich nicht lache! Die ganze Schöpfung ist doch totaler Bockmist. Wenn man mich das hätte machen lassen, dann würden Sie aber staunen, dann sähe das hier aber ganz anders aus, und meinen Sohn würde ich auch nicht ans Kreuz schlagen lassen, das tut doch weh, und außerdem, welche Krankenkasse bezahlt einem denn die Wundmalbehandlung…«

Der Vortrag »Warum ich Gandhi verachte« in der Zoogaststätte in Münster muß wegen Erkrankung des Hausmeisters entfallen.

DEMNÄCHST IN IHRER STADT!

Alle Veranstaltungsräume sind zugig und schlecht beheizt. In den Pausen werden lauwarmes Bier und kalter Kaffee ausgeschenkt. Schlechte Laune ist mitzubringen!

»Die endgültige Teilung Deutschlands – das ist unser Auftrag.« **Chlodwig Poth**

10 Jahre deut

Landauf, landab wird derzeit der 10. Jahrestag der deutschen Wiedervereinigung gefeiert. Dabei bleiben zwei Fragen offen: Sind wir wirklich ein Volk, wir und die da drüben? Und: Schulden die da drüben uns nicht noch eine ganze Menge? An Dankbarkeit? An Geld? Und wohl auch an Fernsehgebühren?

Frau Ackermann, Thüringen: »Sie spinnen wohl!«

TITANIC Ja, Sonneborn von der Gebühreneinzugszentrale, guten Tag, Frau Ackermann. Erst mal herzlichen Glückwunsch zu zehn Jahren Freiheit.
Ackermann *(abweisend)* Ja, danke, um was geht's?
TITANIC Um die Gebühren fürs Fernsehen.
Ackermann Was ist damit?
TITANIC Wir möchten jetzt die Gebühren nachverlangen, die von 1985 bis 1990 angefallen sind!
Ackermann *(verwirrt)* Was? Warum denn das?
TITANIC Das ist ein ganz normaler Vorgang. Sie haben damals Westfernsehen gesehen, aber nichts bezahlt.

Ackermann *(aufgebracht)* Sie spinnen wohl! Woher wollen Sie wissen, daß wir das gesehen haben? *(verärgerte männliche Stimme von hinten)* Woher wollen Sie denn wissen, daß wir einen Fernseher hatten? Das müssen Sie uns erst mal beweisen!
TITANIC *(ruhig)* Wir wissen das, wir wissen alles!
Ackermann Aha, Sie wissen das!
TITANIC Sie wollen doch nicht behaupten, daß Sie keinen hatten, oder?
Ackermann *(zögernd)* Ja, wir hatten einen…
TITANIC Und da sind natürlich auch Gebühren angefallen.
Ackermann Das hört sich ja unglaublich an, ich werd das meinem Anwalt übergeben!
TITANIC Aus welchem Grund?
Ackermann *(giftig)* Da müßte ich ja auch verschiedene Sachen nachbezahlt bekommen, die sich damals ereignet haben, auch in der BRD!
TITANIC Welche Sachen?
Ackermann Na, zum Beispiel gab's da Lohnerhöhungen, was es bei uns nicht gab, Urlaubsgeld, Dingsgeld, Weihnachtsgeld! Und deswegen leg ich jetzt auf! Auf Wiederhören!

Frau Ackermann ist offensichtlich nicht ganz bei Trost, oder die vielen Reden zur Wiedervereinigung sind ihr zu Kopf gestiegen. Auf jeden Fall hat sie sich ihre ganz typische DDR-Mentalität bewahrt: Alles haben wollen, aber nix bezahlen! In einem aber täuscht sie sich, denn Dingsgeld gab es doch wohl in der Zone und nicht im freien Westen.

Herr Mahr, Sachsen: »Sind Sie krank?«

Mahr *(aggressiv)* …da hab ich nichts mit zu tun. Da war ich DDR.
TITANIC *(auch aggressiv)* Okay, Sie waren DDR, aber wir haben Ihnen unser gutes BRD-Fernsehen zur Verfügung gestellt!
Mahr *(störrisch)* Das interessiert mich nicht.
TITANIC Aber Sie haben doch Westfernsehen gesehen!
Mahr Nee, das können Sie mir glauben.
TITANIC Das sagen alle. Aber wenn man dann fragt, kennen Sie Kulenkampff oder Ronald Reagan, dann kennen die Leute die doch…
Mahr Nee, ich hab ja nicht mal Boris Becker gekannt!
TITANIC *(überrascht)* Bis wann denn?
Mahr *(lauter)* Bis zur Wende, und deshalb bekommen Sie von mir keinen Pfennig. Sie haben doch wohl ein Rad ab? Oder was? Ich wohne hier im Osten!
TITANIC Aber das ist doch jetzt kein rechtsfreier Raum mehr!
Mahr *(brüllt)* Sind Sie krank? 1985 war hier DDR! Sind Sie bekloppt dumm? Oder was? Was damals war, interessiert mich nicht mehr! Sie verdienen mit Ihrem Fernsehen genug! Also ich glaube, ich leide, oder was! Bei dir hakt's wohl aus oder wie! *(knallt den Hörer auf)*

Das ist also aus der guten alten DDR geworden: ein verbitterter Mittvierziger, der sich für nichts mehr interessiert. Haben wir damals wirklich für Leute wie Herrn Mahr die Mauer aufmachen lassen?

Herr Peters, Thüringen: »'n Sender mehr oder weniger…«

Peters *(mißtrauisch)* …und Sie wollen jetzt nur bei mir nachkassieren?
TITANIC Bei allen DDR-Bürgern. Natürlich nur, wenn sie Westfernsehen gekuckt haben.
Peters *(abwehrend)* Nee, haben wir nicht. Wir haben ja kaum welches gekriegt. Eigentlich gar nicht.
TITANIC *(freundlich)* Sind Sie denn heute mit dem Programm zufrieden?
Peters Ja, sind wir zufrieden mit, haben wir zumindest gute Auswahl. Früher hatten wir ja nur drei Programme, nicht, ZDF und…
(verstummt abrupt)
TITANIC *(stutzt)* Moment mal! Sie haben doch gerade gesagt, Sie hatten früher gar kein Westfernsehen!
Peters *(stotternd)* Nee, ja, nee, kein Westfernsehen, haben wir nie gehabt!
TITANIC ZDF ist aber Westfernsehen!
Peters *(windet sich)* Dann habe ich mich vielleicht geirrt, wir hatten nur unsere Sender!
TITANIC *(ungläubig)* Wirklich?
Peters Das war am Anfang, da wo's dann alle hatten, da hatten wir dann manchmal 'n Sender mehr oder weniger, aber ZDF hatten wir zu DDR-Zeiten nie gehabt…
TITANIC Na gut, dann entfällt die Zahlpflicht für Sie!

Wer hätte gedacht, daß der Gebühreneinzug im Osten noch schwieriger ist als in Westdeutschland? Oder hätte sich ein echter GEZ-Mann nicht so leicht abspeisen lassen? Wenn das so weitergeht, müssen wir wohl auf Stasi-Unterlagen zurückgreifen, um die Leute zu überführen.

sche Zweiheit

Frau Günther, Sachsen: »Ein Kessel Buntes!«

Günther *(im Brustton der Überzeugung)* Nee! Wissen Sie, wie lange das jetzt her ist?
TITANIC Ja, genau 10 Jahre.
Günther Ich bezahl doch nicht was nach, was 10 Jahre her ist!
TITANIC Aber das ist doch eine Frage von Recht und Ordnung. Und nicht von vergangenen Jahren.
Günther Doch! Warum fällt Ihnen das jetzt ein? Warum jetzt? Fehlt Ihnen jetzt das Geld, daß Sie von uns noch Geld fordern?
TITANIC Ja, der Osten kostet uns ja auch einiges…
Günther *(verbissen)* Och ja, wir arbeiten ja nicht, wir schlafen ja den ganzen Tag!
TITANIC Oder Fernsehen. Weiß ich doch nicht.
Günther *(aufgebracht)* Wir sind hier alle berufstätig! Wir haben zu DDR-Zeiten gearbeitet, und wir arbeiten jetzt auch. Das Geld, das wir haben, verdienen wir uns ehrlich und rechtlich! Und nicht auf so'ne Wege, jetzt nach 10 Jahren plötzlich zu kommen mit Nacherhebung.
TITANIC Aber wir hätten doch damals nur Ostmark bekommen, das Zeug war doch so gut wie nichts wert!
Günther Aha! Und wir mußten mit der zurechtkommen? Entschuldigen Sie mal! *(empört)* Also so einfach kann man sich die Sache nicht machen!
TITANIC Aber Sie haben schließlich auch damals unser gutes Westfernsehen gesehen, Nachrichten, Kochsendungen, Grzimek…
Günther *(giftig)* Wir haben Ihr Westfernsehen gesehen? Ach dann entschuldigen Sie mal, daß wir Ihnen das weggenommen haben! Unter welchen Bedingungen haben Sie denn unser Ostfernsehen gesehen?!
TITANIC *(verdutzt)* Wir haben nie Ihr Ostfernsehen gesehen!
Günther *(ereifert sich)* Wissen Sie, ich war oft zu DDR-Zeiten im Westen! Erzählen Sie mir nicht, daß die kein Ostfernsehen gesehen haben! Dann bezahlen Sie das erst mal auch an uns!
TITANIC *(empört)* Entschuldigen Sie mal, was hätte man denn da anschauen können? Jetzt sagen Sie mir bitte mal eine Sendung, die sich da gelohnt hätte!
Günther *(triumphierend)* Ein Kessel Buntes!
TITANIC Das war doch nicht oft, da hat man ein paar Mal reingeschaut, dann wußte man, das ist unwürdig und dann…
Günther *(explodiert)* Ach! Das war unwürdig! Warum sind denn da so viele Prominente vom Westfernsehen drin gewesen? Hä? Wissen Sie was? Das Gespräch ist für mich erledigt!
(legt auf)

Das ist ja wohl die Höhe: Statt Zahlungsfreude und Restdankbarkeit schlagen uns jetzt auch noch finanzielle Forderungen entgegen! Dabei müßte doch eigentlich jeder Geld bekommen, der freiwillig auch nur eine Stunde vor dem »Kessel Buntes« verbracht hat!

Herr Adler, Berlin: »Derrick? Noch nie gehört!«

Adler *(hämisch)* …hahaha! Na dann bringen Sie mal Ihre Rechnung, haha!
TITANIC Wie darf ich das verstehen?
Adler Ganz einfach: Es gab in der DDR kein Westfernsehen! Wir durften gar keins kucken!
TITANIC Aber gekuckt haben Sie doch trotzdem!
Adler Nee!
TITANIC Doch!
Adler *(hartnäckig)* Nee!
TITANIC Doch! Ich glaube, schon!
Adler *(störrisch)* Ich glaube nicht! Wenn Sie was anderes glauben, ist das Ihr Problem! Weisen Sie mir doch mal nach, daß ich Westfernsehen gekuckt habe!
TITANIC Das könnte ich ganz einfach, indem ich Ihnen Fangfragen stellen würde, über Sendungen, die damals gelaufen sind.
Adler Keine Ahnung! Ich hab damals keine einzige Sendung gesehen!
TITANIC *(ungläubig)* Sie haben keine einzige Sendung gesehen? Nicht Der Alte, nicht Sandmännchen, nicht Schulmädchenreport?
Adler *(überheblich)* Nein! War verboten! Durften wir nicht!
TITANIC Aber das hat doch jeder gemacht!
Adler So? Woher wissen Sie denn das? Das ist eine Unterstellung.
TITANIC *(bauernschlau)* Na, passen Sie mal auf! Kennen Sie Derrick?
Adler *(noch bauernschlauer)* Den kenn ich nicht! Gar nicht! Hab ich noch nie was von gehört! Ich hatte mal 'n Hund, der hieß so.
TITANIC Nein, das ist eine Fernsehserie!
Adler Nein, ich hab mal 'n Hund gehabt, der hieß Derrick!
TITANIC Ja, aber es gibt auch eine Fernsehserie!
Adler *(mit Oberwasser)* Die kenn ich nicht! Hören Sie mal, wir wollen doch hier nicht Katz und Maus spielen!
TITANIC Ich fände es auch angenehmer, wenn Sie es zugeben würden!
Adler Ich geb gar nix zu! Wie komm ich dazu! Am Telefon schon gar nicht! Sie können mich hier nicht festnageln. Wiederhören!

Auch Herr Adler hat in der Zone offenbar vor allem eins gelernt: Nur nix zugeben! Am Telefon schon gar nicht! ➔

Herr Große, Sachsen-Anhalt: »Alles klar! Linkes Ding!«

TITANIC …da haben Sie noch keine Gebühren für das Westfernsehen bezahlt.
Große *(belustigt)* Och, haha, nee! Wie kommt denn das zustande? Klären Sie mich mal auf!
TITANIC Das kommt, weil 1985 ein Terrorregime in der DDR herrschte und wir unsere Gebühren bei Ihnen nicht eintreiben konnten! Sie haben im Osten Gebühren bezahlt, aber für den Westen nicht!
Große *(schreit)* He! Ist das ein linkes Ding jetzt hier? Da wird kein Geschäft draus! Da wird kein Geschäft draus!
TITANIC Soll ja auch nicht. Wir wollen ja nur unsere Gebühren!
Große *(triumphierend)* Kriegen Sie nicht! Kriegen Sie nicht! Keine Gebühren, egal wie!
TITANIC Aber…
Große Das ist für mich abgeschlossen! Wollen Sie uns noch abzocken? Oder was?
TITANIC Sie können doch nicht unser Fernseh wegkucken und hinterher nicht bezahlen dafür!
Große *(brüllt)* Ahahaha! Doch! Das wird nichts! Das wird nichts! Ein linkes Ding! Ich lege auf! Ich lege auf!

TITANIC *(protestierend)* Auflegen gilt nicht, wir sind schließlich jetzt ein Rechtsstaat!
Große Das gibt's nicht! So was gibt's nicht! Das hör ich zum ersten Mal! Ausm Westen! Sind Sie ausm Westen?
TITANIC *(kleinlaut)* Ja, ich bin ausm Westen.
Große Alles klar! Linkes Ding! Ich lege jetzt auf! Jetzt! *(legt auf)*

Wie soll Großdeutschland eigentlich jemals zusammenwachsen, wenn Leute wie Herr Große weiterhin die Existenz eines Rechtsstaates verleugnen und jedem Westdeutschen schmutzige Tricks unterstellen? Ob Große mit unseren Versicherungsvertretern, Drückerkolonnen und Sternsingern genauso umspringt?

Frau Wischmann, Mecklenburg-Vorpommern: »In unserem Apparat war noch kein Bunt drinne!«

Wischmann …nee, haben wir keins gesehen!
TITANIC Doch, haben Sie schon!
Wischmann *(nachdenklich)* Ja?
TITANIC *(hoffnungsvoll)* Ja, erinnern Sie sich mal, Peter Frankenfeld, Caterina Valente, Sportschau, das kennen Sie doch alles!
Wischmann Ja, das kann sein.
TITANIC Wieviele Programme hatten Sie denn im Osten überhaupt?
Wischmann Och, da müßten Sie sich mit meinem Mann unterhalten, das kann ich Ihnen nicht sagen!
TITANIC Wieviel Knöpfe hatte denn Ihr Fernseher?
Wischmann Ich hab da eigentlich wenig dran eingestellt. Das hat meistens mein Mann gemacht. Aber wir haben ganz wenig gekuckt.
TITANIC *(entgeistert)* Aber was haben Sie denn die ganze Zeit gemacht da drüben?
Wischmann Was wir gemacht haben? Die Strümpfe gestopft, gewaschen… Wir waren im Tanzsport tätig, wir waren abends viel unterwegs! Und ich hab auch nicht viel Ahnung vom Fernsehen.
TITANIC Aber das war einfach auseinanderzuhalten, das farbenprächtige gute war aus dem Westen.
Wischmann *(umgänglich)* Na ja, Sie könnten Recht haben.
TITANIC Das konnten wir aber damals noch nicht kassieren, wenn wir da rübergekommen wären, da wären wir erschossen worden.
Wischmann Denken Sie?
TITANIC Ja, da gab es doch diese Grenze, mit den Selbstschußanlagen.
Wischmann *(einlenkend)* Ja, das war nicht einfach!
TITANIC Aber das Fernsehen zu machen, das war auch nicht einfach. Das kostete ja alles damals, die Ansagerinnen wollten Geld und die mußten obenrum schick angezogen werden, der Kameramann wollte auch Geld…
Wischmann *(kooperativ)* Ja, das stimmt alles. Wieviel soll das denn kosten?
TITANIC *(überrascht)* Ooch, das kommt drauf an. Wieviel so der Fernseher bei Ihnen lief, und wieviel Sie auch hingekuckt haben. Ganz oft ist teurer als einmal in der Woche…
Wischmann Ja, einmal in der Woche.
TITANIC Oder einmal im Monat.
Wischmann Ja, einmal im Monat oder in der Woche. Immer das Neueste vom Neuesten. Mehr auf keinen Fall.
TITANIC Auch anspruchsvolle Sendungen?
Wischmann Anspruchsvolle? Nö, wüßt ich nicht.
TITANIC Na gut, dann drücken wir mal ein Auge zu…
Wischmann Wir hatten ja noch den DDR-Kasten, da war gar kein Bunt drauf!
TITANIC *(fasziniert)* Ach, Sie haben noch schwarzweiß gekuckt?
Wischmann Wir haben ja erst nach 90 einen neuen Fernseher müssen kaufen, weil dann Bunt kam. Und in unserem Apparat war noch kein Bunt drinne.
TITANIC Na gut, dann brauchen Sie auch nichts zu bezahlen, Sie haben ja nur schwarzweiß gekuckt!
Wischmann Wir haben nur schwarzweiß gekuckt! Wir haben doch noch in der DDR einen neuen müssen kaufen, weil der alte kaputt war…
TITANIC *(anerkennend)* Und da haben Sie gleich einen mit Bunt genommen?
Wischmann *(verärgert)* Nee! Ebend nicht! Ebend nicht! Und da haben wir uns gesagt, jetzt scheißt's uns schon wieder an, jetzt brauchen wir noch einmal einen neuen Fernseher. Da haben wir unseren alten – der ging noch – weggehauen, weil wir auf Bunt kucken wollten.
TITANIC Aber das war auch ein schöner Fortschritt dann, was? Plötzlich alles zu sehen, wie es wirklich ist…
Wischmann Darum haben wir das auch gemacht. Wir haben gesagt, warum sollen wir jetzt rückwirkend sein. Wir wollten die Mode auch mitmachen, haben wir gesagt.
TITANIC Richtig. Und wie sind Sie zufrieden mit unserem Programm?
Wischmann Gut. Bis auf die vielen Kriminalfilme, die sind nicht gut! Die Jugend, die kuckt sich das an, und die lernen davon. Der Meinung sind wir.
TITANIC Und was finden Sie gut?
Wischmann Mal ein Heimatfilm, 'n Tierfilm. Oder mal 'ne schöne Veranstaltung. Und die Nachrichten, wenn die da gekidnappt worden sind…
TITANIC Gut, dann erheben wir vielleicht gar nichts nach, wenn Sie eh immer nur in Schwarzweiß gekuckt haben, da haben Sie ja nur die Hälfte mitbekommen…
Wischmann Nach 90 haben wir uns gleich einen neuen gekauft, weil bei unserem keine Farbe drauf war.
TITANIC *(freundlich)* Da wird das Leben gleich viel bunter, was?
Wischmann Und angenehmer! Hat uns gefallen! Fernsehen hat uns gefallen.
TITANIC Wissen Sie was, ich glaube, wir spendieren Ihnen das…
Wischmann Nach 90 haben wir uns den erst zugelegt, mit Bunt…

Frau Wischmann ist uns über, sie hat offensichtlich schon ihre Erfahrungen im Umgang mit Geldeintreibern! Einer derart überzeugenden Extrem-Performance in Bunt sind wir ganz einfach nicht gewachsen. Vielleicht sollte mal jemand überprüfen, ob die gute Dame wenigstens ihre Steuern und Brötchen bezahlt… ➔

TITANIC-Telefon-Terror

ger, Sachsen:
»Das ist doch Trick 17!«

Berger ...puh! Wie gomm'n Se denn off die Idee?
TITANIC Das wurde doch in der DDR allgemein gern gekuckt!
Berger *(schreit)* Was? Isch als Volgsbolidsisd?
TITANIC Vielleicht heimlich?
Berger *(herrisch)* Ach! So gomm'n Sie mir nüscht! Von wo sin Sie denn, Gebührneinzugszendrole?
TITANIC Ja, genau.
Berger *(gewieft)* Da bin isch awor von'n Soggen! Däs glingd wie Drigg Siebdsähn!
TITANIC Nein, Sie haben doch nie was bezahlt früher.
Berger Hahaha! Däs is lachhafd! Jahaha! Wissn Sie, wie mir das vorgommd?
TITANIC Nein.
Berger *(selbstbewußt)* Genau wie die viere vor der Düre, die isch ähm abgeferdischd hawe, die wollten Pressewerbung machen!
TITANIC *(abwehrend)* Das ist ja was ganz anderes.
Berger Nee, dasselbe!
TITANIC Damit haben wir nichts zu tun! Wir sind seriös!
Berger Die ooch, sachen se. Ja, ja, isch weeß schon ganz genau, was gespielt wird!
TITANIC Ich habe das Gefühl, Sie hängen immer noch Ihrem alten Staat hinterher!
Berger Wissen Se was? Sie wollen misch reinleschen! Das sage isch Ihnen als Bolidsisd!
TITANIC Eine interessante These, das heißt, Sie möchten...
Berger *(brüllt)* Zum Gericht!
TITANIC *(erschreckt)* Nein, nicht zum Gericht. *(einlenkend)* Und wenn wir es etwas billiger machen für Sie?

Berger *(drohend)* Wir ham immer noch een' Rechtsschutz...
TITANIC *(kleinlaut)* Autsch, das wußte ich doch nicht. Wir machen es noch etwas billiger!
Berger Sehen Se! Den rufe isch jedse an, dn Rechtsschutz. *(investigativ)* Von woher rufen Sie denn jez an?
TITANIC *(ausweichend)* Aus, aus, aus einer, äh: Telefonzelle.
Berger *(laut jubelnd)* Jahahaha! Jahaaa! Das ist doch Drigg 17! Delefondselle! Ha!
TITANIC *(in die Enge getrieben)* Ja, weil, weil... unser Telefon in der Behörde kaputt ist!
Berger *(triumphierend)* Jahahaha! Aber mein Delefon ist nich gapudd! Isch hab noch eens, das

ist ein Diensddelefon! Und das kann isch benudsn nembei, un dann hab isch Sie in der Telefondsendrale drin! Dann weeß isch, in welcher Telefondselle Sie sind!
TITANIC *(vorwurfsvoll)* Das sind doch Stasi-Methoden!
Berger Nein! Sie fangen an mit Schdasi-Medodn! Gomm'n Sie mir nich mit dieser Dour! Wiedrsähen!
TITANIC *(Schweigen)*
Berger *(mit Nachdruck)* Auf Wiedrsähen hab ich gesagt!
TITANIC *(eingeschüchtert)* Ja, auf Wiedersehen...
Berger Wiedrsähen! *(legt auf)*

Das ist ja gerade noch einmal gutgegangen, fast hätte Vopo Berger, der einzige Volkspolizist, der nach dem Anschluß seinen Posten behalten hat, uns am Schlafittchen gehabt! Zum Glück ist uns gerade noch rechtzeitig der Trick mit der Telefonzelle eingefallen...

Herr Bratschek, Brandenburg:
»Legen Sie uff, dann ist gut!«

Bratschek *(entsetzt)* ...aber da war'n wir doch noch im Osten!
TITANIC *(streng)* Aber Sie haben schon das qualitativ hochwertige Westfernsehen gesehen!
Bratschek Nee!
TITANIC Doch, das hat doch jeder!
Bratschek Nee! Passen Se uff, das durfte man doch nicht!
TITANIC Aber heimlich hat doch jeder!
Bratschek Nee, nee. Nein. Gibt's nicht! Damals waren wir ein anderer Staat!
TITANIC *(enttäuscht)* Wir haben Sie extra 10 Jahre geschont, und jetzt... Sie wissen doch, was wir jedes Jahr in den Osten reinpumpen...
Bratschek *(schreit)* Was heißt denn hier reinpumpen in'n Osten! Wir sind heute ein vereinigtes Deutschland! Was erzählen Sie denn da für'n Mist! Na, is gut! Legen Sie uff, und dann ist gut!
TITANIC Nee. *(Pause)* Dann legen Sie auf!
Bratschek Nee! *(Pause)* Ich brauch doch das nicht zu bezahlen!
TITANIC *(bedeutsam von oben herab)* Ich hab Zeit.
Bratschek *(störrisch)* Ich ooch!
TITANIC Ich hab länger Zeit als Sie!
Bratschek Ich auch!
TITANIC Bei mir ist es Dienstzeit, mir ist es egal!
Bratschek Mir auch!
TITANIC Ich werde bezahlt dafür!
Bratschek *(Schweigen)*
TITANIC Ich könnte fernsehen in der Zeit!
Bratschek Tja, das kann ich auch!
TITANIC Gut, dann lege ich gleich auf.
Bratschek *(Schweigen)*
TITANIC Aber legen Sie zuerst auf!
Bratschek *(Schweigen)*
TITANIC *(hoffnungsvoll)* Hallo?
Bratschek Ja?
TITANIC Sind Sie noch da?
Bratschek *(verbissen)* Ja.
TITANIC *(einlenkend)* Wenn Sie auflegen, lege ich auch auf! Direkt nach Ihnen!
Bratschek *(Schweigen)*
TITANIC *(flehend)* Bitte!
Bratschek *(Schweigen)*
TITANIC Hallo?
Bratschek Ja?
TITANIC *(kleinlaut)* Nun legen Sie schon auf!
Bratschek *(Schweigen)*
TITANIC *(flehend)* Das bedeutet doch nicht viel! Einfach den Hörer auf die Gabel! Warum machen Sie es mir denn so schwer?
Bratschek *(verstockt)* Ich hab doch Zeit!
TITANIC Es ist jetzt 17 Uhr 51 hier bei uns im Westen, ich sitze hier in einem schön ausgestatteten Büro, bin alleinstehend, wer wartet schon auf mich, ich, ähem, will gar nicht nach Hause gehen jetzt gleich um 18 Uhr...
Bratschek *(überlegen)* Ich auch nicht! Ich bin zu Hause!
TITANIC *(gequält)* Ich kann bis halb sieben hier sitzen, wenn es sein muß! Und das alles nur, weil Sie keine Fernsehgebühren bezahlen wollen! Und wenn wir es billiger machen?
Bratschek *(störrisch)* Nee! Kein Pfennig!
TITANIC *(stöhnend)* Gibt es eigentlich keine Dankbarkeit mehr?
Bratschek Nee!
TITANIC Immerhin haben wir Sie vor 10 Jahren da rausgeholt!
Bratschek *(plötzlich wütend)* Nee! Was! Na, jetzt ist aber gut! So eine Unverschämtheit! *(legt auf)*

So eine Unverschämtheit! Da hat man nach seitenlangem Herumgerede endlich ins konstruktive Ost-West-Gespräch gefunden, und dann legen sie in der Zone einfach auf. Das aber wird Konsequenzen haben: Sobald die gesetzlichen Grundlagen geschaffen sind, beantragen wir eine Volksabstimmung. Und zwar zur Frage einer negativen EU-Erweiterung im Osten. □

Martin Sonneborn

personen - erfolge - unternehmen ONLINE OSTDEUTSCHLAND

DESSAU

ARIO Adreßverwaltungssysteme GmbH: Nicht suchen – finden!

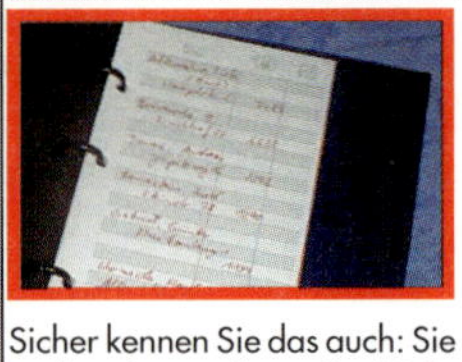

Sicher kennen Sie das auch: Sie wollen jemandem ein Päckchen, einen selbstgeklebten Brief oder eine tote Ratte schicken, möchten vielleicht auch nur auf einen Molotowcocktail vorbeischauen – aber Sie haben die Adresse nicht! Die moderne Software der ARIO Adreßverwaltungssysteme GmbH erledigt das für Sie: frei programmierbare Stichwortsuche von »alternativ« bis »Zecke«, Verarbeitungsgeschwindigkeit bis 100 Anschläge/Minute, Firewall-Funktion, kostenloses Rübe-Upgrade. Zusätzlich bietet ARIO maßgeschneiderte Netzwerkendlösungen auch für professionelle Systemgegner.
Dem Kunden auf den Fersen – mit ARIO.

ARIO Adreßverwaltungssysteme GmbH
Straße des 20. April 89a
06846 Dessau
Tel. 0340/172839
www.ario.de

Steuerbüro Schacht: Alles andere können Sie abschreiben!

Das renommierte Steuerbüro Schacht bietet Ihnen Rundum-Service der Extraklasse: Wie Sie Ihre Springerstiefel als Arbeitskleidung absetzen; wie Sie nach einer Demo-Schlacht mit der Antifa den Zahnersatz als Werbungskosten absetzen; wie Sie sich mit der Parteikasse nach Südamerika absetzen.

Steuerbüro Hj. Schacht
Im Sumpf 88
06489 Dessau
Tel. 0340/947529
www.hartsteuerbord.de

EGGESIN

Sylvio's Schlägerstüb'chen: Da muß man einfach zuschlagen!

Ob Tennis, Golf oder Schädelbaseball: das reichhaltige Schläger-Angebot bei »Sylvio's« überzeugt Schlag auf Schlag. Jede Woche neu: das Angebot der Woche, z.B. Tennisschläger »Game over«: Stahlrahmen mit Betonfüllung für präzises Offensivspiel, Saiten aus doppelt eloxiertem Natodraht, Vollverschraubung (scharfkantig), zahnabweisender Profilgriff mit integr. Klappmesser (Bajonettfunktion), abwaschbar, nur DM 299.-! Auf Wunsch mit Einweisung durch fachkundiges Personal. Schläger von Sylvio's: Damit schlagen Sie jeden!

Sylvio's Schlägerstüb'chen
Friedensstraße 18
17367 Eggesin
Tel. 039 779/338889
www.schlaegermeister.de

NEUBRANDENBURG

Relaxen pur: Entspannungscassetten von Meister (Deutschland)

Nach einem anstrengenden Tag im Stadtpark, im Jugendzentrum oder im offenen Vollzug sorgen die Entspannungscassetten von Meister (Deutschland) für optimalen Relaxgenuß: Vergessen Sie den Alltag und lassen Sie sich entführen auf eine Reise ins Traumreich! Machen Sie es sich bequem, schließen Sie die Augen und fühlen Sie, wie unsichtbare Energieströme Ihre »Akkus« wiederaufladen. Ausgewählte Weisen und von bekannten Rednern einfühlsam gesprochene Texte machen jede »Hörreise« zu einem unvergeßlichen Erlebnis!

Aus dem Programm: A. Hitler: Morgens um 5 Uhr 45 ist die Welt noch in Ordnung / Kameradschaft Cottbus: Wir wollen niemals auseinandergehn (Johl-Mix) / Horst Wessel & Band: Ich singe, weil ich ein Lied hab' / J. Goebbels: Gedanken im (totalen) Kriege / Roland Freisler: Plädoyers für Deutschland / Roland Koch: Davon geht die Welt nicht unter u.v.m.
Natürlich auch auf CD erhältlich!

Meister (Deutschland)
Audio-Vetriebs-gesellschaft mbH
Gleiwitzer Str. 5
17033 Neubrandenburg
Tel. 0395/441733
www.aufdieohren.de

GUBEN

Klatsche & Partner: Lieber Ende mit den Zecken als Zecken ohne Ende!

Seit zehn Jahren aktiv, haben sich die Kammerjäger von Klatsche & Partner auf dem radikal umkämpften Markt der Volkshygiene längst etabliert. Ob individuelle Schädlingsbekämpfung, Gebäudereinigung oder Straßendesinfektion: Rund 200 qualifizierte Mitarbeiter (Stranglistik, Hämatomie, Oigenik) sind Tag und Nacht im Einsatz gegen Parasiten und Schmarotzer: konsequent, gewissenhaft und stets in der Überzahl.
Testen auch Sie die umfassende »Lebenslang-Garantie«: lebenslänglich für Sie – und, bei fachgerechter Arbeit, vielleicht auch lebenslänglich für uns!

Klatsche & Partner
Bormannweg 7
03172 Guben
Tel. 03561-7983
www.sauber.de

ANKLAM

Nationale Sinnlichkeit – mit Accessoires von Röhmherr

Um so schöner, wenn man sich die kostbaren Stunden der Ruhe mit etwas Exklusivem versüßen kann – am besten mit Erotik-Accessoires von Röhmherr wie dem Cockring »Ernst«: feinster Kruppstahl mit Runengravur und Lederapplikationen, komplett mit Mütze, Koppel, Stiefeln, Seife und Analpfropf in sinnlichem Schwarz-weiß-rot.
Röhmherr – da steht nicht nur der Arm...
Wer sich leidenschaftlich für seine Sache einsetzt, wer sich täglich im Kampf bewährt, wer immer »alles« gibt, der hat sich am Abend eine Pause verdient.

Röhmherr Erotik
An der Hinterpforte 6
17389 Anklam
Tel. 03971/4711
www.nationalerotik.de

René & Kameraden: *die* Wetterexperten in Guben!

Die verläßlichste Wettervorhersage im Spree-Neiße-Kreis: Wenn René und sein Sturm anrücken, donnert's.

René's Sturmtrupp
Marktplatz (oder am Kriegerdenkmal)
03172 Guben
(Internetseite z.Z. nicht in Vorbereitung)

Der rechte Weg ins Internetz: Kühn & Roeder

Ohne Internetz ist modernes Produktmanagement beinahe unmöglich. Kühn & Roeder bieten dem Anfänger eine umfassende Einführung in die »wwWelt«: Aufbau und Gestaltung eigener Heimseiten / Verbreitung verbotener Heimseiten über ausländische Server / Nutzung von Synergieeffekten durch Vernetzung mit Anbietern derselben Branche / Gezieltes Lahmlegen von Servern branchenfremder, linksterroristischer Anbieter / Die 200 besten Türkenwitze zum Herunterladen usw.
Lassen Sie sich wegen des Internetzes keine (grauen) Haare wachsen. Vertrauen Sie der Erfahrung von Kühn & Roeder.

Kühn & Roeder
In der Platte 33
17033 Neubrandendurg
Tel. 0395/778812
www.netzkappe.de

Kahlschlag: Ihr flexibler Frisör in Anklam!

Was Frisöre können, können nur Frisöre! Verändern Sie doch mal Ihren Typ mit einem dynamischen Kurzhaarschnitt, einer romantischen Totalrasur (oben/unten) – oder darf's mal ein bißchen länger sein? Die Frisörkameradschaft von »Kahlschlag« erfüllt gerne jeden Ihrer Wünsche, stufenlos von 0 bis 3,5 mm!

Frisörkameradschaft »Kahlschlag«
An der Kegelbahn 9
17389 Anklam
Tel. 03971/3842
www.kahlschlag.de

WERNIGERODE

Außenwerbung professionell gestalten – mit Gestaltungsvorlagen von Günther

Wer auf sich aufmerksam machen will, muß für sich werben. Günther hilft dabei mit benutzerfreundlichen Gestaltungsvorlagen wie z.B. Schablonen für den professionellen Sprühdoseneinsatz: »Beliebte« Sprühfehler wie »Heil Hittler«, »Ausländer – warum eigentlich nicht« oder 卍 gehören damit der Vergangenheit an.
Über unser reichhaltiges Angebot informieren wir Sie gerne.

Günther Gestaltungshilfen
Karl-Marx-Weg 45
38855 Wernigerode
Tel. 03943/7400
www.volksaufklärung.de

Das Magazin für den weibliche Soldaten
BUND FÜRS LEBEN
Große Interviews
Verona Feldpost
Christina Aguerilla
Junge Feldküche:
Die schönsten Rezepte mit Matsch
Trend-Erfrischung
Panzergrenadine mit Schuß
Jetzt im Test:
Die neuen Eierstockhandgranaten
Die wahre Geschichte:
Peinlich – die andere trug das Gleiche wie ich
TV-Tip:
Bundesvera am Mittag
100 Single-Generäle zum Verlieben

Grußwort

des Generalinspekteurs der Bundeswehr General Harald Kujat

Liebe Leserin,

woran müssen Sie denken, wenn Sie das Wort Bundeswehr hören? Ich kann es mir vorstellen: an Pfadfinderromantik, Zelten unter freiem Himmel, Disco, Lippenstift und freie Liebe. Das ist sicher nicht ganz falsch, aber Bundeswehr heißt auch: Kampftrinken, renitente Zivilisten massakrieren und wie der letzte Dreck behandelt werden. Natürlich von Männern, denn Sie sind ja die ersten Frauen, die ihren Ehrendienst für das Vaterland an der Waffe leisten dürfen.

Die Bundeswehr freut sich auf die Zusammenarbeit mit Ihnen, denn Soldatinnen sind in vielen Bereichen ein echter Gewinn: Ob es nun um das Aufräumen von Minenfeldern geht oder ob unser Obergefreiter Reinhard, mit der *Frankfurter Rundschau* unterm Arm, wieder mal die Latrine zum Explodieren gebracht hat –die männlichen Kameraden werden Ihr feminines Fingerspitzengefühl, Ihre weibliche Intuition wie auch Ihre ständigen Launen und Fisimatenten durchaus zu schätzen wissen.

Ich will Ihnen aber nicht verhehlen, daß Sie sehr wahrscheinlich auf Vorbehalte treffen werden: Frauen sind zu weich, finden Pferdeposter gut und haben immer dann Kopfschmerzen, wenn es mal drauf ankommt. Stimmt ja auch. Aber sehen Sie es doch einfach so: Weiche Ziele sind besser als gar keine, Pferdefleisch schmeckt lecker, und nach einem strammen Bauchschuß (aus Versehen) sind Ihre Kopfschmerzen im Handumdrehen wie weggeblasen.

Wenn ich mir auch persönlich nichts aus Frauen mache, so bin ich doch gewiß, daß Ihr Dienst bei der Bundeswehr dazu beitragen wird, aus Ihnen reife, verantwortungsbewußte Persönlichkeiten zu machen – und aus der Truppe ein Kaffeekränzchen, vor dem sich der Iwan ganz bestimmt nicht verstecken muß.

BUND FÜRS LEBEN, die offizielle Soldatinnenzeitschrift der Bundeswehr, will Ihnen während Ihrer Dienstzeit ein treuer Begleiter sein und Ihnen mit Rat und Tat zur Seite stehen. Denn »eine Frau ist eine Frau, aber eine gute Zigarre kann man sich wenigstens sonstwohin stecken« (Rudyard Kipling). Und dabei soll es doch auch bleiben.

In diesem Sinne wünscht Ihnen viel Spaß beim Lesen

Ihr

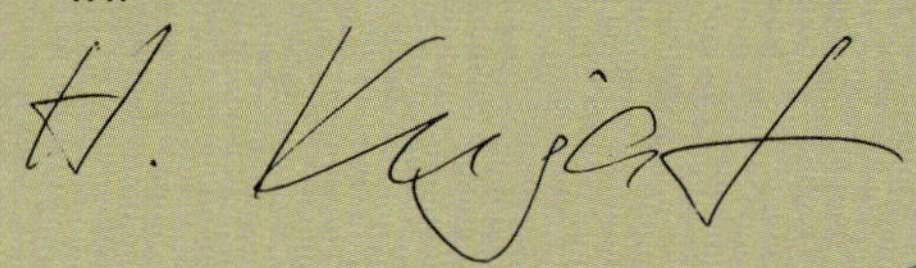

Die neuen Dienstgrade

- Gulaschkanoneuse
- Oberstaubwedel
- Matrone / Schabracke zur See
- Majornnaise
- Berittene Krawallerie
- Scharfer Feger
- Kompanie-Matratze
- Gard-Offizier

Die neuen Waffen

- Möser
- Atombusen
- Liebestöter
- Schießpuder
- Arschflugkörper
- Napalmolive
- Desserttellerminen
- Schrapnelle

Die neuen Befehle

- Umrühren!
- Hör auf zu heulen!
- Durchkämmt das Gebüsch!
- Abteilung kehrt!
- Zurück ans Glied!
- Kein Wort zu meiner Frau!
- Mehr links! Mehr links! Mehr – – Scheiße!
- Das wird teuer!

SOLDATINNEN helfen SOLDATINNEN

Blutflecken gehen problemlos rein, wenn man mit dem G3 ordentlich »draufhält«.
Peggy Donnerbüchse, Hera-Lind-Kaserne, Doberschütz

Eierhandgranaten bleiben länger frisch, wenn man den Ring nicht entfernt (z.B. zum Piercen).
Martina Werner, Bud-Spencer-Kaserne, Kostheim

Ärger mit dem Spieß? Einfach mit dem G3 »Bescheid« stoßen!
Peggy Donnerbüchse, Hera-Lind-Kaserne, Doberschütz

Kampfstiefel bleiben schön sauber, wenn man sich über schlammige Übungsplätze tragen läßt.
Konstanze Krupp, Heinrich-Lummer-Kaserne, Wuppertal

Panzer-Einparken nach Gehör ist viel leichter, wenn man das Radio kurz abstellt.
Erika Weihönig, Hermann-L.-Gremliza-Kaserne, Strausberg

Uniformen werden viel individueller, wenn man irgendwas drüberzieht (z.B. Pelzmantel, Poncho).
Claudia Römer, Mahatma-Ghandi-Kaserne, Frankfurt/Oder

Fettiges Haar, spröde Lippen, Überbiß? Gasmaske aufsetzen!
Detlev van Hinten, Rosa-von-Praunheim-Kaserne, Rosenheim

Überfüllte Zugabteile leeren sich rasch, wenn man mit dem G3 darum »bittet«.
Peggy Donnerbüchse, Hera-Lind-Kaserne, Doberschütz

Fusseln auf dem Bombenteppich lassen sich mit einem handelsüblichen Flammenwerfer rückstandsfrei entfernen.
Janina Kalle, Claudia-Schiffer-Kaserne, Offenbach

Liebe Kameradin!

Das kennen Sie doch sicher auch: Sie schleppen nach einer anstrengenden Gefechtsübung Ihre müden Knochen ins Zelt – und wer verschanzt sich hinter seinen *St. Pauli Nachrichten* und läßt außer Grunzen und Pupsen stundenlang nichts mehr von sich hören? Statt vielleicht mal zu fragen: »Hattest du einen schönen Tag im Feld? Darf ich dir die wunden Füße massieren«? Natürlich: der werte Herr »Kamerad«! Wenn man ihn schließlich höflich darauf hinweist, daß er die Einzelteile seines MGs nicht zwischen den vollgestunkenen Socken rumliegen lassen soll, verschwindet er beleidigt mit seinem Nachtsichtgerät nach draußen, kommt Stunden später sturzbetrunken und mit selbstbefleckter Uniform zurück, schwadroniert noch eine Weile uncharmant daher und schnarcht einem anschließend das Zelt voll. Tja! Nun! So sind sie eben, diese Männer – solange nicht eine Neutronenbombe dazwischenfährt. Finden wir uns also lieber schmunzelnd mit ihnen ab, es gibt Schlimmeres (z.B. zwei Wochen Latrinendienst am Stück), meint

Ihre Stefanie Tietze

Große Umfrage: Frauen zum Bund?

»Kann ich mir schon vorstellen!«

»Für mich als Feministin ist völlig klar, daß Frauen auch beim Bund ihren ›Mann‹ stehen werden. Keinesfalls sollen sie aber aufeinander schießen – höchstens beim Winterschlußverkauf.« Heidemarie, 32, Hannover

»Das Leben ist kein Wunschkonzert. Wir wurden früher auch nicht gefragt, ob wir Krieg haben wollten. Bzw. wir wurden schon gefragt, aber wir wollten auch welchen.« Josepha, 79, Ansbach

»Kameradschaft, Leistungsbereitschaft, Teamgeist – das ist für mich das Wichtigste. Und wenn dann noch das Geld stimmt und man viel rumkommt: perfekt! Deshalb bin ich auch Unternehmensberaterin. Zum Bund? Sie spinnen wohl!« Daniela, 24, Herne

»Ob ich zur Bundeswehr gehen würde? Kann ich mir schon vorstellen. Wenn ich da auch so einen schicken Uranmantel kriege wie die Jungs im Kosovo!« Doro, 31, z.Zt. San Diego

Kleinanzeigen

Wehrmacht mit? Darstellerinnen für unsere Musical-Aufführung »Heer« gesucht! Bei Marion auf Stube Pommern melden.

Tausche Bauchschuß gegen zwei Wochen Husten (mit Auswurf)! Lazarett, nach Moni fragen.

Einmal küssen drei Mark! Roswitha, Stube Brandenburg

Habe beim letzten Manöver Gewehr, Munition, Lidschatten, Zelt, Klappspaten, Eßgeschirr, Helm, Stiefel, Slip und BH verloren! Wer weiß was? Finderlohn! Yvonne, Bau 4

Fragen Sie Frau Uffz!

Dürfen Kampfhandlungen unterbrochen werden, wenn die beste Freundin anruft? *Kristin E. aus F.*

Nein, wenn sie mit ihrem Freund Schluß gemacht hat; ja, wenn sie mit *Ihrem* Freund Schluß gemacht hat!

Kann ich mich im Kriegsfall von marodierenden Soldatinnen vergewaltigen lassen? *Tom H. aus H.*

Nur wenn es sich um einen Stellungskrieg handelt.

Immer wieder hört man von Kriegsgerichten. Haben Sie vielleicht ein Rezept? *Kathleen H. aus W.*

Einfach nicht erwischen lassen.

Wir haben einen total süßen Spieß: Morgens um vier brüllt er uns aus dem Bett, jagt uns den ganzen Tag mit 80 Kilo Sturmgepäck und Gasmaske durch Schnee, Matsch und Eis und läßt uns dann die ganze Nacht Wache stehen. Ohne Abendbrot! Wie kann ich ihm zeigen, wie sehr ich ihn mag? *Ruth B. aus W.*

Bitten Sie ihn doch beim nächsten Manöver ganz zwanglos, Ihnen Deckung zu geben. Der Rest kommt dann schon.

Redaktion BUND FÜRS LEBEN: Stefanie Gärtner, Olivia Nagel, Johanna Rambo, Stefanie Tietze
Bildredaktion und Layout: Frank Cappa, Tamara Hintner, Karl-Heinz Hörnke, Stephanie Rürup, Martin Werner

Titanic präsentiert:

Das große moderne SOZIALDEMOKRATIE-MITMACHQUIZ

In das hier abgedruckte Original des spektakulären Strategiepapiers von Tony Blair (»Labour is future«) und Gerhard Schröder (»Wir sind bereit«) haben sich drei Absätze eingeschlichen, die nicht hineingehören. Kreuze sie an und schicke diese Seite entweder an Herrn Tony Blair, Downing Street 10, London, oder an Mr. Gerhard Schröder, Kanzleramt, Berlin. Zu gewinnen gibt's ein Stück moderner Sozi-Seife (von beiden Regierungschefs handsigniert), nach dem Du Dich täglich bücken kannst.

Auszüge aus dem gemeinsamen Papier des britischen Premiers Tony Blair und des deutschen Bundeskanzlers Gerhard Schröder:

- ☐ Moderne Sozialdemokraten machen moderne Politik mit Pfiff.
- ☐ Moderne Sozialdemokraten lösen Probleme, wo sie sich am besten lösen lassen.
- ☐ Birnen sind keine Äpfel, und Äpfel sind keine Birnen. Das gilt auch umgekehrt und soll auch in Zukunft so bleiben. Für dieses Ziel lassen sich moderne Sozialdemokraten zur Not ans Kreuz nageln.
- ☐ Sozialdemokrat muß man gerne sein, oder aber überhaupt nicht.
- ☐ Kinder nennt man Erwachsene, wenn sie das 18. Lebensjahr vollendet haben. Nach dem Willen der modernen Sozialdemokratie erhalten sie damit das Wahlrecht.
- ☐ Moderne Sozialdemokraten wollen reformieren, nicht deformieren.
- ☐ London ist eine schöne Stadt, Berlin aber auch (und Hannover, gez. Schröder).
- ☐ Ziel sozialdemokratischer Politik ist es, mal herauszufinden, woher die kleinen Kinder (Babys) eigentlich kommen.
- ☐ Nichts wird so heiß gegessen, wie's gekocht wird.
- ☐ Moderne Sozialdemokraten sind der Ansicht, daß das, was später kommt, die Zukunft ist.
- ☐ Es bleibt dabei: Scheiße sagt man nicht, sonst geht die Bildung in'n Arsch! Da gibt's für moderne Sozialdemokraten keinen Kompromiß.
- ☐ Moderne Sozialdemokraten tragen moderne Anziehsachen. Oder gar nichts!
- ☐ Wir wollen billige Jobs, keine Billigjobs. Auch keine Blowjobs.
- ☐ Moderne Sozialdemokraten schieben nichts auf die lange Bank, sondern alles auf den langen Lulatsch (Henning Scherf).
- ☐ Wenn moderne Sozialdemokraten was nicht abkönnen, dann sind das unmoderne Sozialdemokraten.
- ☐ Geld ist eine schöne Sache – für den, der's hat!
- ☐ Der Staat soll nicht rudern, sondern steuern, weniger kontrollieren als herausfordern. Problemlösungen müssen vernetzt werden.
- ☐ Moderne Sozialdemokraten sind keine Laissez-faire-Neoliberalen, Volltrottel oder Sesselpupser. Auch wenn das mancher denkt.
- ☐ Wenn die neue Politik gelingen soll, dann müssen wir früh aufstehen und keineswegs zu spät.
- ☐ Moderne Sozialdemokraten erkennen an, daß man ein Fünf-Minuten-Ei nicht vier Minuten kochen sollte. Sonst wird's nämlich zu weich.
- ☐ Wenn die Mutti (z.B. Doris) ganz lieb zu einem modernen Sozialdemokraten (z.B. Gerhard) ist, dann aber... holla!
- ☐ Moderne Sozialdemokraten hören moderne Musik. Es bleibt dabei: Wir sind dem Dixieland zugewandt.
- ☐ Wahlen muß man gewinnen, nicht verlieren.
- ☐ Moderne Sozialdemokraten wollen das Sicherheitsnetz aus Ansprüchen in ein Sprungbrett in die Eigenverantwortlichkeit umwandeln.
- ☐ Das Fernsehen ist ein wichtiges modernes Medium, in das moderne Sozialdemokraten gerne gucken. Sehr gerne!
- ☐ Auf EU-Ebene könnte man auch mal sehr energisch irgendwas machen. Oder tun!
- ☐ Moderne Sozialdemokraten finden, daß man auch mit offenem Arsch fröhlich sein kann.
- ☐ Freie Bahn dem tüchtigen....modernen Sozialdemokraten, natürlich!
- ☐ Die Menschen verlangen zu Recht, daß, wo hinten ist, nicht vorne sein kann – doch muß es erlaubt sein, auch mal über die Finanzierung nachzu... nachzu... äh, jedenfalls das, was manche Leute mit dem Kopf so machen.
- ☐ Moderne Sozialdemokraten sind so was von modern, moderner geht's gar nicht.

Scharpings Bundeswehrreform:

Was plant der Irre wirklich?

Eine Entschuldigung von Bernd Eilert

Das Gerücht

Als Klatschreporterin von *Bild* höre und sehe ich viel in der Welt der Prominenten.

KATJA KESSLER, Klatschreporterin, in *Bild*, 17.11.2000

Montag, 23. 10. 2000

Zum Abschluß der Frankfurter Buchmesse trifft man sich traditionell im *Haus der Deutschen Wirtschaft* in der Siesmayerstraße, zum Kritikerempfang der *FAZ*. Auf dieser Party sieht man die mehr oder minder prominenten Menschen, die man schon die ganze Messewoche Abend für Abend bei ähnlichen Empfängen gesehen hat. Beim ersten Treffen hatte man vielen vieles zu sagen, beim zweiten schon weniger, und spätestens beim dritten fängt man an, das weiterzuerzählen, was man bei den ersten beiden Gelegenheiten aufgeschnappt hat, nur um festzustellen, daß allen Gesprächspartnern genau das natürlich längst bekannt war. Und so ging auch mir in dieser verflixten siebten Nacht allmählich der Gesprächsstoff aus.

Ein Notfall! Und nichts anderes als die schiere Verzweiflung brachte mich so weit, die wiederholte Erörterung des neuen Glücksfalls unseres Verteidigungsministers (*Logisch, daß die Pilati nichts weiter ist als ein Torpedo ins Herz der SPD – oder glauben Sie im Ernst, daß eine Frau den Scharping amüsant finden kann?*), des Unglücksfalles Christoph Daum (*Wie der schon aussah, war doch klar, daß der zugekokst ist bis in die Haarwurzeln!*) und die noch häufiger wiederholten Mutmaßungen über den bevorstehenden Bankrott eines Schweizer Buchverlages (*Wenn Sie überhaupt noch Geld sehen wollen, müssen Sie sich jetzt einen Rechtstitel besorgen – oder ganz schnell einen neuen Verlag!*), ja, all diese erprobten Themen unterbrach ich mit dem unbedachten Stegreifstatement: *Der Schröder, der soll ja auch 'ne Neue haben!*

Das Schweigen am Tisch war allgemein und eisig. Um mich herum: erschütterte Gesichter. Offensichtlich war ich in einen großen Fettnapf getreten. Ich suchte verzweifelt nach einem Ausweg: *Naja, das habe ich halt überall läuten hören, und zwar von Leuten, die es auch irgendwo gehört haben – das weiß doch wohl jeder…*

Plötzlich nickten alle verdächtig – und mir wurde schlagartig klar, was das anfängliche Entsetzen eigentlich ausgelöst hatte: Nicht Staatsräson oder gar Diskretion, sondern die absolute Neuigkeit der Botschaft und die Furcht, von etwas ausgeschlossen zu sein, was einer als bekannt voraussetzte. Ich ließ diese Gesellschaft allein mit ihren Ängsten.

Im Lauf des Abends ergaben sich immer wieder Gelegenheiten, Gesprächspausen mit meiner von keinerlei Kenntnis gedeckten Behauptung: *Der Schröder, der soll ja auch 'ne Neue haben!* zu beleben, denn in der Folgezeit versicherten mir viele Kollegen, auch sie hätten dergleichen schon gehört: *Schröders Neue* avancierte langsam aber sicher zum Star des Abends, zumal ich, immer dreister werdend, Satzfetzen fallen ließ, die auf ein Hintergrundwissen schließen ließen, das zu haben nun auch bereits andere Journalisten vorgaben, teils durch mitwisserisches Grinsen, teils durch die Ankündigung, *da mal nachhaken* zu wollen. Ich brauche hier kaum zu betonen, daß jedem im Saal meine altklugen Andeutungen, bei Bedarf *alles über Schröders Neue* auspacken zu können, ebenso neu sein mußten wie mir selbst, dem sie so leichtfertig über die Lippen kamen. Ich stand, so gut ich es noch vermochte, im Mittelpunkt des Interesses, und nicht ein einziger, das schwöre ich, wagte es, meinem Gerücht zu widersprechen. Es wurde also doch noch eine richtig nette Abschlußparty, und zufrieden ging ich heim.

Mittwoch, 25.10.

Wer erzählt nicht gern von seinen Erfolgen? Ich erzählte von meinem u.a. dem TITANIC-Chefredakteur Martin Sonneborn und erörterte dann mit ihm die Unseriosität seriöser Pressevertreter, die aus Angst, für uninformiert zu gelten, keinem noch so haltlosen Gerede Einhalt geböten, sondern im Gegenteil eine gewisse Geneigtheit zeigten, jedem Schwätzer ihr Ohr – und, was noch schwerer wog – durchaus Glauben schenken zu wollen.

Ich sei entsetzt gewesen über soviel Leichtgläubigkeit, behauptete ich stolz. Andererseits: *Wenn jemand vor Monaten schon behauptet hätte, der Daum wäre Kokser…*

Abb.1: Ein Lockangebot mit Folgen

Sonneborn ließ den Satz unvollendet. Er hatte recht: Offenbar kam es auf die Person an, der man etwas anhängte. Und unser Bundeskanzler war immerhin zum vierten Mal verheiratet. Dennoch: *Unglaublich!* Ich gefiel mir in meiner wohlfeilen Empörung.

Noch am selben Tag rief Sonneborn mich wieder an, um anzufragen, ob er in einer Anzeige für die nächste TITANIC-Ausgabe meine Behauptung, *alles über Schröders Neue* zu wissen, als Lockangebot verwenden dürfe. Wir könnten uns dann immer noch damit herausreden, *alles über Schröders neue Nahostpolitik* oder so was gemeint zu haben. Geschmeichelt gab ich meine Einwilligung nur zu gern.

Konnte ich denn ahnen, was ich damit anrichten würde, all die Verstörung, all das Leid…

Freitag, 27.10.

Wie vorgesehen erscheint diese Anzeige *(Abb.1)*. Ob wohl auf *Schröders Neue* irgendwer reagieren wird? *Mal sehen, was passiert*, hatte Sonneborn seelenruhig gesagt.

Am Wochenende bleibt noch alles ruhig. Christoph Daum ist in Florida *abgetaucht*. Doch die Ruhe ist wie jede Ruhe – von der ewigen mal abgesehen – trügerisch.

Montag, 30.10.

Unsere Anzeige hat ausnahmsweise Folgen. In einigen Berliner Oberstübchen ist die ausgestreute Saat inzwischen aufgegangen: Ausgerechnet ihre Seite *die wahrheit* macht die *taz* mit der Frage auf: *Wer ist Schröders Neue?* Doch während der Untertitel noch keß behauptet: *Der Bundeskanzler und Doris Schröder-Köpf wollen sich nach kurzer Ehe wieder trennen,* hält der Artikel nicht, was er verspricht. Im typischen Schülerzeitungsstil wird ein bißchen geblödelt: über die *sequenzielle Monogamie* des *Kaschmir-Kanzlers,* über *erste Spekulationen, der Kanzler wolle zu seiner dritten geschiedenen Frau Hillu zurückkehren,* über eine *ebenso heftig diskutierte Kandidatin: Gunda Röstel*, mit der Begründung: *die ehemalige Sprecherin der Grünen und jetzige Pressereferentin des eon-Konzerns* solle *eine Energiebombe im Bett sein* usw.

Wer ist Schröders Neue?

Der Bundeskanzler und Doris Schröder-Köpf wollen sich nach kurzer Ehe wieder trennen

BERLIN taz ■ Verliebt, verlobt, verheiratet – und bald schon wieder geschieden. Bundeskanzler Gerhard Schröder und seine vierte Ehefrau Doris Schröder-Köpf wollen sich trennen. Die ganze Nation fragt sich seit heute: Wer wird Schröder-Gattin Nummer fünf? Noch halten sich die einschlägigen Printmedien mit vorschnellen Hypothesen und gewagten Wertungen vornehm im Hintergrund. Erste Spekulationen, der Kanzler wolle zu seiner dritten geschiedenen Frau Hillu zurückkehren, weisen Experten als absurd von der Hand. Doch wer wird dann die neue Gefährtin an der Seite unseres Regierungschefs werden? Die Beantwortung dieser Frage ist nicht zuletzt von politischer Brisanz, weiß man doch, dass die Geschicke der deutschen Nation nicht unwesentlich auch von dem Rat und dem Einfluss der First Lady abhängen, die dann jetzt wohl eher die Fifth Lady sein wird. Hinter jedem großen Staatsmann steht bekanntlich eine starke Frau, mit der er die Bürde der Verantwortung teilen kann und die ihn mit sanfter, aber fester Hand sicher durch den Dschungel nationaler und internationaler Verquickungen führt.

Bisher ist in der Frage, wer die neue Miss Germany wird, noch nichts Offizielles verlautet. Auch Kanzleramtssprecher Uwe-Karsten Heye hüllt sich in Schweigen. Die Ermittlungen laufen derweil in alle Richtungen. Nur so viel steht fest: Eine deutlich jüngere Journalistin wird es wohl nicht wieder sein. Nachdem Schröders ewiger Rivale in Sachen sequenzieller Monogamie, sein Außenminister Fischer, diesbezüglich den Ausgleichstreffer gelandet hat, dürfte sich die Journaille als Rekrutierungsfeld des auf Profilierung bedachten Kanzlers verbieten.

Doch was für eine Frau könnte einen Mann reizen, der in seinem Leben alles erreicht hat, fast überall reingekommen ist, wo er

Bisher ist in der Frage, wer die neue Miss Germany wird, noch nichts Offizielles verlautet

reinwollte, und heute wahllos Leute für sich Bier holen schicken kann? Welcher Tochter Evas ist es gelungen, Frau Köpf im Kampf um die Gunst des deutschen Regenten zu besiegen? Was für eine Prachtvertreterin des schwachen Geschlechts konnte der erotischen Anziehungskraft faktischer Macht verständlicherweise nicht widerstehen? Die Gerüchte widersprechen sich. Die einen sagen, die neue Kanzlerin käme aus dem Osten und sei promovierte Physikerin. Dafür spräche, dass angeblich seit kurzem ein populärwissenschaftliches Sachbuch über Teilchenbeschleuniger auf Schröders Nachttisch liegt. Plausibler erscheint eine – hinter vorgehaltener Hand – ebenso heftig diskutierte Kandidatin: Gunda Röstel. Das Machttier Schröder würde mit diesem Manöver gleich dreieinhalb Fliegen mit einer Klappe schlagen: den Osten befriedigen, den Koalitionspartner glücklich machen und die Großindustrie charmieren. Außerdem – für den Lebemann Schröder nicht ganz unwichtig – soll die ehemalige Sprecherin der Grünen und jetzige Pressereferentin des Eon-Konzerns eine Energiebombe im Bett sein. Auf einem Gala-Diner der Konzernleitung hat der Genosse der Bosse Augenzeugenberichten zufolge der charmanten Powerfrau bereits in den Nachtisch gefasst.

Andere Indizien deuten eher in Richtung Show-Bizz, wieder andere Gerüchte ranken sich um die deutsche Kulturschickeria. So wollen Medienvertreter bei der Fernsehpreisverleihung am 9. Oktober in Köln gesehen haben, wie der Bundeskanzler tiefe Blicke mit der gut aussehenden Schauspielerin Renan Demirkan austauschte und ihr ein Glas Sekt reichte. Das soll die einstige Scharping-Favoritin ihm mit einem zärtlichen Nasenstüber gedankt haben. Eine freche Geste, die der ehemals als „Kaschmir-Kanzler" bekannte Souverän wohl nicht besonders übel nahm.

Wird diese Frau die Fifth Lady werden? FOTO: FUCHS ZAHNFORSCHUNG

Doch wird eine derart flüchtige Tändelei den festen Boden für eine gute und dauerhafte Beziehung garantieren können? Das Eheparkett ist ebenso glatt wie das Parkett der diplomatischen Beziehungen. Je unsicherer Schröder auf diesen Parketten über seine eigenen Füße stolpert, desto unglaubwürdiger wird die Rolle Deutschlands in der ganzen Welt. Denn gerade jetzt, wo sich Bundeskanzler Schröder im Nahen Osten aufhält, um für Versöhnung zu plädieren, käme die Meldung seines Ehekrachs nicht besonders gut. Es sei denn, Schröder würde seinen Untertanen endlich verraten, wer die neue Frau an seiner Seite ist, damit Deutschland endlich wieder einem weiblichen Wesen vertrauen kann.

CORINNA STEGEMANN, KIRK FRIEBE

Quo vadis, Journalismus? Die »Wahrheit« der *taz*

Spätestens die Illustrierung (*Foto: Fuchs Zahnforschung*) macht auch dem Dümmsten klar, was von der Behauptung *Die ganze Nation fragt sich seit heute: Wer wird Schröder-Gattin Nummer fünf?* zu halten ist. Solch ein läppischer Artikel kann selbst das schönste Gerücht im Keim ersticken. Man stelle sich vor, Trainer Daum wäre den unzarten Andeutungen des Uli Hoeneß gleich mit den *Bekenntnissen eines rheinischen Opiumessers* entgegengetreten, oder er wäre als Schneemann aufgetreten und hätte sich öffentlich aus einer Tüte Weizenmehl bedient… Nein, *Schröders Neue* war damit gestorben.

Oder? Das fragte ich mich eben – vermutlich als einziger der ganzen Nation. Konnte es wirklich sein, daß Autoren der *taz* in ihrer Verzweiflung solch halbseitigen Blödsinn verzapften, ohne auch nur die Spur einer Ahnung zu haben?

Ich beschloß, der undeutlichen Spur forsch nachzugehen und rief einen Freund an, der gern mit seinen *Beziehungen zur Bild-Zeitung* prahlte. Er brauchte etwas Zeit, den Anlaß zu begreifen, versprach mir aber dann, die Beziehungen sofort spielen zu lassen.

> **Zugegeben, manchmal ist schwierig festzustellen, ob es auch wahr ist, was auf den Partys getratscht wird.**
>
> KATJA KESSLER, Klatschreporterin, in *Bild*, 17.11.2000

Dienstag, 31.10.

Der Mann von *Bild* hat angerufen! *Nichts, aber auch gar nichts* sei dran an meinem Gerücht. Wenn überhaupt, dann habe es da *vor Monaten vielleicht was mit so 'ner Studentin…* Aber das könne auch reine Desinformation gewesen sein, jedenfalls: *Schnee von gestern!* Beim Wort *Schnee* mußte er lachen: *wg. Daum!* Heute jedenfalls sei Schröder *definitiv clean!* Das habe ihm ein Freund telefonisch bestätigt, *alter Kumpel von der Doris. Als der neulich mal mit ihr Essen war, hat der Schröder zigmal angerufen. Echt eifersüchtig!* Bis sie ihm dann weitere Anrufe glatt untersagt habe: *Du mußt ins Bett, Gerd, hast doch morgen Regierungserklärung!*

Der Anruf – also nicht der von Doris, auch nicht der des Freundes, sondern der des bekannten

Schlimme Gerüchte machen der Kanzlergattin das Leben schwer

Aktuell

Doris Schröder-Köpf: Wer will ihr Eheglück zerstören?

Schlimme Gerüchte in der *Neuen Post*…

Bild-Bekannten beruhigte mich. Auch ich ging ins Bett – nicht ahnend, was für eine Erklärung mich morgen erwartete.

> **Aber, wenn man dann nachfragt, wird man auch oft faustdick belogen – besonders wenn es mal nicht so schmeichelhaft ist für den Star.**
>
> KATJA KESSLER, Klatschreporterin, in *Bild*, 17.11.2000

Mittwoch, 1.11.

Ganz böses Erwachen. In seiner *Bild*-Kolumne *BERLIN vertraulich* stellt Mainhardt Graf Nayhauß öffentlich die Doris-Frage: *Wie viel Satire muß sich Gerhard Schröder gefallen lassen?* Und Mainhardt Graf Nayhauß antwortet sich: *Hinterfotzig wird Satire, wenn sie vom unbedarften Leser/Zuschauer nicht als Schabernack erkannt und für bare Münze genommen wird.*

Damit meint Mainhardt Graf Nayhauß tatsächlich unsere TITANIC-Anzeige sowie den bereits ausführlich zitierten Folge-Artikel, den er noch einmal ausführlich zitiert: *Was für eine Frau könnte einen Mann reizen, der in seinem Leben alles erreicht hat, fast überall reingekommen ist, wo er reinwollte, und heute wahllos Leute für sich Bier holen schicken kann?* Das schlechte Deutsch hat die *tageszeitung* zu verantworten – doch daß sich wahrhaftig ein Unbedarfter gefunden hat, der das *nicht als Schabernack erkannt und für bare Münze genommen* hat, wundert mich mächtig.

Und daß Mainhardt Graf Nayhauß dieser *Satire* unterstellt, sie habe sich *zum Vehikel eines kursierenden Gerüchts* gemacht, noch mehr! Wo – abgesehen von jener Buchmessen-Abschlußparty – kursierte denn dieses Gerücht? Nicht einmal in der *Bild*-Zeitung, wie ich zweifelsfrei festgestellt hatte. Jetzt allerdings sah das schon anders aus: *Schröders Neue* war im Kurs gestiegen. Das Gerücht kursierte weiter, und ich mußte mich mit Mainhardt Graf Nayhauß fragen: *Ob der Kanzler das noch lustig findet?*

Donnerstag, 2.11.

Jene Kanzler-Frage hat sich gestern abend angeblich auch Harald Schmidt gestellt. Man erzählt mir, wie der Altmeister unter Bezugnahme auf die *Bild*-Zeitung seiner Sorge um den Fortbestand der Schröder-Ehe spöttischen Ausdruck gegeben habe.

Wenn ich anfangs stolz gewesen war auf die Effizienz meiner Fama, so fing ich jetzt langsam an, nach Entschuldigungen zu suchen: Sollte ich das Ganze nicht besser als Experiment ausgeben, als Härtetest für die Korrumpierbarkeit der veröffentlichten Meinung? Böte sich der *Fall Daum* nicht geradezu an als Rechtfertigung meiner Methode? Der Trainer war inzwischen eliminiert und ruiniert: *Wenn er krank ist, muß ihm geholfen werden.* So sprachen seine Ersetzer und konnten sich – siehe Franz Beckenbauer – ein triumphales Lächeln kaum verkneifen.

Andererseits: Der Kanzler war kein wehrloser Kokser – würde er *das noch lustig* finden, wenn man seine Ehe in Verruf brachte und ihn als liebestollen oder gar sexkranken Maniac hinstellte? Oder würde er wie der designierte Bundestrainer sich freiwillig die Schamhaare schneiden, sein Amt niederlegen und nach Florida – aber was phantasierte ich denn da zusammen?

Ein Alptraum!

> **Schuld sind dann immer wir, die Reporter, die sich was aus den Fingern saugen.**
>
> KATJA KESSLER, Klatschreporterin, in *Bild*, 17.11.2000

Mittwoch, 8.11.

Genau eine Woche später ist mein Alptraum Wirklichkeit geworden. Und nicht bloß für die Leserinnen (und Leser) der Presseerzeugnisse *Neue Post* und *neue woche.* Denn beide Journale – offenbar wie magisch angezogen von dem Begriff *Neue* für Schröders nicht existente Freundin – fragen bereits auf dem Titel ganz dick: *Doris und Gerhard Schröder: Alles aus? (neue woche)* bzw.: *Doris Schröder-Köpf: Wer will ihr Eheglück zerstören? (Neue Post)* Auf die zweite Frage kann

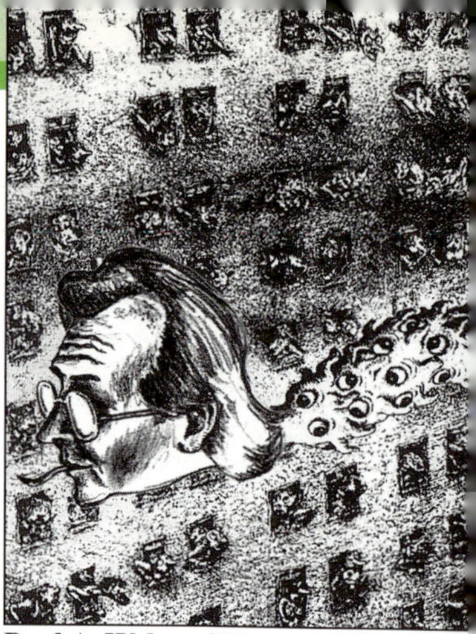

Paul A. Weber: Eilerts Gerücht

ich nur antworten: Ich doch nicht! Das habe ich bestimmt nie gewollt! Obwohl ich der Meinung bin, daß eine moderne Ehe den einen oder anderen Seitensprung schon vertragen müßte – und *ich* wüßte von keinem Seitensprung!

Die beiden Frauenzeitschriften wissen allerdings auch nicht mehr: *Neue, böse Gerüchte* hat die *neue woche* gehört, *schlimme Gerüchte* die *Neue Post,* die auf dem Titelfoto der strahlenden *Kanzlergattin* listig noch einen Bericht über *betrogene Frauen* ankündigt: *Die andere erwartet ein Kind von ihm.*

Der Bericht über *die andere* erwartet uns jeweils auf den Seiten 4 und 5 und enthält absolut nichts Neues. *Ausgerechnet während seiner Friedensmission im Nahen Osten gingen daheim die Heckenschützen in Stellung* behauptet die *Neue Post,* um gleich darauf zuzugeben, daß ihr Ausgangspunkt *anscheinend als Satire gedacht* ist.

Der Artikel in der *Neuen Post* ist offenbar nicht als Satire gedacht, obwohl ihn ein Satiriker kaum besser formulieren könnte: Zunächst zitiert er einige *ehrliche Beteuerungen* über *das Image des dreifach geschiedenen Kanzlers als Frauenschwarm und Partylöwe* aus alten Interviews mit seiner vierten Frau, die mit diesem Anlaß nicht das geringste zu tun haben, dann folgert er rasierwasserscharf: *Doch*

jeder 4. Patient abgewiesen."

Wie viel Satire muss sich Gerhard Schröder gefallen lassen?

Muss sich der Kanzler von jedem durch den Kakao ziehen lassen? Neu auf dem Markt ist die CD „Der Bierkanzler" mit Songs wie „Von der Mitte zur Titte, zum Sack (Zack, Zack)", „Jetzt geht's los (Schröder kommt)", „Doris (Lass mich hier nicht liegen)".

Textproben: „Ich bin der Gerd, der Schröder. Ich bin kein Öder, kein Schnöder, kein Blöder, bin bissiger als 'n Köter. Der Schröder mit S wie S-Klasse, und wenn ich eins hasse, mir eins nicht bieten lasse, dann ist das deine Grimasse, die blasse, hinter der Kasse..."

„Ich esse gern Currywurst und tanze gern Pogo. Hab mehr Bock auf 'ne Pulle Bier als auf die Pullezei. Wer heute nicht lacht, wird plattgemacht... Sind weder Mensch noch Tier, und so feiern wir... Gerhard! Gerhard! Gerhard!"

Was noch erlaubte Satire ist, also literarische Verspottung, und nicht strafbare Ehrabschneidung – dieser Streit zwischen Witzbolden und Politikern ist so alt wie die Demokratie. Der Schriftsteller der Zwanzigerjahre, Kurt Tucholsky: „Satire darf alles." Aber bei Gerhard Schröder hörte der Spaß auf, als RTL 2 in der Erotik-Show „peep!" eine am Busen gepiercte Kanzlerpuppe auftreten ließ. Kohl beschwerte sich über im Radio getürkte Telefonate mit dem amerikanischen Präsidenten und verklagte „Penthouse" wegen einer Karikatur, die seine Frau Hannelore als Kühlerfigur seines Dienstwagens zeigte, nur mit Handschuhen und Perlenkette bekleidet.

BERLIN vertraulich
Von Mainhardt Graf Nayhauß

Hinterfotzig wird Satire, wenn sie vom unbedarften Leser/Zuschauer nicht als Schabernack erkannt und für bare Münze genommen wird.

Oder wenn sich die Satire zum Vehikel eines kursierenden Gerüchts macht. Schrieb gestern die „tageszeitung" unter der Überschrift „Wer ist Schröders Neue?": „Bundeskanzler Gerhard Schröder und seine vierte Ehefrau Doris Schröder-Köpf wollen sich trennen. Die ganze Nation fragt sich heute: Wer wird Schröder-Gattin Nummer fünf? Was für eine Frau könnte einen Mann reizen, der in seinem Leben alles erreicht hat, fast überall reingekommen ist, wo er reinwollte, und heute wahllos Leute für sich Bier holen schicken kann?" Dann wird das Foto einer sich Zähne putzenden Frau (mit durch Balken verdeckten Augen) gezeigt und gefragt: „Wird diese Frau die Fifth Lady werden?"

Ob der Kanzler das noch lustig findet?

Total vertraulicher Artikel in *Bild* von Mainhard Nayhauß

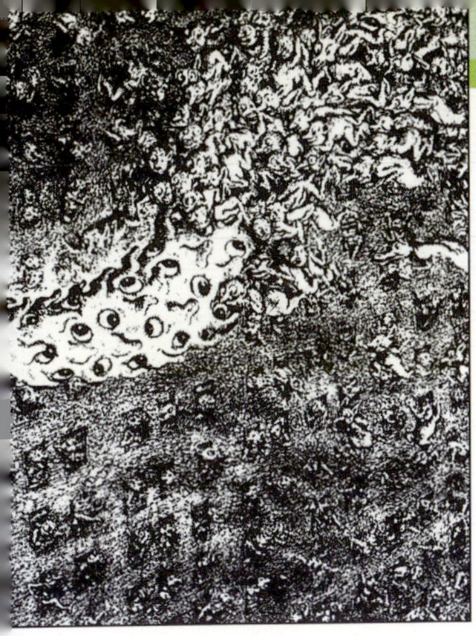

trotz all dieser ehrlichen Beteuerungen wollen die Spekulationen über das Kanzlerehepaar offensichtlich nicht verstummen. Offensichtlich nicht, schon weil weder die *Neue Post* noch die *neue woche* das wollen können: *Vor allem in Berlin fallen hinter vorgehaltener Hand immer wieder abfällige Bemerkungen…*

Die hört man im Verlagsort Hamburg offenbar gern. Beckenbauer (München) hat solche abfälligen Bemerkungen wenigstens vor der hingehaltenen Hand gemacht: *Gerüchte* über Daum höre man *schon seit Jahren immer wieder.*

Auch die *neue woche* wühlt routinemäßig in bemerkenswertem Abfall: *Wer populär sein will, muß sich auch mal was gefallen lassen*, geht sie scheinbar heckenschützenhaft in Stellung, nur um sich nach einer Aufzählung alter Fälle die selbstgestellte Frage: *Ist wirklich alles aus zwischen dem Kanzler und seiner Frau?* selbst zu beantworten: *Natürlich nicht! Hier handelt es sich um Satire* – hier, hier nicht: Ich betone noch einmal: Das ganze war nur Spaß! Ich bin doch nicht so gemein wie Uli Hoeneß! Oder doch?

Ganz besonders gemein ist das, weil sich Doris und Gerhard Schröder zum Zeitpunkt der Veröffentlichung gemeinsam auf einer Nahost-Reise befanden, die politisch äußerst heikel war, findet auch die *neue woche* und endet bei *Tochter Klara (9): Für Klaras Kinderseele ist so etwas besonders hart…* Ich denke, nach Lektüre dieses Artikels kann selbst eine Neunjährige kinderseelenruhig sein: Nicht ein einziges Indiz deutet darauf hin, daß an der Ehe ihrer Eltern irgend etwas heikel sein könnte.

Ich muß zugeben, daß dieser Grad von Heuchelei mich leicht beeindruckt hat, und nicht ohne professionellen Respekt und persönliche Passion studiere ich weiter die scheinheiligen Schriften.

Die *Neue Post* zeigt *die kleine Klara* nur im Bild und konzentriert sich ansonsten ganz auf Mutter Doris (37), die auch auf diesem Foto *noch… lachende Miene zum bösen Spiel zeigte.* Noch! Was im übrigen kein Wunder ist, da das Foto lange vor Beginn des bösen Spiels aufgenommen wurde. Jetzt aber, *kurz nach ihrem dritten Hochzeitstag,* sorgt sich die *Neue Post* schon mal vor: *die Gefahr, daß sie dieser Belastung letztlich nicht gewachsen ist, erscheint jetzt so groß wie nie zuvor.* Diese Erscheinung bringt die *Neue Post* zu der entscheidenden Frage: *Wer die Heckenschützen sind*?

Noch ist man auf Vermutungen angewiesen: *Ob politische Gegner oder Neider aus dem privaten Umfeld…* Nein, ich habe nichts gegen die Politik von Doris Schröder-Köpf und beneide ihren Gatten nicht um sie. Ich habe dieses Gerücht vollkommen selbstlos in die Welt gesetzt. *Und wie es mit Gerüchten so ist – die Urheber bleiben lieber im Hintergrund – weil ihnen klar ist…, daß sich nichts beweisen läßt.* Hier irrt die *Neue Post*. Zumindest das war zu beweisen.

Mittwoch, 15.11.

Die *Freizeit Revue* jagt mir einen neuerlichen Schrecken ein: *Unsere First Lady ganz privat* will sie vorstellen, und obwohl doch bereits die *neue woche* zu Protokoll gegeben hatte *First Lady der Bundesrepublik ist aber nun mal Christina Rau, die Gattin des Bundespräsidenten,* ist hier wieder mal *Doris Schröder-Köpf* gemeint. Und der Anfang verheißt Unheil: Daß Doris Schröder-Köpf *sich allein köstlich amüsierte… hat der Kanzlergattin übles Gerede eingebracht.* Mit wem hat sie sich amüsiert? Etwa mit meinem *Bild*-Informanten? Alles denkbar: *Aha, denken da manche gleich, es kriselt, oder ist vielleicht schon mehr kaputt?* Dann die Entwarnung: *Alles Quatsch!* So redete und dachte man exklusiv in der Redaktion der *Freizeit Revue*, sonst nirgends.

wochen schau

Wie viel muss dieses Paar noch ertragen?

DORIS UND GERHARD SCHRÖDER

Ist alles aus?

Neue, böse Gerüchte um die Kanzler-Ehe und wie Doris dagegen ankämpft

Als Politiker hat der Kanzler viele Krisen überstanden, privat muss er sich jetzt mit üblen Verleumdungen herumschlagen…

Glamourös: Doris Schröder-Köpf tanzte allein bei der „Paralympics Night" in Düsseldorf, bezauberte durch ihr Temperament und ihre Herzenswärme

Heikle Mission: Doris begleitete den Kanzler nach Israel, obwohl die Reise in das Krisengebiet als gefährlich galt – oder gerade deshalb?

Wer populär sein will, muss sich auch mal was gefallen lassen – der Kanzler ist sich dessen bewusst. Stefan Raabs „Hol mir mal 'ne Flasche Bier"-Song nahm Gerhard Schröder (56) lächelnd hin – und ließ die Tantiemen für den Hit sofort „Kinder in Not" zukommen, einer Stiftung, die Ehefrau Doris (37) unterstützt.

„Solange meine Familie nicht hineingezogen wird, nehme ich so etwas nicht übel", meinte der Kanzler vor Wochen.

„Hallo, Kanzler" fand er gar nicht komisch

Nur einmal zeigte Gerhard Schröder sich bislang unversöhnlich: Gegen die RTL-Serie „Hallo, Kanzler", die sein Eheleben mit Doris in den Schmutz zog, erhob Schröder schon vor der Ausstrahlung heftigsten Einspruch. Mit dem Ergebnis, dass die Comedy „entschärft" und nach einigen peinlichen, jedoch langweiligen Folgen ganz eingestellt wurde.

„Wer ist Schröders Neue?", fragt die „taz"

Baby- und Trennungsgerüchte ließ das Kanzlerpaar allerdings meist unkommentiert. Laute Dementis lassen sich mit dem Amt des Kanzlers kaum vereinbaren.

Vor allem Doris Schröder-Köpf, selbst Journalistin, legt Wert auf ein einigermaßen ungestörtes, harmonisches Privat- und Familienleben. Die knapp bemessene Zeit, die sie mit ihrem Mann verbringen kann, ist der Bayerin zu schade für solchen „Schmarrn".

Wer ist Schröders Neue?

Wie viel Spott muss der Kanzler ertragen? In einem „satirischen" Artikel der „tageszeitung" vom 30.10. war „Schröders Neue" zu sehen – geblendet

Aber was mag die Kanzlergattin wohl empfunden haben, als sie kurz nach ihrem dritten Hochzeitstag am 30. Oktober in der Berliner „tageszeitung" auf die Frage stieß: „Wer ist Schröders Neue?"

Die Antwort blieb das Blatt seinen Lesern freilich schuldig. Andeutungen wie „Erste Spekulationen, der Kanzler wolle zu seiner dritten geschiedenen Frau Hillu zurückkehren, weisen Experten als absurd von der Hand", ließen allerdings vergnüglichen Klatsch erhoffen.

Nach dem höchst öffentlichen Scheitern von Schröders dritter Ehe mit Hillu ist das aber schon ziemlich starker Tobak. Auch damals hatte schließlich niemand glauben wollen, dass diese Beziehung je scheitern könnte.

Ist wirklich alles aus zwischen den Kanzler und seiner Frau? Wollen die Schröders sich nach kurzer Ehe wieder trennen?

Natürlich nicht! Hier handelt es sich hier um Satire, versichert die „taz". Sicher, dem aufmerksamen Leser kann kaum entgangen sein, dass die Kanzlergattin dort als „First Lady" bezeichnet wird, ihre eventuelle Nachfolgerin als „Fifth Lady". First Lady der Bundesrepublik ist aber nun mal Christina Rau, die Gattin des Bundespräsidenten…

Diese Spitzfindigkeiten können allerdings keineswegs darüber hinwegtäuschen, dass hier höchst Intimes zur Zielscheibe öffentlichen Amüsements wird. Zumal die „taz" das Foto einer durch einen Balken geblendeten Frau – offensichtlich ein Model – zeigt, die sich die Zähne putzt!

Ganz besonders gemein ist das, weil sich Doris und Gerhard Schröder zum Zeitpunkt der Veröffentlichung gemeinsam auf einer Nahost-Reise befanden, die politisch äußerst heikel war.

Peinlich, dass die Schreiber wohl nicht wussten, dass der Kanzler seine Frau nach Israel mitgenommen hatte. Für Doris ist das jedoch kaum ein Trost.

Und keiner denkt an Tochter Klara …

Für die junge, zierliche Frau, die seit der Liebesheirat 1997 schon so viel Häme und Niedertracht ertragen musste, waren diese neuen, gemeinen Gerüchte wohl äußerst bitter. Seit Jahren kämpft sie um ihr Eheglück.

Immerhin muss sie auch an Tochter Klara (9) denken, die in der Schule auf das bösartige Geschreibsel angesprochen wird. Für Klaras Kinderseele ist so etwas besonders hart…

…und in der *neuen woche*

Donnerstag, 16.11.

Daum-*Sensation* in der *Bild-Zeitung*: *Neuer Haartest: Kein Kokain!* Der Ex-Trainer strahlt: Die neue Kurzhaarfrisur steht ihm sensationell gut. Darum *wirkt Daum so locker und gelöst.* Und was noch sensationeller ist: Kein Wort mehr über das andere Gerücht. Die Kanzlerehe hält! Nach all dem muß man sich natürlich fragen: Wie lange noch? Ich weiß es wirklich nicht…

Ich halte es schon heute mit Klatschreporterin *Katja Kessler,* die morgen unter der Überschrift *Tratsch und Lüge* schreiben wird:

> **Eine Bitte, liebe *Bild*-Leser, denken Sie daran, wenn Sie im Fernsehen demnächst wieder einen Prominenten sehen, der sagt: Alles Blödsinn, was in der Zeitung steht.**
>
> KATJA KESSLER, Klatschreporterin, in *Bild*, 17.11.2000

Ja, bitte, denken Sie daran, lieber TITANIC-Leser, denn manchmal hat der Prominente sogar recht.

Mittwoch, 22.11.

Mit dem folgenden Blödsinn habe ich nichts zu tun, das schwöre ich! Ausgerechnet in der *Bild-Zeitung* steht: *Ein offenes Gespräch mit Joschka Fischer über ein Gerücht.* Das will wiederum Mainhardt Graf Nayhauß in *BERLIN vertraulich* mit Joschka Fischer geführt haben. *Die ganze Stadt spricht davon: Ihre vierte Ehe soll nun auch zu Bruch gegangen sein,* hält der Graf dem Außenminister mannhaft vor. Der verweigert zwar *eine Bestätigung des Gerüchts*, und auf ein *Stillhalteabkommen* will der Unbelehrbare sich auch nicht einlassen. Doch der Graf hat Beweise: *Mir fiel auf, wie blaß er war.* Und zweitens *hat er auf dem Bundespresseball sein Erscheinen zugesagt – ohne seine Frau.*

Sonntag, 26.11.

Fischer war am Freitag auf dem Presseball – *mit* seiner Frau! Beweis: ein Foto in der *Frankfurter Allgemeinen Sonntagszeitung.* Und die kolportiert sogar, *er* habe *zärtlich an ihrem Ohrläppchen geknabbert.* Ob damit seine Unschuld als erwiesen gelten kann? Ja – aber knabbert nicht auch Beckenbauer weiter am Läppchen seiner Alten? Trotz des neuen Beckenbäuerchens? Und was hat die Mehrheit der Vereinsmitglieder ihrem *Bayern*-Präsidenten nach seinem Nachwuchs-Geständnis zugerufen: *Zugabe! Zugabe!*

Dem kann ich mich nicht anschließen. □

Große Denker

Von Mathias Zappnagels Entdeckung des linksdrehenden Trinkjoghurts zehrt der Standort Deutschland noch heute

Kein schöner Land

Viel besucht: Die Plattenbauten von Rostock-Lichtenhagen bieten eine stimmungsvolle Kulisse für ausgelassene Volksfeste

Deutsche Literatur

Z.B. das neue Buch von Eva Herman („Dann kamst du“): „Damals war mir schon klar gewesen, daß sein Verhältnis emanzipierten Frauen gegenüber unter großem Nachholbedarf litt“ (S.7) – die schönste Sprache der Welt

Protestkultur

Die Deutschen demonstrieren gerne und mit Leidenschaft: Hier protestieren die Bad Bramstedter Schabenzüchter gegen die Novellierung der Bundesinsektenverordnung von 1986

Vorbildlicher Nahverkehr

Aufwendig gestaltete U-Bahnstationen finden sich in Deutschland praktisch an jeder Ecke

Faire Verlierer

Der Kniefall von Lothar Matthäus nach der vergeigten 98er WM hat im Ausland nicht nur für Hohn, sondern auch für Spott gesorgt

DEBATTE

Ein bißchen Stolz muß sein

Die Deutschen haben kein Problem mehr damit, stolz auf ihr Vaterland zu sein – warum auch?

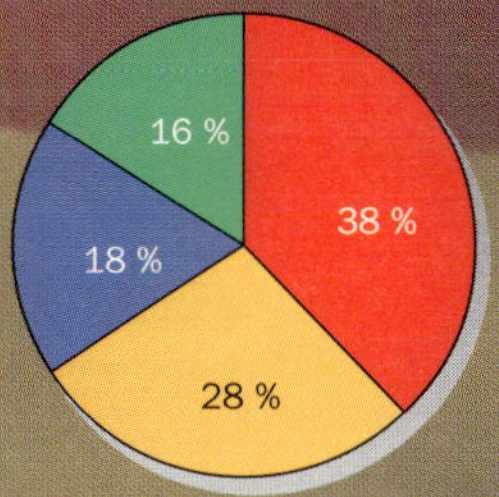

Neue Übersichtlichkeit

So wird deutsche Wissenschaft auch fürs Ausland verständlich: reduzierte Komplexität dank Tortengraphiken von Coppenrath & Wiese

Made in Germany

Deutsche Maschinen genießen in aller Welt seit jeher einen hervorragenden Ruf: effizient, gründlich, akkurat

Hermann M'bongo ist Deutscher kenianischer Herkunft und stolz – stolz auf seine Heimat. Der gelernte Schraubenzieher lebt von 2,70 Mark Sozialhilfe im Monat und wird im Bus regelmäßig um erhöhtes Aufdiestraßebeförderungsentgelt gebeten. Und trotzdem: „Ich liebe dieses Land: die freundlichen Menschen, die schönen Landschaften, das gute Essen. Kenia ist einfach spitze! Ich muß verrückt gewesen sein, nach Deutschland zu gehen."

Patriotismus ist wieder in. Seit Jürgen Trittin Laurenz Meyer einen Skinhead schalt, bekennen sich immer mehr Deutsche zu ihrer Nation, z.B. Helga Bumsbichler aus Schwäbisch Hall und ihr transsexueller Stiefschwager Marianne (70 Kilo). Und warum auch nicht? „Deutschland ist eine entspannte, weltoffene Nation, in der es wirklich jeder Depp zu etwas bringen kann", so Bundespräsident Johannes Rau. „Denken Sie nur mal an den Meyer! Oder an mich. Wir sind halt die Größten, da kann der Franzmann einpacken."

Überall auf der Welt gilt „Made in Germany" als Qualitätsausweis Nr. 1, liebt man deutsches Bier, Rudi Carrell und Tempo 200 – und während manche sich hierzulande immer noch nicht trauen, auf ihren Reisepaß stolz zu sein, hat das Ausland längst erkannt, wo der Hammer hängt: „Eine Welt ohne Deutschland kann ich mir nicht vorstellen!" sagt Frankreichs Staatspräsident Jacques Chirac. „Aber ich kann mir ja noch nicht mal einen Orgasmus vorstellen, geschweige denn vortäuschen." Der neue jugoslawische Präsident Kostunica hat in Worms Doppelte Buchführung und Autobahn studiert und schätzt deutsche Wertarbeit: „Meine Doktorarbeit ist ein herrlich leichtes Lesevergnügen und hat nur 20 000 Mark gekostet. Danke, Deutschland!"

- ohne Worte -

Auch in Busch und Dschungel schaut man voller Bewunderung auf das Land zwischen Alpen und Polen. Der vietnamesische Kabarettist Ding Dong hat während eines Gastspiels in Greifswald die besten Erfahrungen gemacht: „In Deutschland kriegt man doch alles nachgeworfen! Steine, Knüppel, Bierflaschen, Fernsehshows – naja, kein Wunder eigentlich, bei so schlechten Witzen!" Auch der farbige Sänger Xavier Naidoo versucht sein Glück auf deutschen Bühnen: „Hier und da habe ich schon kleine Auftritte gehabt, nächste Woche darf ich sogar mal ins Radio. Dabei bin ich doch völlig unbegabt und ein komplettes Rindvieh! Soviel Toleranz macht Mut."

Haben die Deutschen also nicht allen Grund, ihren Frieden mit der Nation zu machen? Die kritischen Stimmen werden jedenfalls weniger und leiser. Der Magdeburger Naziskin Ulf fühlt sich „schon ziemlich allein" mit seiner Meinung: „Auf ein Land, das Leute wie mich frei herumlaufen läßt, kann doch nicht mal ein Idiot wie ich stolz sein."

Ich bin stolz auf Deutschland wegen

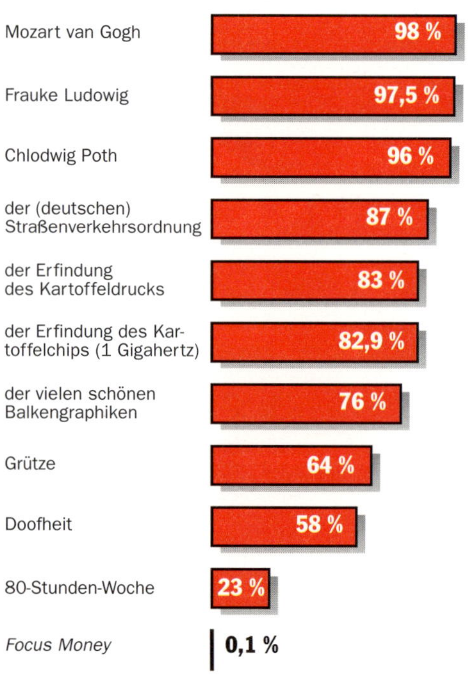

Zum Ausschneiden und Mit-in-den-Urlaub-Nehmen:

Der große TITANIC Stolz Guide Europa

Nicht immer wird uns Deutschen im Ausland mit dem gebührenden Respekt begegnet. Dabei haben die es gerade nötig! TITANIC zeigt, wer auf was stolz sein kann – von „Schämt euch!" (*) bis „stolz wie Laurenz" (*****)!

	Deutschland	Frankreich	England	Polen
Essen	Schnitzel, Wurst, Schnitzelwurst *****	Frosch, Lurch, Kuh *	Fish & Chips, After Eight, Brot **	Autoreifen, Schuhsohlen, Strandgut *
Weiber	Regine Hildebrandt, Jenny Erpenbeck, Marion Gräfin Döner *****	Brigitte Bardot, Sophie Marceau, Juliette Binoche *	Queen Mum, Elton John, Fanny Hill ***	Teresa Orlowski, Birgit Staniewski, Frau Woityla **
Fußball	Kaiser Franz, Ruuuudi, (falscher) Einwurf *****	Zinedine Gitanes, Bixente Lila-Rosé, Dynamo Lyon **	Wembley, David Beckham & Eggs, Upsidesfalle *	Pause, Halbzeit, Abpfiff **
Autos	(siehe Polen) *****	2CV, 3GV, Citroën Sexo *	Aston Martin, Linksverkehr, New Beatles **	(siehe Rußland) *
Bücher	„Das Superweib" (H. Lind), „Die Supernasen" (Th. Mann) „Risikogesellschaft m.b.H." (U. Beck) *****	„Chercher la femme" (Voltaire), „Voulez-vous coucher (avec moi)?" (39576 Stendal) „A tergo 3" (Jean Pütz) *** 1/2	„99 Barely Legal Tax Tricks" (W. Shakespeare), „More Barely Legal Tax Tricks" (W. Shakespeare), „Hamlet 2 – Judgement Day" (Kevin Keegan) *	„5 Rezepte mit Wodka" (A. Szczypiorski), „Ey Genosse, wo is mein Auto?" (S. Borowiak), „O wie schön ist Wroclaw (früher Warschau)" (Janosch) **

„Råbçik!“

Prominente zum Thema Stolz

„Ich finde, stolz kann man nur auf das sein, was man selbst erreicht hat.“

———(**WOLFGANG LIPPERT, TOPSTAR**

„Mein Mann sacht immer, isch hätt ja janz schön Stolz vor der Hütte!“

———(**GABY KÖSTER, ULKNUDEL**

„Ich bin sogar Overstolz!“

———(**OVERSTOLZ, LUNGENBRÖTCHEN**

„Igøræ mëntok? Råbçik!“

———(**ÅLÖEO WPŒQU, AUSLÄNDER**

„Weltkrieg, Holocaust, Bratwurst – und jetzt auch noch dieser Patriotismus. Warum müssen wir Deutsche den anderen eigentlich immer alles nachmachen?“

———(**ERNST NOLTE, HISTORIKER**

„Der eine sagt so, der andere so. Das kann doch letztlich nur heißen: einerseits ja, andererseits nein!“

———(**FRITZ KUHN, GRÜNER**

„Ich bin einer, der eigentlich ohne Patriotismus stolz bekennen könnte, Deutscher zu sein. Aber schaun Sie mich doch mal an…“

———(**DRAFI DEUTSCHER, SÄNGER**

Können Sie von sich sagen: „Ich bin stolz, Deutscher zu sein“?

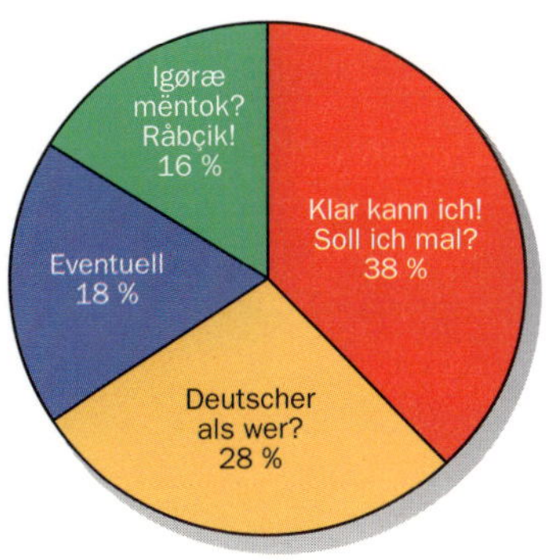

TITANIC GESPRÄCH

„Vollrohr stolz“

Stolzologe Maik Fink über Stolzkanonen, Schältomaten und schwule Bürgermeister

TITANIC Herr Fink, worauf sind Sie stolz?

FINK Auf so ziemlich alles: mein Auto, mein Haus, meinen Fernseher, meine Hosen, mein Telefon, meine Briefmarkensammlung, meine Hämorrhoiden, meine Kinder, meine Frau, meine Geliebte. Auf alles eben, was ich mit meiner Stolzkanone beschossen habe.

TITANIC Was hat man sich unter einer Stolzkanone vorzustellen?

FINK Eine Stolzkanone sieht aus wie eine ganz normale allesvernichtende Superlaserkanone, die man an jeder Straßenecke kaufen kann. Sie funktioniert aber nach dem hydrosemantischen Parasimilaritätsprinzip, basierend auf retrograder Schrumpfdynamik und supraleitfähigen Megaprotonen. Jedenfalls sind das die Bezeichnungen, die ich mir gerade dafür ausgedacht habe.

TITANIC Aha. Und was macht man damit?

FINK Sie legen an, zielen, drücken ab und sind sofort stolz.

TITANIC Worauf?

FINK Na auf das, worauf Sie angelegt haben! Sie können mit dieser Kanone alles verstolzen, was Sie gerade möchten: Baukräne genauso wie Reißzwecken, Hirntumore, Autobahnbrücken, Hundescheiße, alte *Focus*-Ausgaben oder Butter. Heutzutage haben viele Menschen ein starkes Bedürfnis nach Identifikation, nach Bindung, nach Heimat, wenn Sie so wollen. Ich biete die Möglichkeit, dieses Bedürfnis zu befriedigen, ohne sich auf einen Diskurs einlassen zu müssen, der doch alle nur langweilt.

TITANIC Oder überfordert.

FINK Sowieso. Ich will einfach nur stolz sein, worauf, ist mir doch völlig wurscht. Früher konnte man sich das nicht einfach aussuchen, worauf man stolz war: Man war meinetwegen stolz auf Michael Schumacher oder Erdbeben und mußte sich dafür beschimpfen lassen. Mit meiner Kanone kann man die Objekte seines Stolzes so willkürlich wählen, daß man jeder intellektuell-moralischen Verantwortung für seinen Stolz irgendwann nach dem 500. Schuß völlig enthoben ist. Die übliche postmoderne Scheiße eben.

TITANIC Ist das nicht gefährlich?

FINK Doch. Neulich im Supermarkt wollte ich plötzlich stolz sein auf italienische Schältomaten in Dosen. Ich halte also voll drauf – und ruckzuck fliegt das ganze Regal weg, drei Schwerverletzte und alles voller Tomaten! Ich Idiot hatte die falsche Knarre dabei. Ein anderes Mal habe ich besoffen auf Eberhard Diepgen geschossen und bin dann dummerweise in einem Kreuzberger Autonomencafé gelandet. Ich habe noch nie so schnell so gründlich auf die Fresse bekommen.

TITANIC Lustig.

FINK Andererseits erspare ich mir auch viel Frust, indem ich zum Beispiel auf überfüllte Zugabteile, Steuerbescheide und Schlangen vor dem Geldautomaten schieße, auf die ich übrigens sehr stolz bin. Weiter so!

TITANIC Sie wollen, daß die Stolzkanone bald in Serie geht. Haben Sie nicht Angst, daß das Gerät in falsche Hände gerät?

FINK Im Gegenteil! In einem Versuch habe ich die Kanonen an Thüringer Skinheads verteilt, die sofort begonnen haben, auf das örtliche Asylantenwohnheim zu ballern. Heute ist es der Stolz des ganzen Ortes! Vor zwei Wochen haben sie dort sogar einen schwulen jüdischen Kommunisten zum Bürgermeister gewählt.

TITANIC Herr Fink, danke für dieses Gespräch. Aber nehmen Sie die Kanone weg!

Zong!

FINK Meine Herren, ich bin stolz auf Sie!

„Die Abfallprodukte von Sternexplosionen haben die Geschichte unserer Galaxie entscheidend beeinflußt.“

MAIK FINK

MAIK FINK

Der Stolzologe ist Professor für angewandte Parakinetik in Pforzheim.

Stefan Gärtner / Oliver Nagel

»Erst wenn ein Volkstum in allen seinen Gliedern, an Leib und Seele gesund ist, kann sich die Freude, ihm anzugehören, bei allen mit Recht zu jenem hohen Gefühl steigern, das wir mit Nationalstolz bezeichnen. Diesen höchsten Stolz aber wird auch nur der empfinden, der eben die Größe seines Volkstums kennt.«

Adolf Hitler,
Führer a.D.

Es geht nicht schlimmer

»Und ich sah ein Weib sitzen auf einem scharlachfarbenen Tier, das war voll Namen der Lästerung ...: Die große Babylon, die Mutter aller Hurerei und Greuel auf Erden.« Offenbarung 17, Vers 3 und 5

Und also stehet geschrieben: Als aber das große Tränensacktier Angela Merkel sah, daß sich die drei unreinen Geister ob ihres Zerstörungswerkes über die Maßen amüsierten, da raste es vor Zorn und hub laut an zu schreien: »Auch ich will an der Vernichtung der Welt teilhaben: Denn ich bin die große Hure Babylon, ›mit welcher gehurt haben die Könige auf Erden, und die da wohnen auf Erden, sind trunken geworden von dem Wein ihrer Hurerei‹. Genau so steht's – zum Kuckuck noch mal – bei Johannes geschrieben.« Kaum aber hatte das Merkel seine schrille Rede geendet, da erhob sich ein großes Gelächter von dem einen Ende der Welt bis zum anderen, denn siehe, kein Schwein wollte dem Merkel glauben, daß es eine Hure sei.

Da aber wurde das große Tränensacktier abermals zornig, und zum Beweis, daß es doch einmal Geschlechtsverkehr gehabt hätte, begann es zu gebären. Und das Merkel gebar den schweinsbackigen Koch und den mauszahnigen Merz. Als aber alle Welt glaubte, nunmehr sei des Gebärens ein Ende, da gebar das Merkel noch einmal zwei Monstren. Und deren Namen waren Laurenz Meyer, der da war ein Skinhead, und Eckard von Klaeden, der aber war harmlos. Und das Merkel badete ihre Brut in eitel Schwarzgeld, auf daß sie bald groß und mächtig würden, zu rächen die Beleidigung, die man ihm angetan. Die Menschen aber nannten die vier alsbald »junge Wilde«, und es sollten sich hinfort noch einige Knallchargen zu ihnen gesellen. Bald aber erkannte das Volk, daß die Merkelbrut nichts weiter produzierte denn heiße Luft, und also durften sie bei der Apokalypse nicht mittun.

Das aber nun war auch nicht nötig, denn der Schröder-Teufel, die Ziege und der fahle Jockel ließen sich an Schlawinertum, Hinterlist und Widerwärtigkeit von keinem übertreffen; und sei er auch in der CDU oder gar FDP.

DREI REFORMER

Eckhardt Rehberg, 44 (l.), CDU-Fraktionschef und Wahlverlierer in Mecklenburg-Vorpommern, gesteht Fehler der Parteiführung beim Aufbau der neuen Bundesländer **Ole von Beust,** 43 (M.), CDU-Fraktionschef in Hamburg, fordert die Wandlung der Union zu einer modernen Volkspartei **Peter Müller,** 43 (r.), CDU-Chef im Saarland, beklagt Versäumnisse im Umgang mit der jungen Generation

Jetzt schicken sie schon die Kinder:

Die nächste Generation

Jung, wild, g

Von Oliver Maria Schmitt

Das Bersten von Kesseln, eruptives Sich-Entfesseln, Gärung und Erhebung, Aufruhr, Umbruch, Neubeginn – was sind dürre Worte wie die da angesichts dem da, was in Deutschlands christlicher Volkspartei Nr. 1 derzeit los ist. Ein Behinderter wird Parteichef, Rita Süßmuth abgewählt, Peter Hintze einfach erschossen, und jetzt kommt auch noch ein echter Kinderkreuzzug: die jungen Wilden der CDU blasen zum Sturm gegen alles und jeden. Sie waren alle mal jung, ihr Lieblingsgericht ist Wild und ihr geheimes Erkennungszeichen ein Tuch.

Frei sein, high sein, Rehberg muß dabeisein.

So oder so ähnlich könnte das Motto des rustikalen CDU-Fraktionschefs von Mecklenburg-Vorpommern lauten, aber selbst in diesem Punkt hat Eckhardt Rehberg eine klare Meinung: »Ich halte nichts von Motto«, sagt er, »ich lehne Glücksspiele generell ab.«

Mit seinen 44 Jahren ist der »Wilde Ecki«,wie ihn seine Freunde verachtungsvoll nennen, im besten Protestalter. Seine Haltung, sein Outfit – alles Protest. Sein Kopf ist voll wirrer Ideen, und obendrauf trägt er Protestfrisur pur. Denn natürlich zählt auch Rehberg sich zu den »Glatzen«, der erfolgreichsten Protestbewegung, die die DDR je hervorgebracht hat.

Mindestens einmal in der Woche radelt der noch rüstige Rehberg nach Berlin, überwindet dort die Mauer in seinem Kopf und schnappt sich den D-Zug nach Bonn, wo er sich regelmäßig mit Peter Müller, Roland Koch und Ole von Beust, den anderen jungen Wilden, zum Basteln und Spielen trifft.

Jung und wild zu sein, das hat Tradition in der CDU. Mit Adenauer fing es an, der schon mit 73 Kanzler wurde – also nicht mit 73 anderen, sondern allein mit 73 Jahren –, und mit Helmut Kohl geht es in den nächsten Jahren weiter.

Glaubt zumindest Rehberg, denn bislang hat ihm niemand gesagt, daß Kohl abgewählt wurde. Er würde es einfach nicht verkraften. Er, der nur deshalb zu den jungen Wilden gegangen ist, weil es die Hitlerjugend nicht mehr gibt. »Obwohl«, seufzt Rehberg, »die doch noch viel wilder drauf waren als wir.«

eil und sexy!

Gerne erinnert sich die leidenschaftliche Blockflöte an sein politisches Vorbild, den ehemaligen sächsischen Innenminister Heinz Eggert. »Er war der wildeste von allen: er war Skinhead wie ich, und er war ständig geil – geil darauf, im ›kleinen Dienstanzug‹ Bewegung in die Parteiarbeit zu bringen.« Von Eggerts legendären »großen Anfragen auf Französisch mit Aufnehmen« spricht Rehberg noch heute mit dem größten Respekt.

Aber man muß nach vorne schauen. Rehberg hat Pläne ohne Ende. Nächstes Jahr will er Urlaub auf Balkonien machen, und in fünfzehn bis zwanzig Jahren will er eventuell Helmut Kohl von der Spitze der Partei verdrängen. »Aber jetzt«, schmunzelt er versöhnlich, »bin ich dafür noch nicht dick genug.«

Eschborn to be wild

Rehbergs Kumpel Roland Koch dagegen will provozieren. Um jeden Preis. Allein schon mit seinem Aussehen. Er ist Hesse, das sieht man an der Fresse, und er trägt Krawatte, davon kriegt er eine Latte.

Sein Weg ist der direkte Weg hinter jemand anderem her. Kochs Vater war in der CDU, also ging Roland auch dahin. Kochs Vater war Minister, Roland will sogar Ministerpräsident werden. Kochs Vater wurde Anwalt mit Kanzlei im Frankfurter Stadtteil Eschborn, da wurde auch Roland Anwalt in Vaters Kanzlei im Frankfurter Stadtteil Eschborn. Da sitzt er heute als Vaters Vorzimmerdame und darf in minder schweren Fällen sogar selbst ans Telefon gehen.

»Auf uns jungen Wilden lastet ein wahnsinniger Erwartungsdruck«, wispert Koch ängstlich und beendet den Satz mit den Worten: »Ääh, genau: Erwartungsdruck, wie gesagt, nicht wahr, oder hab ich da jetzt was Falsches gesagt?«

Die ersten zwanzig Jahre seiner politischen Laufbahn hüllte er sich noch in taktisches Schweigen – mit Erfolg: bis heute konnte man ihm rein gar nichts nachweisen, nicht einmal ihn selbst.

Für seine Parteikarriere arbeitet Roland Koch hart, sein Tagesablauf ist straff geregelt: »Morgens um fünf werde ich von Dad geweckt. Bevor ich ihm um neun die Tasche in die Kanzlei tragen darf, arbeiten wir beide mindestens drei Stunden hart an meiner Frisur. Wenn mein Scheitel nicht aussieht wie mit der Kreissäge gezogen, ist der Tag für mich und für Daddy im Eimer. Dann kriege ich Hausarrest, und Daddy muß wieder los und eine neue Kreissäge besorgen.«

Sein Hobby ist Kochen (»Klar, ich heiß' ja auch Koch«), doch die Zeit dazu findet der engagierte Bettnässer in diesen bewegten Zeiten nur noch selten. Aber wenn, dann muß es schon lauwarmer Nieren- und Blasentee sein – schließlich heißt Kochs Devise immer noch: »Abwarten und Tee trinken, aber nicht zu heiß bitte!«

Buback, Ponto, Schleyer – Müller heißt nicht Meyer

Das Profil schärfen und konservative Werte wieder erlebbar machen, darum geht es dem Chef der saarländischen CDU. Eigentlich heißt er mit bürgerlichem Namen Jean-Jacques Alexandre von Weissenberg-Prokofjew, sein Künstlername Müller jedoch, merkt Peter Müller an, »klingt einfach peppiger und profilierter«.

Eigentlich wäre sein Traumberuf Banker gewesen, aber wegen seines schlechten Leumunds wurde daraus nichts. Nun ist er eben Hinterbanker. Das aber volles Rohr und von früh bis spät, denn die erreichte Traumposition in der letzten Reihe will der gelernte Rechtsträger auf keinen Fall aufgeben.

Innerhalb kürzester Zeit legte der 43jährige eine beachtliche Karriere hin: erst Schülerunion, dann Junge Union, jetzt Christlich-Demokratische Union. Eigentlich wäre Müller auch noch gern in die Sowjetunion gewechselt, aber Gorbatschow kam dem wendigen Anpasser zuvor.

Ja, Gorbatschow. Der russische Parteienschreck mit dem Taubenschiß auf der Ömse ist immer noch ein großes Vorbild für den halbwüchsigen Oppositionspolitiker: »Der hat einfach seinen Staat aufgelöst, und heute eröffnet er Kreissparkassen und darf bei ›Wetten, dass...‹ auftreten.« Dabei wäre es Müller um ein Haar genauso ergangen. Vor zehn Jahren hatte er für ähnlichen Wirbel gesorgt, als er bei einem CDU-Parteitag aus sicherer Entfernung zum »Umdenken« aufgefordert hatte. Zum Glück hatte es niemand gehört.

Auf dem nächsten Parteitag will er nun aber wirklich die Bombe platzen lassen: »Dann werde ich wahrscheinlich zum Querdenken auffordern«, kichert der zierliche Kindmann mit dem jugendlichen Lächeln und nippt aufgeregt an seinem Kaba-Becher.

Olé, olé, olé, olé! Super-Beusti, olé!

Aber all diese Jungen und Wilden wären nichts und niemand ohne ihren strategischen Vordenker Ole von Beust. Seit Jahren fordert er in Leserbriefen an die *Hamburger Morgenpost* die CDU zur Veränderung auf. Sein Trumpf ist seine reine Haut, sein Steckenpferd das Krawattenbinden. »Dieses längliche Halstuch«, haucht er, »ist das Erkennungszeichen der jungen Wilden. Wer es trägt, ist einer von uns oder halt ein Spion.«

Wie sein zweitbester Freund Peter Müller neigt auch der Hamburger CDU-Fraktionschef zum Querdenkertum. Er mag Schleckeis am liebsten leicht angetaut und schwärmt nach wie vor für den Innen- und Sicherheitspolitiker Heinrich Himmler: »Der war schon okay, der war nur in der falschen Partei.«

Ole von Beust sieht seine politische Position »irgendwo zwischen Peter Hintze und Mathias Wissmann«. Deren gelebte Vision einer »Politik von hinten« möchte er gerne fortführen.

»Aber man läßt mich ja nicht!« heult Ole-Bole im Sandkasten und haut vor lauter ohnmächtiger Wut dem schwächlichem Peter voll eins vor die Mappe. Und patsch! – da hat auch Roland Koch schon eine Watschen kassiert. Jetzt noch ordentlich Knüppelsuppe mit Nachschlag für den dicken Rehberg, dann kommt auch schon wieder Leben in die Rasselbande.

So sind sie eben, die Politiker von heute: jung, wild, voller Energie und voll einen an der Waffel. □

TITANIC präsentiert: Weihnachtsgeschenke, die nicht jeder hat!

FICKDACKEL

**Der beste Freund
des Mannes
(und auch der Frau)!
Immer bereit!
Der Bettgefährte,
der nie »nein« sagt!**

***Die ultimative
aufblasbare Liebes-Puppe:***

- alle wichtigen Bereiche sind voll zugänglich
- abwaschbar
- weicher, anschmiegsamer Body
- willige rauhe Leckzunge
- Endlosbeine (vier)
- herrlich enger Dackelarsch
- Doppel-Luftkammern mit Sicherheitsventil (für alle Fälle…)

STOIBERL

Stark, heiß und ständig bereit für Sex!
Sein Appetit ist unstillbar!
Je mehr Sie geben,
desto mehr will er!
Er ist sex-verrückt!

WEIHNACHTSANGEBOT:
DM **229,90**
Im Fachhandel erhältlich,
solange der Vorrat reicht!

2 Körperöffnungen!
6 herrliche junge Brüste!
Lebensecht!

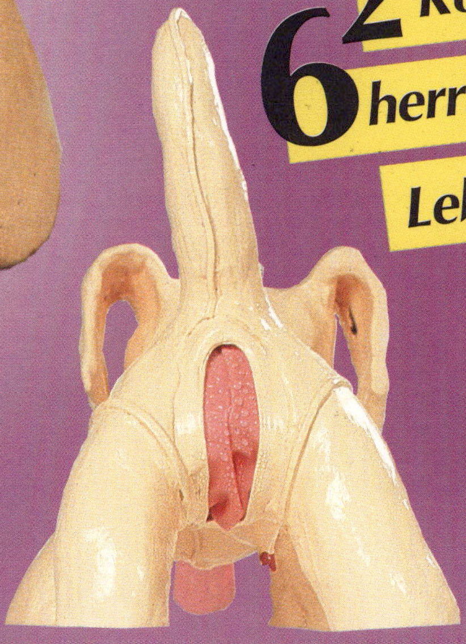

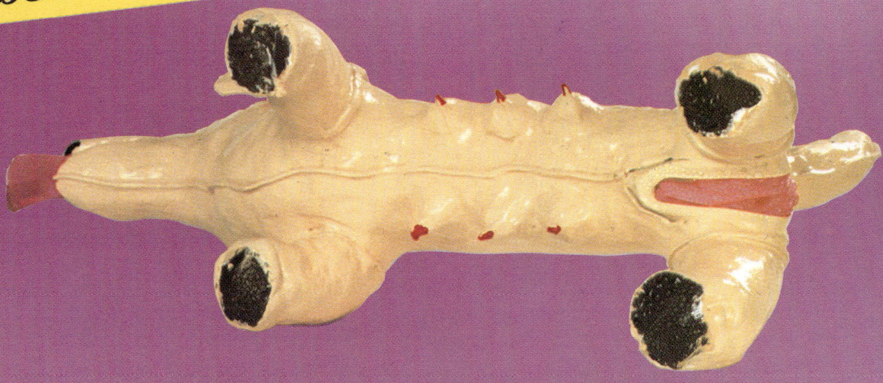

Die 100 000 Mark Show für Walter Döring

»Darf ich Ihnen meine Kontonummer nennen?«

F.D.P. aktuell

Das Leben bescherte dem schwäbischen FDP-Politiker Walter Döring bisher nicht wenige spektakuläre Höhepunkte. 1995 wurde er in Baden-Württemberg zum Landesvorsitzenden seiner Partei gewählt, 1996 sogar zum Wirtschaftsminister und stellvertretenden Ministerpräsidenten, 1997 gedieh sein Schnauz prächtig wie nie, und im vergangenen Jahr legte er aus dem Stand resp. der Luft noch einen sauberen Hubschrauber-Absturz vor, mit anschließendem Kuraufenthalt im Stützkorsett.

Aber das noch junge 1999 soll – zum Abschluß von Dr. Dörings bisher erfolgreichstem Jahrtausend! – einen noch nie dagewesenen Qualitätssprung in seine biederschwäbische Existenz bringen: durch eine ebenso unverhoffte wie millionenschwere Erbschaft nämlich. Das jedenfalls steht in einem Brief, den der FDP-Politiker Anfang Januar auf seinem Schreibtisch findet:

Edmunda Zlep Bethaniendamm 61 10999 Berlin

Edmunda Zlep Bethaniendamm 61 10999 Berlin
An den
Wirtschaftsminister des
Landes Baden - Württemberg
Herrn
Dr. Walter Döring
Theodor - Heuss - Str. 4

70174 Stuttgart

Berlin.den 6.1.99

Sehr geehrter Herr Döring,

als erstes möchte ich Ihnen herzlich zur erneuten Wahl zum F.D.P. - Vorsitzenden in Baden - Württemberg gratulieren.
Ich hoffe es geht Ihnen mittlerweile nach Ihrem schrecklichen Hubschrauberabsturz gesundheitlich etwas besser.
Als ich von Ihrem Absturz erfuhr war der Schmerz so groß,als hätte es meinen eigenen Sohn getroffen.
Vielleicht kann ich zu Ihrer schnellen Genesung etwas beitragen.

Ich gehöre,wie man so gerne sagt zum alten Semester und habe ein langes,bewegtes, erfolgreiches Leben hinter mir.

Viele Familienmitglieder,Geschäftsfreunde und gute Bekannte habe ich schon sterben sehen:nun ist es auch bei mir so weit.

Die ärztliche Diagnose: Krebs im Endstadium!

Ich stehe allein in dieser Welt,nachdem auch mein Mann vor wenigen Monaten von mir gegangen ist und ich kinderlos geblieben bin.
Verwandschaftliche Beziehungen gibt es nicht.
Als Frau eines erfolgreichen Mannes,der gerne und voller stolz von sich sagte,daß er zu den Besserverdienenden gehört,ist mir die F.D.P. besonders ans Herz gewachsen.

Leider muß man seit einer gewissen Zeit festsellen,daß es mit der F.D.P. bergab geht.
Doch es gibt auch fähige Leute in der Partei.Für mich sind Sie der fähigste.

Wären Sie bereit mein Vermögen(sicherlich im siebenstelligen Bereich)anzunehmen?
Ich möchte Sie gerne zu meinem Alleinerben machen,da ich ansonsten keine Erben habe.
Vielleicht wäre es sogar besser,wenn ich Ihnen bereits vor meinem Tod das Geld aus steuerlichen Gründen als Schenkung überlassen würde.
Vielleicht könnten Sie mich beraten.
Sicherlich wäre das Geld hilfreich,damit Sie schneller dahin kommen,wohin Sie gehören:An die Spitze der F.D.P.

Für heute viele Grüße und alles Gute für Ihr Wohlergehen

Ihre
Edmunda Pelz

Bankverbindung : Sparkasse Berlin Konto Nr. 640 120 156

Eine Schenkung? Ein Vermögen im siebenstelligen Bereich? Wer würde da nicht vor Freude in die Luft springen! Auf dem Boden blieben jedenfalls die Herren Kurt Biedenkopf, Manfred Stolpe und Bernhard Vogel sowie der bayerische Innenminister Günther Beckstein, die alle ein ähnlich lautendes Schreiben erhielten. Aber die Sache schien ihnen ganz offensichtlich getürkt, und sie lehnten die großzügige Schenkung entweder freundlich routiniert ab, oder sie wollten – wie Vogel – zur Überprüfung der Angelegenheit einen Staatssekretär zu Edmunda Zlep nach Berlin schicken.

Auch Gregor Gysi, der ebenfalls mit den Millionen bedacht werden sollte, verweigert die Annahme der Erbschaft. Für ihn bedeutet das allerdings ein etwas geringeres Opfer, weil er einen genauen Blick auf die Unterschrift getan hat, die den Brief ziert. Und die lautet nicht »Edmunda Zlep«, wie es im Briefkopf heißt, sondern viel schlichter: »Edmund Pelz«. Als Gysi diesen Namen auch noch unter der angegebenen Adresse im Telefonbuch findet, ist für den gewieften PDS-Politiker klar, daß es sich nur um eine TITANIC-Aktion handeln kann.

Handelt es sich natürlich nicht: Edmund Pelz existiert wirklich. Er ist ein fideler Mittfünfziger aus Berlin mit einem eigenartigen Faible für sorgfältig ausformulierte Scherzbriefe. Aber weder die Tatsache, daß Pelz keine millionen- und metastasenschwere alte Dame ist, noch der kleine Fauxpas in der Unterschrift halten den potentiellen Haupterben Döring von einem ebenso herzlich wie aufrichtig gehaltenen Antwortschreiben ab:

DR. WALTER DÖRING
Mitglied des Landtags von Baden-Württemberg
Wirtschaftsminister
Stellv. Ministerpräsident

70174 STUTTGART, den 13.01.1999
Theodor-Heuss-Str. 4
Telefon (07 11) 1 23-24 03
Telefax (07 11) 1 23-21 46

70173 STUTTGART, den
Haus des Landtags · Konrad-Adenauer-Str. 3
Telefon (07 11) 20 63-625
Telefax (07 11) 20 63-610

74523 SCHWÄBISCH HALL, den
Schwabenweg 13
Telefon (07 91) [redacted]

Wahlkreisbüro:
74523 Schwäbisch Hall
Lange Straße 39
Telefon/Telefax (07 91) 8 53 79

Frau
Edmunda Zlep
Bethaniendamm 61

10999 Berlin

Sehr verehrte, liebe Frau Zlep,

auf diesem Wege bedanke ich mich ebenso herzlich wie aufrichtig für Ihren Brief vom 06. Januar 1999, der bei mir am 11. Januar 1999 eingegangen ist.

Ihre Glückwünsche zur Wahl zum F.D.P.-Vorsitzenden in Baden-Württemberg haben mich ebenso gefreut, wie Ihre freundlichen Genesungswünsche.

Aufgrund Ihres außerordentlich überraschenden und auch sehr großzügigen Angebotes habe ich versucht, Sie telefonisch zu erreichen, aber die Telefonauskunft sagte mir, daß Sie keinen Anschluß haben, bzw. sich wohl nicht haben eintragen lassen.

Verehrte Frau Zlep, natürlich würde ich gerne mit Ihnen sprechen, oder mich auch mit Ihnen treffen, aber hierzu wäre vorher eine Kontaktaufnahme notwendig.

Vielleicht können Sie mir an die oben genannte Privatadresse in Schwäbisch Hall, im Schwabenweg, eine Telefonnummer schreiben, unter der ich Sie erreichen kann, oder aber Sie

- 2 -

sind so freundlich und versuchen mich einmal telefonisch zu erreichen, wozu ich Ihnen gerne meine Telefonnummern, auch im Wirtschaftsministerium nenne:

Dr. Walter Döring: 0711/123-2403

Vorzimmer Frau Arians: 0711/123-2423

Sehr gerne höre ich wieder von Ihnen und freue mich auf eine baldige Begegnung mit Ihnen.

Ich wünsche Ihnen aufrichtig alles Gute und verbleibe mit den besten Grüßen

Dr. Walter Döring, MdL

F.D.P. aktuell

Der Brief der alten Dame hat offensichtlich einen bleibenden Eindruck hinterlassen! Als Wirtschaftsminister kennt er sich mit Millionenbeträgen aus, weiß um die vielfältigen Verwendungsmöglichkeiten von Geld und ist dem avisierten Erbe nicht derart strikt abgeneigt wie seine überkritischen Kollegen. Apropos Kollegen: Was sagen eigentlich Dörings Stuttgarter Parteifreunde zu der Millionenspende? Sind sie überhaupt informiert – schließlich schreibt der sparsame Schwabe doch auf offiziellem Briefpapier? Herr Edmunda Zlep jedenfalls ist von seiner Antwort so beeindruckt, daß er umgehend antwortet:

Sehr geehrter, lieber Herr Dr. Walter Döring, über die schnelle Reaktion von Ihnen habe ich mich sehr gefreut und möchte sofort antworten.
Leider kann ich Sie weder anrufen, noch bin ich in der Lage, Ihnen meine Telefonnummer zu geben.
Ich habe kein Telefon, da ich schon seit einigen Jahren so gut wie taub bin und deshalb leider auf diese Bequemlichkeit verzichten muß.
Sehr verehrter Freund, auch ich würde mich gerne mit Ihnen treffen.
Ich wäre Ihnen sehr verbunden, wenn Sie vorher eine kleine Unklarheit ausräumen könnten.
Meine Haushaltshilfe erzählte mir gestern, als ich von Ihrem netten Brief berichtete, daß Sie kürzlich in der Zeitung las, daß Sie sich eine Freundin zugelegt hätten, ohne Ihre Frau zu informieren, allerdings der Presse davon Mitteilung machten.
Ich kann mir so etwas nicht vorstellen, sicherlich kann auch eine Ehe zerbrechen, man informiert natürlich als erstes seine Ehefrau, wenn man sich eine neue Freundin zulegt, und nicht die Medien! Meinen Sie nicht auch?
Gerne würde ich mich mit Ihnen im kommenden Monat einmal treffen.
Ich blicke einer Beantwortung meiner Frage voller Freude entgegen, bitte werden Sie schnell wieder gesund,
Ihre

Edmunda Zlep

Was für ein Schock für Walter Döring: seine neue Brieffreundin ist stocktaub! Zum Glück kann sie wenigstens hören, was ihre Haushaltshilfe erzählt. Wie das von beiden Seiten angestrebte Treffen aussehen wird, kann man sich denken – Döring spricht in Richtung Haushälterin, die gibt seine Äußerungen simultan an Frau Zlep weiter, die dann auf direktem Wege antworten kann. Vorausgesetzt, der Schwabe kann die gegen ihn erhobenen Vorwürfe entkräften. Kann er?

Sehr geehrte, liebe Frau Zlep,
über Ihr neuerliches Schreiben, vom 17. Januar 1999, habe ich mich sehr gefreut. Es freut mich, daß Sie weiter mit mir in Kontakt bleiben und daß wir die Chance suchen dürfen, bei Ihnen in Berlin im Februar einen Besuch zu terminieren.
Erlauben Sie mir, daß ich mich Ihnen ein bißchen ausführlicher vorstelle…

Da Edmunda keinen Einspruch erhebt, wartet Walter Döring mit einem ausführlichen Lebenslauf auf, voller Geburt, Umzug, Klassen- und Schulsprecherdasein *(Während meiner Schulzeit war ich viele Jahre Klassensprecher und zwei Jahre auch Schulsprecher…)*, einem in *kürzestmöglicher Zeit bewältigten Geschichts- und Anglistikstudium*, Promotion und Schul- und Semesterferienarbeit, *um die Kosten für das Studium selbst einzubringen*. Es folgt sein Einzug in den württembergischen Landtag, *wo ich gleich Fraktionsvorsitzender wurde*, das Führen *der FDP nach 30-jähriger Oppositionszeit in die Regierungsverantwortung* und die Wahl zum Wirtschaftsminister. Auch zu den Ehebrecher-Vorwürfen nimmt er Stellung:

Wie leider in immer mehr Ehen, ist es auch bei uns in den vergangenen Jahren immer wieder zu etwas kritischeren Situationen gekommen, und ich habe eine neue Frau kennengelernt. Hiervon habe ich selbstverständlich meine Frau unterrichtet.
Die »Bild«-Zeitung hat im vergangenen Sommer eine ziemliche Schmutzkampagne gegen mich gestartet, und diese wird nun von anderen Zeitungen, so zuletzt vom »Spiegel« und vom »Stern«, wieder aufgerührt, und es werden, und das dürfen Sie mir glauben, eine Reihe von Unwahrheiten verbreitet, darunter auch die, daß ich die Öffentlichkeit von einer Freundin informiert hätte, ohne meiner Frau etwas zu sagen.
Glauben Sie wirklich, daß eine Ehefrau eine Freundin ihres Mannes nicht merken würde?
In jedem Fall möchte ich Ihnen gegenüber ganz offen sein und nur sagen, daß ich es bedauern würde, wenn diese Kampagne, die eine Zeitlang gegen mich gefahren wurde, weil man mich als FDP-Mann treffen will und natürlich damit auch die FDP insgesamt beschädigen möchte, nun zu einer

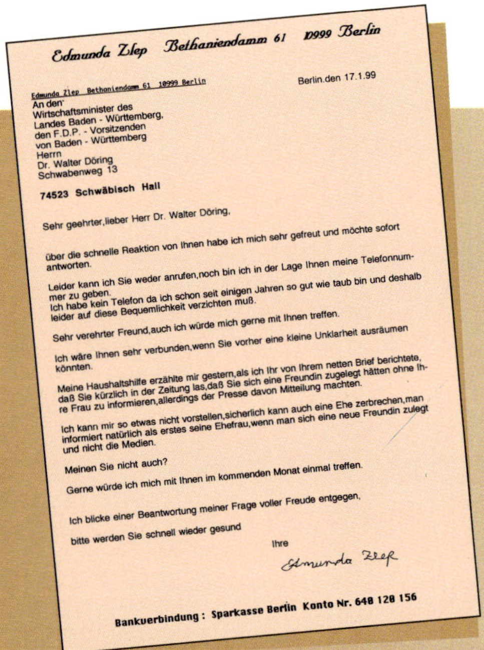

Edmunda Zlep Bethaniendamm 61 10999 Berlin

Edmunda Zlep Bethaniendamm 61 10999 Berlin

Berlin.den 17.1.99

An den
Wirtschaftsminister des
Landes Baden - Württemberg,
den F.D.P. - Vorsitzenden
von Baden - Württemberg
Herrn
Dr. Walter Döring
Schwabenweg 13

74523 Schwäbisch Hall

Sehr geehrter,lieber Herr Dr. Walter Döring,

über die schnelle Reaktion von Ihnen habe ich mich sehr gefreut und möchte sofort antworten.

Leider kann ich Sie weder anrufen,noch bin ich in der Lage Ihnen meine Telefonnummer zu geben.
Ich habe kein Telefon da ich schon seit einigen Jahren so gut wie taub bin und deshalb leider auf diese Bequemlichkeit verzichten muß.

Sehr verehrter Freund,auch ich würde mich gerne mit Ihnen treffen.

Ich wäre Ihnen sehr verbunden,wenn Sie vorher eine kleine Unklarheit ausräumen könnten.

Meine Haushaltshilfe erzählte mir gestern,als ich Ihr von Ihrem netten Brief berichtete, daß Sie kürzlich in der Zeitung las,daß Sie sich eine Freundin zugelegt hätten ohne Ihre Frau zu informieren,allerdings der Presse davon Mitteilung machten.

Ich kann mir so etwas nicht vorstellen,sicherlich kann auch eine Ehe zerbrechen,man informiert natürlich als erstes seine Ehefrau,wenn man sich eine neue Freundin zulegt und nicht die Medien.

Meinen Sie nicht auch?

Gerne würde ich mich mit Ihnen im kommenden Monat einmal treffen.

Ich blicke einer Beantwortung meiner Frage voller Freude entgegen,

bitte werden Sie schnell wieder gesund

Ihre

Edmunda Zlep

Bankverbindung : Sparkasse Berlin Konto Nr. 648 128 156

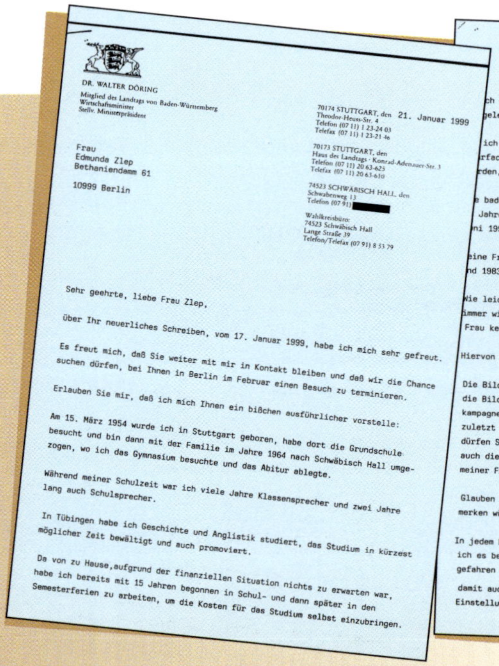

DR. WALTER DÖRING
Mitglied des Landtags von Baden-Württemberg
Wirtschaftsminister
Stellv. Ministerpräsident

70174 STUTTGART, den 21. Januar 1999
Theodor-Heuss-Str. 4
Telefon (07 11) 1 23-24 03
Telefax (07 11) 1 23-21 46

70173 STUTTGART, den
Haus des Landtags · Konrad-Adenauer-Str. 3
Telefon (07 11) 20 63-625
Telefax (07 11) 20 63-610

74523 SCHWÄBISCH HALL, den
Schwabenweg 13
Telefon (07 91) [redacted]

Wahlkreisbüro:
74523 Schwäbisch Hall
Lange Straße 39
Telefon/Telefax (07 91) 8 53 79

Frau
Edmunda Zlep
Bethaniendamm 61

10999 Berlin

Sehr geehrte, liebe Frau Zlep,

über Ihr neuerliches Schreiben, vom 17. Januar 1999, habe ich mich sehr gefreut.

Es freut mich, daß Sie weiter mit mir in Kontakt bleiben und daß wir die Chance suchen dürfen, bei Ihnen in Berlin im Februar einen Besuch zu terminieren.

Erlauben Sie mir, daß ich mich Ihnen ein bißchen ausführlicher vorstelle:

Am 15. März 1954 wurde ich in Stuttgart geboren, habe dort die Grundschule besucht und bin dann mit der Familie im Jahre 1964 nach Schwäbisch Hall umgezogen, wo ich das Gymnasium besuchte und das Abitur ablegte.

Während meiner Schulzeit war ich viele Jahre Klassensprecher und zwei Jahre lang auch Schulsprecher.

In Tübingen habe ich Geschichte und Anglistik studiert, das Studium in kürzest möglicher Zeit bewältigt und auch promoviert.

Da von zu Hause,aufgrund der finanziellen Situation nichts zu erwarten war, habe ich bereits mit 15 Jahren begonnen in Schul- und dann später in den Semesterferien zu arbeiten, um die Kosten für das Studium selbst einzubringen.

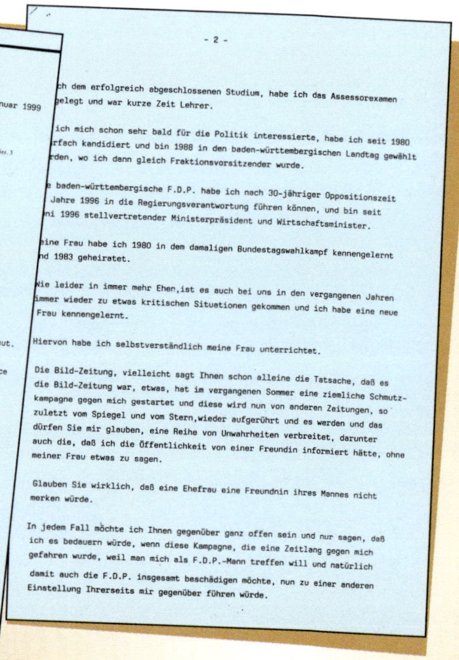

\- 2 -

…ch dem erfolgreich abgeschlossenen Studium, habe ich das Assessorexamen …gelegt und war kurze Zeit Lehrer.

… ich mich schon sehr bald für die Politik interessierte, habe ich seit 1980 …rfach kandidiert und bin 1988 in den baden-württembergischen Landtag gewählt …rden, wo ich dann gleich Fraktionsvorsitzender wurde.

…e baden-württembergische F.D.P. habe ich nach 30-jähriger Oppositionszeit … Jahre 1996 in die Regierungsverantwortung führen können, und bin seit …ni 1996 stellvertretender Ministerpräsident und Wirtschaftsminister.

…eine Frau habe ich 1980 in dem damaligen Bundestagswahlkampf kennengelernt …nd 1983 geheiratet.

…ie leider in immer mehr Ehen,ist es auch bei uns in den vergangenen Jahren immer wieder zu etwas kritischen Situationen gekommen und ich habe eine neue Frau kennengelernt.

Hiervon habe ich selbstverständlich meine Frau unterrichtet.

Die Bild-Zeitung, vielleicht sagt Ihnen schon alleine die Tatsache, daß es die Bild-Zeitung war, etwas, hat im vergangenen Sommer eine ziemliche Schmutzkampagne gegen mich gestartet und diese wird nun von anderen Zeitungen, so zuletzt vom Spiegel und vom Stern,wieder aufgerührt und es werden und das dürfen Sie mir glauben, eine Reihe von Unwahrheiten verbreitet, darunter auch die, daß ich die Öffentlichkeit von einer Freundin informiert hätte, ohne meiner Frau etwas zu sagen.

Glauben Sie wirklich, daß eine Ehefrau eine Freundnin ihres Mannes nicht merken würde.

In jedem Fall möchte ich Ihnen gegenüber ganz offen sein und nur sagen, daß ich es bedauern würde, wenn diese Kampagne, die eine Zeitlang gegen mich gefahren wurde, weil man mich als F.D.P.-Mann treffen will und natürlich damit auch die F.D.P. insgesamt beschädigen möchte, nun zu einer anderen Einstellung Ihrerseits mir gegenüber führen würde.

anderen Einstellung Ihrerseits mir gegenüber führen würde.
Da ich in meinem Leben noch nie etwas geschenkt bekommen habe, sondern alles selbst erarbeitet habe, was ich gerne tat und nie beklagte, wäre das von Ihnen in Aussicht gestellte Vorhaben eine außerordentlich große Überraschung und, ich sage es ganz offen, natürlich auch vom Grundsatz her sehr willkommen.
Haben Sie aber bitte auch Verständnis dafür, daß ich nicht im geringsten daran denke, »mir etwas abzuholen«, was mir nicht zusteht.
Wenn Sie nicht fest für sich selbst davon überzeugt sind, die richtige Entscheidung zu treffen, dann ist es die purste Selbstverständlichkeit, daß wir von dem Vorhaben Abstand nehmen.
Es würde mich sehr freuen, denn ich würde unabhängiger werden und könnte meinen Weg weiter beschreiten, den Sie dankenswerterweise unterstützen wollen.
Wenn ich wieder von Ihnen hören darf, würde ich mich natürlich sehr freuen.
Nach meinen Terminverpflichtungen könnte ich Mitte Februar, während der sogenannten Faschingszeit, sicher einen Tag herausschneiden, um gerne zu Ihnen nach Berlin zu kommen.
Es würde mich sehr freuen, wenn ich wieder von Ihnen hören dürfte und Sie mir mitteilen, ob Ihnen Mitte Februar, z.B. am Rosenmontag, ein Besuch von mir in Berlin angenehm wäre.
Es wäre mir recht, wenn Sie mir wieder an meine Privatanschrift in Schwäbisch Hall schreiben würden.
Ich hoffe sehr, daß es Ihnen soweit gut geht.
Mit den besten Grüßen

P.S.: Bei mir geht es langsam aufwärts!

Wer hätte das gedacht! Welche »Freude« (W. Döring) man doch einem einfachen Wirtschaftsminister mit der Ankündigung von ein wenig Geld bereiten kann! Jedenfalls, wenn er im Leben noch nichts geschenkt bekommen hat: nichts zu Weihnachten, nichts zum Geburtstag, nichts vom *Spiegel*, nichts vom *Stern*. Aber wie soll er das Geld bekommen, wenn er es sich nicht »abholen« will? Und warum will er trotzdem unbedingt nach Berlin?

Sehr geehrter, lieber Herr Dr. Walter Döring,
vielen Dank für Ihren lieben, sympathischen, ausführlichen Brief vom 21. Januar 1999.
Ich freue mich, daß es bei Ihnen langsam »aufwärts geht«, leider ist es bei mir anders. Meine Blutwerte sind sehr schlecht, außerdem habe ich einen sehr, sehr hohen Blutdruck und die Metastasen breiten sich aus. Nach schwierigen Überlegungen habe ich deshalb einem Kuraufenthalt zugestimmt, auch wenn dies sehr teuer ist.
Bitte entschuldigen Sie das, ich gebe Geld aus, welches bald Ihnen gehört.
Leider ist durch meine Krankheit ein Treffen im Februar unmöglich.
Bitte verzeihen und vergeben Sie mir. Ich habe mich so auf ein Treffen mit Ihnen gefreut, vielleicht gestatten Sie mir, Ihnen bereits jetzt 100 000,– Mark zu überweisen.
Ich tue es gerne, da Geld schwer an meinem Fuße wiegt, werde ich doch bald die Himmelsleiter besteigen, allerdings befürchte ich, mit dieser Beigabe nie Einlaß in die Himmelspforte zu bekommen. Wie heißt es doch bei Matthäus 24,19? »Es ist leichter, daß ein Kamel durch ein Nadelöhr gehe, denn ein Reicher ins Reich Gottes komme.«
Wie stehen Sie zur Religion?
Lieber junger Freund, ich habe Sorge getragen, daß Post von Ihnen sofort ungeöffnet an mich weitergeschickt wird, damit eine Überweisung möglichst schnell vonstatten gehen kann.
Zum Schluß möchte ich mich noch einmal für Ihren letzten Brief bedanken und für die Mühe, die Sie sich mit dem Schreiben gemacht haben.
Ihre

Edmunda Zlep

Wahrscheinlich täuscht sich Edmunda, und sie hat nicht Geld am Fuß, sondern Wasser in den Beinen, aber ansonsten erweist sie sich als äußerst feinfühlig. Wer sonst würde am Fuße der Himmelsleiter einen Gedanken daran verschwenden, daß es ja Walter Dörings Geld ist, das in der Kur verjuxt wird!

Sehr geehrte, liebe Frau Zlep,
zunächst besten Dank für Ihren freundlichen Brief vom 13. Januar 1999 und dann aber gleich alle guten Wünsche für Sie und Ihren Genesungsprozeß, der hoffentlich durch die anstehende Kur unterstützt und gefördert wird.
Machen Sie sich bitte keinerlei Gedanken wegen der Kosten Ihres Kuraufenthaltes. Ich meine, daß nun alles, was in irgendeiner sinnvollen Art und Weise für Sie getan werden kann, auch tatsächlich getan werden muß, um Ihnen Ihr Leben zu erleichtern.
Ich bin Ihnen für Ihre sehr freundliche und offene Art außerordentlich dankbar.
Wie von Ihnen gewünscht, gebe ich Ihnen im folgenden gerne meine Konto-Nummer an:
Konto-Nummer 89 31 003, BLZ 622 901 10, Volksbank Schwäbisch Hall.
Wenn es Ihnen nicht unangenehm ist, dann würde ich sehr gerne die Adresse Ihres Kuraufenthaltes erfahren und Sie auch gerne in der Kur besuchen; selbstverständlich nur, wenn Ihnen das nicht unangenehm ist; mich würde es auf jeden Fall sehr freuen, Sie einmal persönlich kennenlernen zu dürfen.
Gegenwärtig sind wir hier in Baden-Württemberg in der Landespolitik ziemlich in die Tagesgeschäfte, aber auch in die Bundespolitik eingebunden, so daß mein ganz normaler Arbeitstag wieder seine 14 bis 15 Stunden aufzuweisen hat.

Aber *ganz normale Arbeitstage* scheint es für Dr. Döring nicht allzu oft zu geben; augenscheinlich hat er genug Zeit, alten Damen nachzureisen bzw. ihnen sehr ausführlich und eindringlich zu schreiben. Wie auch der Epilog dieses Briefes zeigt:

Liebe Frau Zlep,
es wäre mir wirklich ein Anliegen, Sie kennenzulernen; vielleicht läßt sich ja doch ein Besuch bei Ihnen in der Kur ermöglichen.
Ich bin Ihnen sehr verbunden und möchte die Frage, die Sie mir zum Schluß Ihres Schreibens stellen, u.a. auch dadurch beantworten, daß ich mit einem Dietrich-Bonhoefer-Zitat schließe:

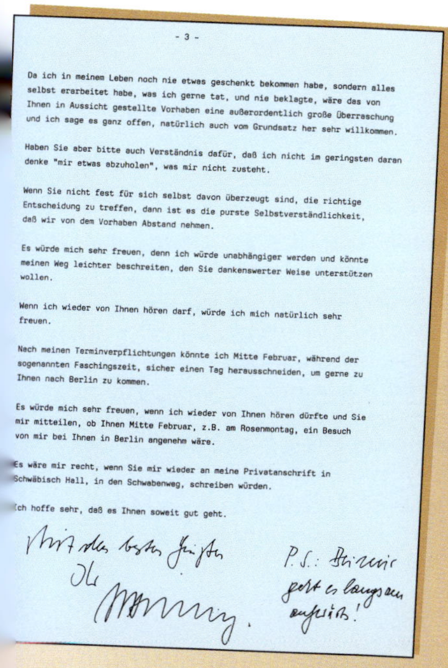

\- 3 -

Da ich in meinem Leben noch nie etwas geschenkt bekommen habe, sondern alles selbst erarbeitet habe, was ich gerne tat, und nie beklagte, wäre das von Ihnen in Aussicht gestellte Vorhaben eine außerordentlich große Überraschung und ich sage es ganz offen, natürlich auch vom Grundsatz her sehr willkommen.

Haben Sie aber bitte auch Verständnis dafür, daß ich nicht im geringsten daran denke "mir etwas abzuholen", was mir nicht zusteht.

Wenn Sie nicht fest für sich selbst davon überzeugt sind, die richtige Entscheidung zu treffen, dann ist es die purste Selbstverständlichkeit, daß wir von dem Vorhaben Abstand nehmen.

Es würde mich sehr freuen, denn ich würde unabhängiger werden und könnte meinen Weg leichter beschreiten, den Sie dankenswerter Weise unterstützen wollen.

Wenn ich wieder von Ihnen hören darf, würde ich mich natürlich sehr freuen.

Nach meinen Terminverpflichtungen könnte ich Mitte Februar, während der sogenannten Faschingszeit, sicher einen Tag herausschneiden, um gerne zu Ihnen nach Berlin zu kommen.

Es würde mich sehr freuen, wenn ich wieder von Ihnen hören dürfte und Sie mir mitteilen, ob Ihnen Mitte Februar, z.B. am Rosenmontag, ein Besuch von mir bei Ihnen in Berlin angenehm wäre.

Es wäre mir recht, wenn Sie mir wieder an meine Privatanschrift in Schwäbisch Hall, in den Schwabenweg, schreiben würden.

Ich hoffe sehr, daß es Ihnen soweit gut geht.

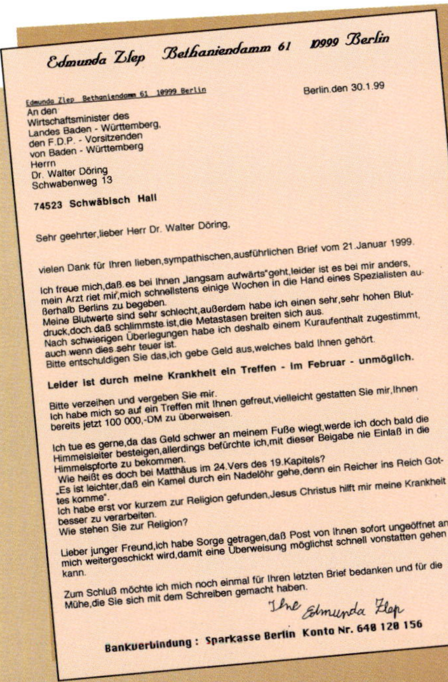

Edmunda Zlep Bethaniendamm 61 10999 Berlin

Edmunda Zlep Bethaniendamm 61 10999 Berlin

Berlin.den 30.1.99

An den
Wirtschaftsminister des
Landes Baden - Württemberg,
den F.D.P. - Vorsitzenden
von Baden - Württemberg
Herrn
Dr. Walter Döring
Schwabenweg 13

74523 Schwäbisch Hall

Sehr geehrter,lieber Herr Dr. Walter Döring,

vielen Dank für Ihren lieben,sympathischen,ausführlichen Brief vom 21.Januar 1999.

Ich freue mich,daß es bei Ihnen „langsam aufwärts"geht,leider ist es bei mir anders, mein Arzt riet mir,mich schnellstens einige Wochen in die Hand eines Spezialisten außerhalb Berlins zu begeben.
Meine Blutwerte sind sehr schlecht,außerdem habe ich einen sehr,sehr hohen Blutdruck,doch daß schlimmste ist,die Metastasen breiten sich aus.
Nach schwierigen Überlegungen habe ich deshalb einem Kuraufenthalt zugestimmt, auch wenn dies sehr teuer ist.
Bitte entschuldigen Sie das,ich gebe Geld aus,welches bald Ihnen gehört.

Leider ist durch meine Krankheit ein Treffen - im Februar - unmöglich.

Bitte verzeihen und vergeben Sie mir.
Ich habe mich so auf ein Treffen mit Ihnen gefreut,vielleicht gestatten Sie mir,Ihnen bereits jetzt 100 000,-DM zu überweisen.

Ich tue es gerne,da das Geld schwer an meinem Fuße wiegt,werde ich doch bald die Himmelsleiter besteigen,allerdings befürchte ich,mit dieser Beigabe nie Einlaß in die Himmelspforte zu bekommen.
Wie heißt es doch bei Matthäus im 24.Vers des 19.Kapitels?
„Es ist leichter,daß ein Kamel durch ein Nadelöhr gehe,denn ein Reicher ins Reich Gottes komme".
Ich habe erst vor kurzem zur Religion gefunden,Jesus Christus hilft mir meine Krankheit besser zu verarbeiten.
Wie stehen Sie zur Religion?

Lieber junger Freund,ich habe Sorge getragen,daß Post von Ihnen sofort ungeöffnet an mich weitergeschickt wird,damit eine Überweisung möglichst schnell vonstatten gehen kann.

Zum Schluß möchte ich mich noch einmal für Ihren letzten Brief bedanken und für die Mühe,die Sie sich mit dem Schreiben gemacht haben.

Ihre Edmunda Zlep

Bankverbindung : Sparkasse Berlin Konto Nr. 648 128 156

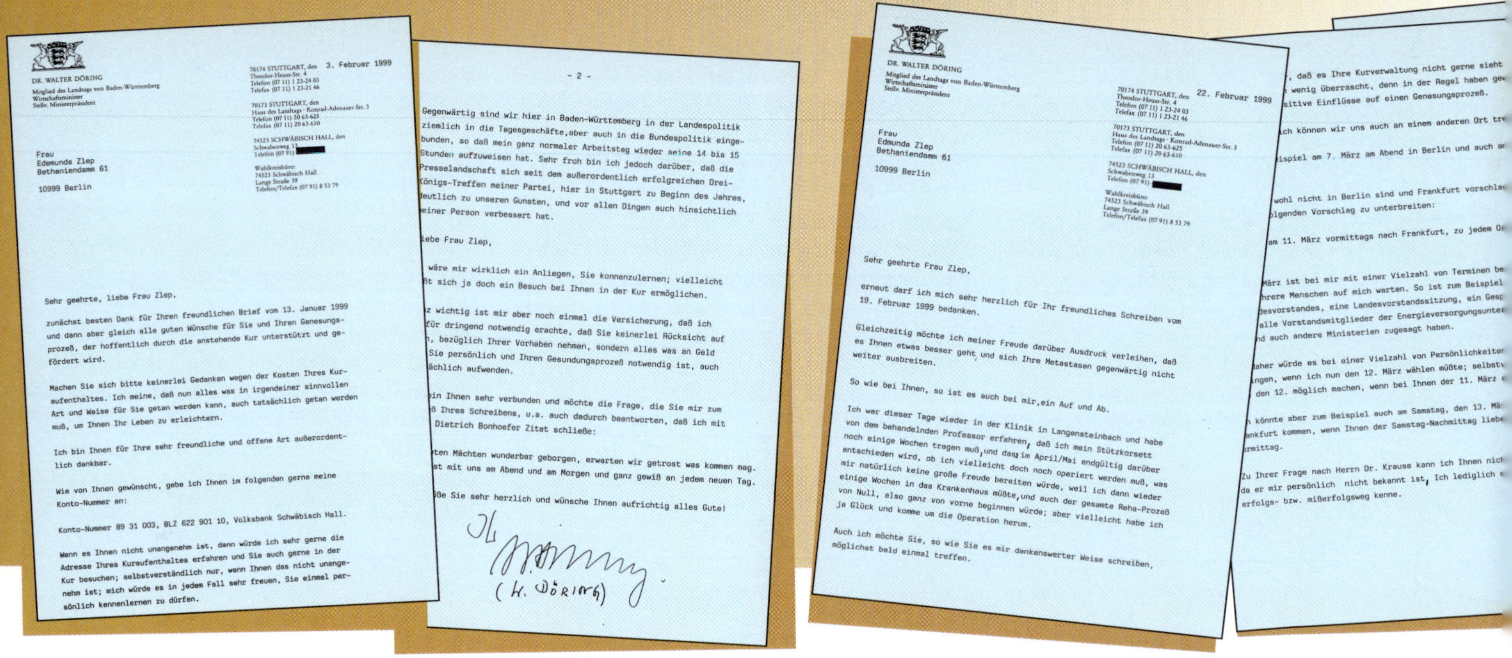

DR. WALTER DÖRING
Mitglied des Landtags von Baden-Württemberg
Wirtschaftsminister
Stellv. Ministerpräsident

70174 STUTTGART, den 3. Februar 1999
Theodor-Heuss-Str. 4
Telefon (07 11) 1 23-24 03
Telefax (07 11) 1 23-21 46

70173 STUTTGART, den
Haus des Landtags · Konrad-Adenauer-Str. 3
Telefon (07 11) 20 63-625
Telefax (07 11) 20 63-610

74523 SCHWÄBISCH HALL, den
Schwabenweg 1[redacted]
Telefon (07 91)

Wahlkreisbüro:
74523 Schwäbisch Hall
Lange Straße 39
Telefon/Telefax (07 91) 8 53 79

Frau
Edemunda Zlep
Bethaniendamm 61

10999 Berlin

Sehr geehrte, liebe Frau Zlep,

zunächst besten Dank für Ihren freundlichen Brief vom 13. Januar 1999 und dann aber gleich alle guten Wünsche für Sie und Ihren Genesungsprozeß, der hoffentlich durch die anstehende Kur unterstützt und gefördert wird.

Machen Sie sich bitte keinerlei Gedanken wegen der Kosten Ihres Kuraufenthaltes. Ich meine, daß nun alles was in irgendeiner sinnvollen Art und Weise für Sie getan werden kann, auch tatsächlich getan werden muß, um Ihnen Ihr Leben zu erleichtern.

Ich bin Ihnen für Ihre sehr freundliche und offene Art außerordentlich dankbar.

Wie von Ihnen gewünscht, gebe ich Ihnen im folgenden gerne meine Konto-Nummer an:

Konto-Nummer 89 31 003, BLZ 622 901 10, Volksbank Schwäbisch Hall.

Wenn es Ihnen nicht unangenehm ist, dann würde ich sehr gerne die Adresse Ihres Kuraufenthaltes erfahren und Sie auch gerne in der Kur besuchen; selbstverständlich nur, wenn Ihnen das nicht unangenehm ist; mich würde es in jedem Fall sehr freuen, Sie einmal persönlich kennenlernen zu dürfen.

- 2 -

Gegenwärtig sind wir hier in Baden-Württemberg in der Landespolitik ziemlich in die Tagesgeschäfte,aber auch in die Bundespolitik eingebunden, so daß mein ganz normaler Arbeitstag wieder seine 14 bis 15 Stunden aufzuweisen hat. Sehr froh bin ich jedoch darüber, daß die Presselandschaft sich seit dem außerordentlich erfolgreichen Drei-Königs-Treffen meiner Partei, hier in Stuttgart zu Beginn des Jahres, deutlich zu unseren Gunsten, und vor allen Dingen auch hinsichtlich meiner Person verbessert hat.

iebe Frau Zlep,

wäre mir wirklich ein Anliegen, Sie konnenzulernen; vielleicht ßt sich ja doch ein Besuch bei Ihnen in der Kur ermöglichen.

z wichtig ist mir aber noch einmal die Versicherung, daß ich für dringend notwendig erachte, daß Sie keinerlei Rücksicht auf n, bezüglich Ihrer Vorhaben nehmen, sondern alles was an Geld Sie persönlich und Ihren Gesundungsprozeß notwendig ist, auch ächlich aufwenden.

bin Ihnen sehr verbunden und möchte die Frage, die Sie mir zum ß Ihres Schreibens, u.a. auch dadurch beantworten, daß ich mit Dietrich Bonhoefer Zitat schließe:

ten Mächten wunderbar geborgen, erwarten wir getrost was kommen mag. st mit uns am Abend und am Morgen und ganz gewiß an jedem neuen Tag.

üße Sie sehr herzlich und wünsche Ihnen aufrichtig alles Gute!

Ih
(W. DÖRING)

DR. WALTER DÖRING
Mitglied des Landtags von Baden-Württemberg
Wirtschaftsminister
Stellv. Ministerpräsident

70174 STUTTGART, den 22. Februar 1999
Theodor-Heuss-Str. 4
Telefon (07 11) 1 23-24 03
Telefax (07 11) 1 23-21 46

70173 STUTTGART, den
Haus des Landtags · Konrad-Adenauer-Str. 3
Telefon (07 11) 20 63-625
Telefax (07 11) 20 63-610

74523 SCHWÄBISCH HALL, den
Schwabenweg 13
Telefon (07 91) [redacted]

Wahlkreisbüro:
74523 Schwäbisch Hall
Lange Straße 39
Telefon/Telefax (07 91) 8 53 79

Frau
Edmunda Zlep
Bethaniendamm 61

10999 Berlin

Sehr geehrte Frau Zlep,

erneut darf ich mich sehr herzlich für Ihr freundliches Schreiben vom 19. Februar 1999 bedanken.

Gleichzeitig möchte ich meiner Freude darüber Ausdruck verleihen, daß es Ihnen etwas besser geht, und sich Ihre Metastasen gegenwärtig nicht weiter ausbreiten.

So wie bei Ihnen, so ist es auch bei mir,ein Auf und Ab.

Ich war dieser Tage wieder in der Klinik in Langensteinbach und habe von dem behandelnden Professor erfahren, daß ich mein Stützkorsett noch einige Wochen tragen muß, und daß im April/Mai endgültig darüber entschieden wird, ob ich vielleicht doch noch operiert werden muß, was mir natürlich keine große Freude bereiten würde, weil ich dann wieder einige Wochen in das Krankenhaus müßte,und auch der gesamte Reha-Prozeß von Null, also ganz von vorne beginnen würde; aber vielleicht habe ich ja Glück und komme um die Operation herum.

Auch ich möchte Sie, so wie Sie es mir dankenswerter Weise schreiben, möglichst bald einmal treffen.

, daß es Ihre Kurverwaltung nicht gerne sieht wenig überrascht, denn in der Regel haben ge sitive Einflüsse auf einen Genesungsprozeß.

ch können wir uns auch an einem anderen Ort tr

ispiel am 7. März am Abend in Berlin und auch a

wohl nicht in Berlin sind und Frankfurt vorschla olgenden Vorschlag zu unterbreiten:

am 11. März vormittags nach Frankfurt, zu jedem O

März ist bei mir mit einer Vielzahl von Terminen be hrere Menschen auf mich warten. So ist zum Beispiel desvorstandes, eine Landesvorstandssitzung, ein Ges alle Vorstandsmitglieder der Energieversorgungsunte nd auch andere Ministerien zugesagt haben.

aher würde es bei einer Vielzahl von Persönlichkeite ngen, wenn ich nun den 12. März wählen müßte; selbst den 12. möglich machen, wenn bei Ihnen der 11. März

könnte aber zum Beispiel auch am Samstag, den 13. Mä ankfurt kommen, wenn Ihnen der Samstag-Nachmittag lieb rmittag.

Zu Ihrer Frage nach Herrn Dr. Krause kann ich Ihnen nic da er mir persönlich nicht bekannt ist, Ich lediglich erfolgs- bzw. mißerfolgsweg kenne.

Von guten Mächten wunderbar geborgen, erwarten wir getrost, was kommen mag. Gott ist mit uns am Abend und am Morgen und ganz gewiß an jedem neuen Tag.
Ich grüße Sie sehr herzlich und wünsche Ihnen aufrichtig alles Gute!

Ih
(W. DÖRING)

Frau Zlep hat sich nicht getäuscht: Döring ist ein Christ und Ehrenmann, der ja auch schon von der Gesundheitspolitik seiner Partei her nichts gegen ihre privaten Zuzahlungen haben kann! Da sie jetzt seine Bankverbindung kennt, kann er getrost erwarten, was kommen mag.

Sehr geehrter, lieber Herr Dr. Walter Döring,
als erstes möchte ich mich sehr, sehr herzlich für Ihren lieben Brief vom 3.2.99 und die guten Wünsche für meine Genesung bedanken. Vielleicht hat dies geholfen; mir geht es etwas besser, meine Metastasen breiten sich momentan nicht weiter aus. Es ist halt ein Auf und Ab.
Sehr verehrter, lieber Dr. Döring, es gibt für mich augenblicklich keinen größeren Wunsch, als Sie möglichst schnell zu treffen, weiß ich doch nicht, wie lange ich noch auf dieser Welt verweilen darf.
Leider sieht man es von seiten der Kurverwaltung nicht gern, wenn man Besuch erhält, da dies Unruhe unter die Patienten bringen soll und der Heilungsprozeß dadurch gestört werden kann. Können wir uns nicht an einem anderen Ort treffen? Mein Professor will an mir eine neuartige Krebstherapie erproben, und ich muß hierfür zu einer Spezialuntersuchung nach Frankfurt/Main. Könnten Sie es einrichten, daß wir uns für ein, zwei Stunden in Frankfurt treffen?

Bis dahin allerdings soll Döring noch etwas Beschäftigung haben, nicht daß Langeweile aufkommt im Wirtschaftsministerium. Erinnert sich noch jemand an »Beton-Krause«, den ehemaligen Verkehrsminister, der mit seinen »Volkshäusern« baden ging und noch heute bei einigen Banken ein gesuchter Gesprächspartner ist?

Lieber Freund, mir ist vor ein paar Tagen etwas Seltsames passiert.
Ich lernte im Kurkrankenhaus einen überaus sympathischen, um mich besorgten, seriösen Herrn kennen, der von sich erzählte, daß er in der letzten Zeit ziemlich viel Pech hatte.
Sie kennen ihn sicherlich, der Herr nennt sich Dr. Krause, war für die CDU im Bundestag, dann Verkehrsminister und kommt aus den neuen Bundesländern.
Dr. Krause sagte mir, daß er zur Zeit »Volksheime« oder »Volkshäuser« baut und weitere hochziehen will. Allerdings braucht er noch Kapital. Herr Dr. Krause verspricht riesige Renditen, was halten Sie davon? Bitte schreiben Sie mir doch, was für ein Mensch Dr. Krause ist und ob man ihm vertrauen kann.
Gerne würde ich mich mit Ihnen bei unserem Treffen in Frankfurt über Dr. Krauses Projekt unterhalten, und dann werde ich Ihnen auch die 100 000 Mark überreichen. Leider habe ich Ihren letzten Brief mit der Kontonummer verlegt und konnte deshalb das Geld nicht überweisen, verzeihen Sie mir das bitte. Ich bin halt doch in letzter Zeit sehr wuschig.
Ihre Sie bewundernde

Edmunda Zlep

So ein Pech aber auch! Wenn die alte Schachtel Zlep nicht so wuschig wäre, könnte Walter Dörings Konto schon bis obenhin voll sein. Und jetzt hat auch noch die Kurverwaltung etwas gegen seinen Besuch. Wenn der Schwabe jetzt nicht nachlegt, geht möglicherweise der zwielichtige Dr. Krause mit seinem Geld nach Hause…

Sehr geehrte Frau Zlep,
erneut darf ich mich sehr herzlich für Ihr freundliches Schreiben vom 19. Februar 1999 bedanken.
Gleichzeitig möchte ich meiner Freude darüber Ausdruck verleihen, daß es Ihnen etwas besser geht, und sich Ihre Metastasen gegenwärtig nicht weiter ausbreiten.
So wie bei Ihnen, so ist es auch bei mir ein Auf und Ab.
Ich war dieser Tage wieder in der Klinik und habe von dem behandelnden Professor erfahren, daß ich mein Stützkorsett noch einige Wochen tragen muß und daß im April/Mai endgültig darüber entschieden wird, ob ich vielleicht doch noch operiert werden muß, was mir natürlich keine große Freude bereiten würde, weil ich dann wieder einige Wochen ins Krankenhaus müßte und auch der gesamte Reha-Prozeß von Null, also ganz von vorne beginnen würde; aber vielleicht habe ich auch Glück und komme um die Operation herum.
Auch ich möchte Sie, so wie Sie es mir dankenswerter Weise schreiben, möglichst bald einmal treffen.
Ich bedaure sehr, daß es Ihre Kurverwaltung nicht gerne sieht, Sie zu besuchen. Selbstverständlich können wir uns auch an einem anderen Ort treffen. Ich bin z.B. am 7. März am Abend in Berlin, und auch am 9. März bin ich in Berlin. Da Sie aber wohl nicht in Berlin sind und Frankfurt vorschlagen, erlaube ich mir, Ihnen folgenden Vorschlag zu unterbreiten:
Ich komme am 11. März nach Frankfurt, zu jedem Ort, der Ihnen angenehm ist.
Der 12. März ist bei mir mit einer Vielzahl von Terminen belegt, bei denen jeweils mehrere Menschen auf mich warten. So ist z.B.

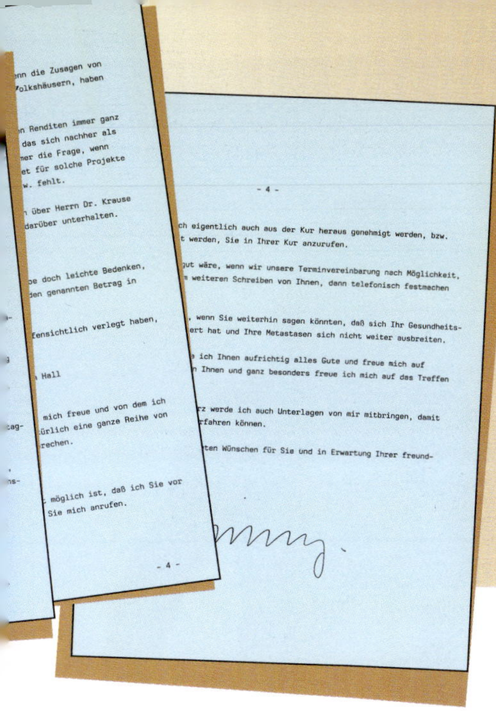
...nn die Zusagen von
...olkshäusern, haben

...n Renditen immer ganz
... das sich nachher als
...ner die Frage, wenn
...et für solche Projekte
...w. fehlt.

... über Herrn Dr. Krause
... darüber unterhalten.

...be doch leichte Bedenken,
...den genannten Betrag in

...fensichtlich verlegt haben,

... Hall

... mich freue und von dem ich
...ürlich eine ganze Reihe von
...rechen.

... möglich ist, daß ich Sie vor
... Sie mich anrufen.

- 4 -

- 4 -

...ch eigentlich auch aus der Kur heraus genehmigt werden, bzw.
...t werden, Sie in Ihrer Kur anzurufen.

...gut wäre, wenn wir unsere Terminvereinbarung nach Möglichkeit,
... weiteren Schreiben von Ihnen, dann telefonisch festmachen

..., wenn Sie weiterhin sagen könnten, daß sich Ihr Gesundheits-
...ert hat und Ihre Metastasen sich nicht weiter ausbreiten.

... ich Ihnen aufrichtig alles Gute und freue mich auf
...n Ihnen und ganz besonders freue ich mich auf das Treffen

...rz werde ich auch Unterlagen von mir mitbringen, damit
...rfahren können.

...ten Wünschen für Sie und in Erwartung Ihrer freund-

die Präsidiumssitzung des Landesvorstandes, eine Vorstandssitzung, ein Gespräch zur Kernenergie, zu dem alle Vorstandsmitglieder der Energieversorgungsunternehmen in Baden-Württemberg und auch andere Ministerien zugesagt haben.
Von daher würde es bei einer Vielzahl von Persönlichkeiten eine Terminveränderung erzwingen, wenn ich nun den 12. März wählen müßte; selbstverständlich werde ich auch den 12. möglich machen, wenn bei Ihnen der 11. nicht geht. Ich könnte aber z.B. auch am Samstag, den 13. März, nachmittags nach Frankfurt kommen, wenn Ihnen der Samstagnachmittag lieber ist als der Donnerstagvormittag.
Zu Ihrer Frage nach Herrn Dr. Krause kann ich Ihnen nichts Konkretes mitteilen, da er mir persönlich nicht bekannt ist, ich lediglich seinen politischen Lebenserfolgs- bzw. mißerfolgsweg kenne. Ich erlaube mir aber den Rat, sehr vorsichtig zu sein, denn die Zusage von riesigen Renditen im Zusammenhang mit Volksheimen oder Volkshäusern haben sich doch auch häufig schon als Luftnummern erwiesen. Ich persönlich bin zumindest bei der Zusage von riesigen Renditen immer ganz besonders vorsichtig, denn man geht da ein Risiko ein, das sich nachher als sehr schlecht erweisen kann. Selbstverständlich werde ich gerne weitere Erkundungen über Herrn Dr. Krause einziehen, und wir können uns dann gerne in Frankfurt darüber unterhalten.

Unterhalten ist gut, Geldübergabe noch besser. Am allerbesten aber wäre, wenn jetzt bald mal die lange schon angekündigte Überweisung einträfe:

Liebe Frau Zlep, ich hoffe, Sie nehmen es mir nicht übel, aber ich habe doch leichte Bedenken, wenn Sie tatsächlich die Absicht haben sollten, mir den genannten Betrag in Frankfurt zu überreichen.
Darf ich deshalb, nachdem Sie meinen Brief offensichtlich verlegt haben, nochmals meine Kontonummer nennen:
Konto-Nummer 8931003 bei der Volksbank Schwäbisch Hall, BLZ 62290110
Bei unserem Treffen in Frankfurt/Main, auf das ich mich freue und von dem ich hoffe, daß es zustande kommt, können wir natürlich eine ganze Reihe von weiteren zu regelnden und zu klärenden Fragen besprechen.

Lieb Frau Zlep,
darf ich noch anfragen, ob es denn wirklich nicht möglich ist, daß ich Sie vor unserem Treffen in Frankfurt einmal anrufe, oder Sie mich anrufen. Ein Anruf müßte doch eigentlich aus der Kur heraus genehmigt werden, bzw. es müßte mir erlaubt werden, Sie in Ihrer Kur anzurufen. Es würde mich freuen, wenn Sie weiterhin sagen könnten, daß sich Ihr Gesundheitszustand etwas verbessert hat und Ihre Metastasen sich nicht weiter ausbreiten. In jedem Falle wünsche ich Ihnen alles Gute und freue mich auf weitere Nachrichten von Ihnen und ganz besonders freue ich mich auf das Treffen mit Ihnen im März.
Bei diesem Treffen im März werde ich auch Unterlagen von mir mitbringen, damit Sie noch mehr über mich erfahren können.
Ich verbleibe mit allen guten Wünschen für Sie und in Erwartung Ihrer freundlichen Nachricht mit den besten Grüßen

Dr. Walter Döring, MdL

Sehr gut gekontert: Walter Döring zeigt ehrliche Freude über das Auf vor dem nächsten Ab seiner alten Brieffreundin, erweckt wohldosiertes Mitleid durch die Schilderung des eigenen Zustandes, streut etwas gesundes Mißtrauen gegen Dr. Krause, freut sich so sehr auf ein Treffen, daß er die komplette deutsche Energieversorgung dafür aufs Spiel setzt und vergißt auch nicht, seine Bankverbindung noch einmal deutlich zu machen. Ob das endlich den ersehnten Erfolg bringt?

Sehr geehrter Dr. Walter Döring,
vielen Dank für Ihren Brief vom 22.2.99.
Als erstes möchte ich Ihnen sagen, daß ich Sie Tag für Tag in mein Gebet einschließe. Mir selbst geht es den Umständen entsprechend gut, die Metastasenbildung ist gestoppt. Leider ist mir ein Mißgeschick passiert, ich habe mir den Fuß gebrochen und darum ist mir strengste Bettruhe verordnet, unser Treffen muß noch einmal verschoben werden. Nach Maßgabe meines Arztes und reiflicher Überlegung möchte ich Ihnen den 6. April vorschlagen, an dem ich – so Gott will – ab 15 Uhr im Frankfurter Café Laumer auf Sie warten werde. Als Erkennungszeichen werde ich einen Strauß meiner Lieblingsblumen bei mir haben: rote Tulpen. Hatte ich übrigens erwähnt, daß ich seit Jahren kaum noch die Hand vor Augen sehen kann? Es wäre schön, wenn auch Sie deshalb einen Strauß Tulpen dabeihätten, damit meine Haushälterin Sie besser erkennen kann.
Ich muß jetzt schließen, da meine Bridge-Partnerinnen kommen. Später werden wir einige Schnapspralinen auf Ihr Wohl lutschen!
In Verehrung.
Ihre

Edmunda Zlep

PS: Sind die 100 000 Mark mittlerweile auf Ihrem Konto?

Nein. Sind sie nicht. Und da werden sie auch nicht auftauchen. Denn Edmund Pelz denkt natürlich nicht im Traum daran, seine sauer verdienten Ersparnisse an einen gut besoldeten und wohl vollends der Realität entrückten FDP-Wirtschaftsminister zu verschicken. Warum auch? Damit Döring »unabhängig« wird, d.h. nicht mehr jeden Tag ins Ministerium auf Maloche muß? Immerhin aber hat Pelz einen Terminvorschlag gemacht, der auch TITANIC-Lesern ungeahnte Möglichkeiten eröffnet:

Möchten Sie den einzigen FDP-Politiker, der noch nie im Leben etwas geschenkt bekommen hat, persönlich treffen und kennenlernen? Kaufen Sie sich einen Strauß rote Tulpen, nehmen Sie Hörrohr und Haushälterin an die Hand und begeben Sie sich am 6. April ins Café Laumer, Frankfurt/Main, Bockenheimer Landstraße 67. Tischreservierung empfohlen, es könnte voll werden…

Martin Sonneborn (F.D.P.)

Sonderausgabe!

Hannelore, Helmut

und die Bubb'm

Walter *(besorgt)*: Mama, ich weiß nicht, der Papa macht mir Sorgen.

Hannelore *(sachte die Hände ringend)*: Ach, wem sagst du das – wie der Mann leidet. Wie der Mann aussieht – nur noch Haut und Knochen…

Peter *(frech)*: Sehr witzig.

Walter *(sensibel)*: Und spricht immer mit sich selbst… da: schon wieder…

Helmut im Hintergrund wider imaginäre Gegner die Fäuste schüttelnd

Helmut *(laut)*: Bimbes, Bimbes, nix alz Bimbes. Unt ich sagg's nit! Ach nitt mit Daum'nschrabb'n!

Peter *(kühl)*: Der spinnt.

Walter *(empört)*: Pfui, das sagt man nicht, oder Mama?

Helmut im Hintergrund aufheulend

Helmut: Wolpfgank!

Peter *(hartnäckig)*: Ich sag's doch, der spinnt.

Hannelore *(schwach)*: Ist das ein Wunder? Seit der *(treibt einen unsichtbaren Rollstuhl an)* ihm das Brutusmesser an die Kehle gesetzt hat…

Walter *(großäugig)*: Der Schäu…

Hannelore *(hastig)*: Düddeldühühü!

Helmut *(von hinten)*: W'ss ist'n da loss, wer hatt'n da…?

Hannelore *(rasch beschwichtigend)*: Nihix. Tu nur schön weiter mit dir reden!

Helmut *(aufgeregt brummelnd)*: Saubante, alle mit'nant'r…

Walter *(wispernd)*: Entschuldigung. Ich vergeß es immer wieder...

Hannelore *(konspirativ)*: Bitte, bitte daran denken: den Namen nicht sagen, nicht über Geld reden, nicht über Rollstühle reden… bitte, bitte auch du, Peter Bubb.

Helmut tritt mißtrauisch hinzu

Helmut *(streng)*: W'ss isst'n da los? W'ss wirt'n da gewispert? D'ss kann ich nit laid'n – Schlisslich schleiff'n mane Nerpf'n am Bodd'n, mit d'r gantz'n Pagasche!

Peter *(listig)*: Reg' dich nicht auf. Die haben doch alle ein Schäuble locker…

Helmut *(aufhorchend)*: Wie bitte? W'ss bitte?

Peter *(diabolisch)*: Ich verroll' mich jetzt, weil ich hab' Stuhlgang, und mein Bimbes ruft.

Peter schnell ab

Für einen Moment Totenstille, dann langsam ausblenden

Walter *(gelähmt)*: ...der, der... Peter... der...

Hannelore *(fahl)*: Das hätt' ich nicht gedacht von dem Bubb`m.

Helmut *(entschlossen die Ärmel aufkrempelnd)*: Hann'lore, d'n Debbichklopf'r!

Albert Hefele

Das langweiligste Buch der Welt

Helmut Kohl: Mein Tagebuch 1998-2000

Schon über 400 Exemplare verkauft – aber warum?

Dezember 1999

13.12. Montag
Beleidigt

14.12. Dienstag
Beleidigt

15.12. Mittwoch
Schwer beleidigt!

16.12. Donnerstag
Abends Müdigkeit

17.12. Freitag
Sauer!

18.12. Samstag
Sauer und beleidigt; abends müde

19.12. Sonntag
Tagebuch geschrieben

20.12. Montag
Der Krüppel muß weg!

21.12. Dienstag
Beleidigt

22.12. Mittwoch
Neue Schäuble-Witze gehört; kurz erheitert, dann wieder beleidigt

23.12. Donnerstag
Im Interview nach Spendernamen gefragt worden; aber nach welchen?

24.12. Freitag
Beleidigt!

25.12. Samstag
Unter der Bank dicke Voodoo-Puppe gefunden: Man hatte ihr ins Gedächtnis gestochen!

26.12. Sonntag
Zum Mittagessen sechs Klöße; wer soll denn davon satt werden?! Beleidigt

Mark-Stefan Tietze

Eck
will

Auf einmal war er da. Er saß im »Mittagsmagazin« von ARD und ZDF und redete wie ein Wasserfall: Eckart von Klaeden, CDU-MdB, eine rubensformatige Null. Obendrauf fülliges, dauergewelltes Haar; untendran ein großbourgeoiser Schlips, der in die Breite ging – ein Schicksal, das auch seinem Träger blüht, wenn er so weitermacht wie bisher, und das hat er zweifellos vor. Eckart von Klaeden ist der kommende Mann.

Vor seinem Auftritt im »Mittagsmagazin« hatte man als mäßig am politischen Geschehen interessierter Mensch noch nie etwas von Eckart von Klaeden gehört oder gesehen. Aber plötzlich tauchten ja lauter neue CDU-Gesichter in den Nachrichten auf – rosiges, ambitioniertes Frischfleisch, das im Verborgenen herangewachsen war und pubertiert hatte, bis der Spendenskandal die CDU erschütterte, die überführten Gesetzesbrecher ihre Stühle räumen mußten und die Youngster nachrückten. Einer von ihnen ist Eckart von Klaeden.

Als er im »Mittagsmagazin« saß, sichtlich erbaut davon, im »Mittagsmagazin« sitzen zu dürfen, sah er auf den ersten Blick wie einer aus, der gedient und studiert hatte, vermutlich Jura, und der seine schönsten Jugendjahre der Schüler-Union und dem Traum geopfert hatte, eines Tages im »Mittagsmagazin« Platz zu nehmen und von der gräßlichen Moderatorin Hannelore Fischer gefragt zu werden, wie es denn nun eigentlich weitergehen solle mit der CDU und mit Deutschland.

Der Stolz darauf, im Fernsehen herumbürgern zu dürfen, war dem jungen Streber deutlich anzumerken. Damit hatte sich Eckart von Klaedens Herzenswunsch erfüllt, viel früher als geplant, denn noch kurz zuvor war Eckart von Klaeden nur ein anonymer Hinterbänkler gewesen, und kein Nachrichtenredakteur weit und breit wäre auf die Idee gekommen, ausgerechnet Eckart von Klaedens Mondgesicht vor die Kamera zu holen, wenn es um wichtige Dinge ging.

Aber nun war es soweit, nun war auch Eckart von Klaeden ein gefragter Mann, und es zeigte sich, daß er bei seinen Machtkämpfen in der Jungen Union gründlich gelernt hatte, Erfolg

Die kommende Null

rt von Klaeden (CDU)
Kanzler werden!

auszustrahlen und Blech zu reden. Selbstgefällig lächelnd und immer breiter beschlipst saß er da, und was er zu sagen hatte, war null und nichtig, aber eins zu eins sendefähig. Allen Zuschauern, die ihn erblickten und ihm lauschten, mußte klar sein, daß dieser Widerling sie regieren wollte; daß er wahrscheinlich sogar daran dachte, Bundeskanzler zu werden und sie dann noch gründlicher zu regieren. Deshalb saß er ja jetzt, unter seiner aufgeblähten Frisur und mit plüschigem Parvenüschlips ausstaffiert, im »Mittagsmagazin« und sonderte Sprechblasen ab. Alle sollten ihn endlich kennenlernen, diesen Eckart von Klaeden.

Im Internet kann man Eckart von Klaeden, wenn man wissen will, wer unter diesem Namen auf Deutschland zugemonstert kommt, noch etwas näher kennenlernen. Für seine Fans hat er eine mehrseitige Homepage eingerichtet (www.von-klaeden.de), auf der man ihn besuchen kann. Dort hat er Fotos von sich selbst untergebracht, die ihn beim Ärmelaufkrempeln oder beim Bergsteigen zeigen, denn er ist zahlendes Mitglied der Hildesheimer Sektion des Deutschen Alpenvereins. Es gehört aber bestimmt nicht zu Eckart von Klaedens politischem Programm, die Alpen zu entzerren und sie in Hildesheim auslaufen zu lassen. Eckart von Klaeden ist kein Utopist. Er weiß, was er will (mehr Macht). Er weiß, wohin er will (nach oben). Und er weiß, welche Leistungen er dafür schon erbracht hat. Die stehen detailliert auf seinen »persönlichen Seiten« im Internet, unter einer Zierleiste, die seinen Namen trägt. Links davon prangt Eckart von Klaedens vierfarbiger Ballon und rechts davon der Bundesadler.

Darunter stehen Eckart von Klaedens Karrieredaten. Geboren wurde er 1965 in Hannover. Danach ging es immer weiter bergab: 1979, als Dreizehnjähriger oder Vierzehnjähriger, trat Eckart von Klaeden freiwillig in die Schüler-Union ein. Fotos aus dieser Zeit hat der agile Senkrechtstarter leider nicht ins

Naturbegabung Ärmelkrempeln

Internet gestellt. Wer sich ausmalen möchte, wie der Jungprimus Eckart von Quack alias Klaeden damals aussah, muß seine Phantasie anstrengen, kann aber stattdessen auch die Eltern bedauern: Es muß schrecklich sein, einen Sohn großzuziehen, fünftausendmal seine Windeln zu wechseln, ihm im Austausch für den ersten verlorenen Milchzahn eine Tüte Katjespfoten auszuhändigen und dann erleben zu müssen, wie der Bengel schon in der Frühpubertät öffentlich für die CDU agitiert.

1985 bestand Eckart von Klaeden am Kaiser-Wilhelm-Gymnasium in Hannover die Abiturprüfungen, nachdem er sich zuvor u.a. als christdemokratischer Schülersprecher und in der evangelischen Jugendarbeit profiliert hatte. In der Bundeswehr reifte der Musterschüler anschließend in Höchstgeschwindigkeit zum Oberleutnant der Reserve heran.

Anschließend nahm er sein Jurastudium auf und stiefelte simultan auf der politischen Laufbahn vorwärts: 1987 drang er in den Bundesvorstand der Jungen Union vor, 1992 eroberte er den Landesvorsitz der Jungen Union Niedersachsen und wurde Mitglied im niedersächsischen CDU-Landesvorstand. 1993 bestand Eckart von Klaeden das erste juristische Staatsexamen und rückte im Jahr darauf in den Bundestag ein. 1995 übernahm er den verantwortungsvollen Posten des Vorsitzenden des CDU-Kreisverbandes in Hildesheim, wo er sich 1996 dann auch offiziell als Rechtsanwalt niederließ. Aber nur pro forma, denn in Hildesheim gibt es keine Mandanten, die der Rede wert wären, nur lauter tödliche Langweiler.

Nebenher machte Eckart von Klaeden deswegen rasch als Mitglied der Gesellschaft für bedrohte Völker von sich reden und als Mitglied der Deutschen Gesellschaft für die Vereinten Nationen. Es wird nicht die leichteste Aufgabe der künftigen Biographen Eckart von Klaedens sein, herauszufinden, was es mit

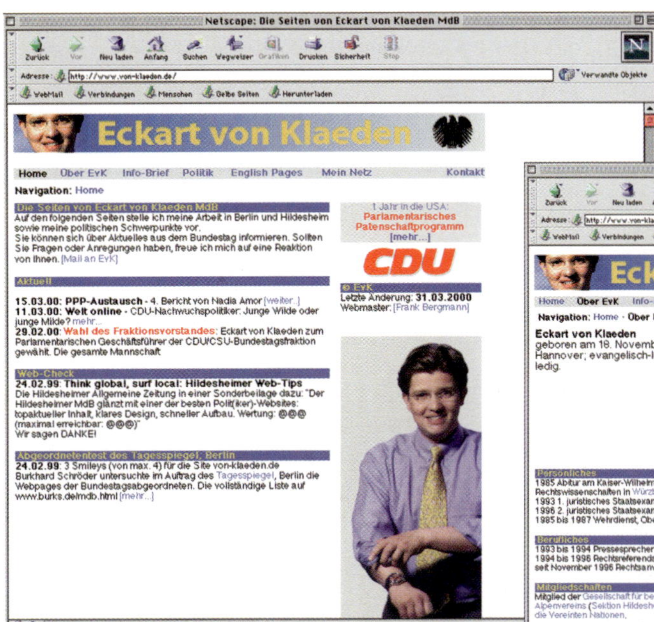

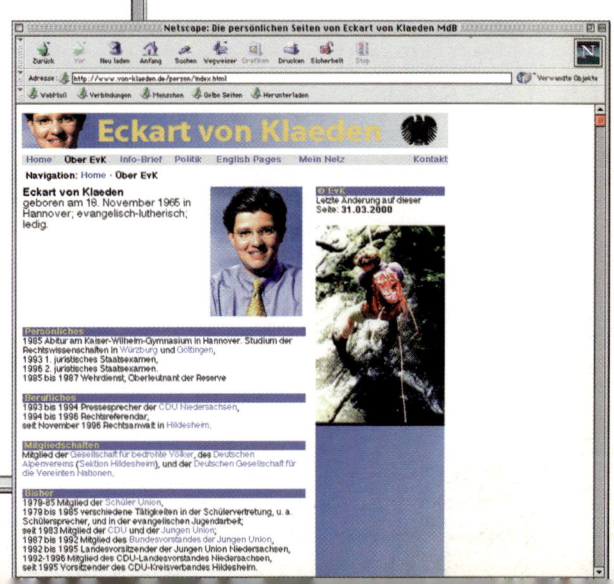

Eckart von Klaeden will Kanzler werden!

der Deutschen Gesellschaft für die Vereinten Nationen auf sich hatte, welche Funktion Eckart von Klaeden in jener Gesellschaft ausübte und was die Vereinten Nationen davon hatten, daß Eckart von Klaeden sich für sie aufrieb, ledig blieb, närrische Sitzungen besuchte, Mitgliedsbeiträge überwies und die andere Backe hinhielt, wenn wieder einmal irgend jemand etwas an den Vereinten Nationen auszusetzen gehabt hatte, die sich dann ja dank Eckart von Klaedens ehrenamtlicher Tätigkeit und Mitgliedschaft immerhin noch einigermaßen über Wasser halten konnten, wenn die Wogen hoch schlugen. Es ist nicht auszudenken, was aus den Vereinten Nationen geworden wäre, wenn Eckart von Klaeden mit zwanzig Jahren beschlossen hätte, die politischen Brocken hinzuwerfen und sich irgendwie anders durchzubeißen, als Pressechef einer schmierigen Gebrauchtwagenfirma zum Beispiel.

Wann darf Klaeden Bad Oldesloer Lebedamen regieren?

Im Bundestag gab Eckart von Klaeden ebenfalls keine Ruhe, sondern schlug im Petitionsausschuß auf die Trommel, in prominent besetzten Enquete-Komissionen, im Ausschuß für die Angelegenheiten der Europäischen Union und im Richterwahlausschuß; später auch im Rechtsausschuß, im Auswärtigen Ausschuß, im Unterausschuß Abrüstung, Rüstungskontrolle und Nichtverbreitung, in der Jungen Gruppe der CDU/CSU-Bundestagsfraktion und im Ausschuß nach Artikel 13 Absatz 6 Grundgesetz (Kontrolle des »Großen Lauschangriffs«). Außerdem sitzt Eckart von Klaeden heute im Bundestag der niedersächsischen CDU-Landesgruppe vor, geht undurchsichtigen Geschäften als Parlamentarischer Geschäftsführer seiner Fraktion nach und erklimmt im Urlaub als fotogener Bergfex schroff aufragende Gebirgsmassive.

Kein Hund möchte so leben.

Aber Eckart von Klaeden scheint es zu genießen, daß er nach den Dürrejahren im Schatten des Einheitskanzlers jetzt endlich Sachen sagen darf, die ernstgenommen und gedruckt werden, zum Beispiel von der *Berliner Zeitung* in ihrer Ausgabe vom 8. April 2000: »Sozialdemokratische Bevormundung und Umverteilung gehen mir auf den Geist.« Und: »Links setzt auf Umverteilung, auf Bevormundung und auf organisierte Unverantwortlichkeit!«

Auf das Umverteilen ist Eckart von Klaeden nicht gut zu sprechen. Seit 1979, als er noch ein Knabe war, hat er seinen Mitmenschen unentwegt Gardinenpredigten gehalten, gegen das olle Umverteilen vor allem, und damit einiges verdient. Aber es gibt finstere Gesellen in Deutschland, die Eckart von Klaedens mühsam erschwafelte Notgroschen umverteilen wollen, wie damals die von Friedrich-Karl Flick. Seinerzeit hatte die Springerpresse laut aufgebrüllt: »Gemein! Sozis verteilen Flicks Millionen um!« Doch umsonst – das Vermögen des verdutzten Industriellen war von der sozialliberalen Regierung restlos an Knackis, Fixer, politische Gefangene, Wehrmachtsdeserteure, Homos und farbenblinde Kommunisten umverteilt worden. Abermals soll auf deutschem Boden so etwas nie wieder passieren; das ist Eckart von Klaedens politisches Credo.

Wie es bei Eckart von Klaeden zuhause aussieht, weiß man noch nicht, denn die Schweinehunde von der Regenbogenpresse haben Eckart von Klaedens Witterung noch nicht aufgenommen. Dabei würde sich Eckart von Klaeden wahrscheinlich recht gerne einmal neben den grauenhaften elektrischen Blubberstangen in seinem Wohnzimmer knipsen lassen. Oder beim Zierfischfüttern. Wenn Eckart von Klaeden keine Zierfische und Blubberstangen besitzt, fresse ich den Besen seiner sicherlich deutschen, sicherlich auch säuberlich von der Steuer abgesetzten Putzfrau.

Annehmen darf man auch, daß Eckart von Klaeden keine Leichen im Keller und keinen Kikeriki im Kühlschrank hat. Kikeriki ist Eierlikör mit Sprudel. Kikeriki würde Eckart von Klaeden nicht trinken, auch nicht um zwei Uhr morgens, in Gesellschaft einer durstigen Lebedame aus Plauen oder Bad Oldesloe. Er sieht nicht so aus wie einer, der anonymen Lebedamen zu nachtschlafender Zeit Kikeriki serviert. Eckart von Klaeden muß früh aufstehen, noch vor dem ersten Hahnenschrei, muß immer auf dem Quivive sein, E-mails überfliegen und Reden schwingen. »Wir sollten das Kind nicht mit dem Bade ausschütten«, sagte er am 26. September 1997 im Bundestag bei einer Debatte über den Zwischenbericht der Enquete-Kommission »Sogenannte Sekten und Psychogruppen«. Schon am 1. Oktober 1997, bei der Aussprache über den Jahresbericht 1996 des Petitionsausschusses, ergriff er noch einmal das Wort und teilte dem Plenum wörtlich mit: »Auch in dieser Frage sollten wir das Kind nicht mit dem Bade ausschütten.« Dem Bundestagshandbuch zufolge ist Eckart von Klaeden deshalb auch DLRG-Mitglied.

Apropos Kikeriki: Damit kann Eckart von Klaeden absolut nicht dienen, denn er muß alle naselang auf die dicke Armbanduhr kucken, die er auf dem geilen Ärmelaufkrempelfoto selbstbewußt herzeigt. Zeit ist Geld für Eckart von Klaeden. »Von Klaeden ist der Schnellste«, titelte total begeistert die *Hildesheimer Allgemeine Zeitung* am 29. Oktober 1998, nachzulesen unter www.vonklaeden.de/politik/presse/hiaz1029.html, wo auch folgendes noch steht: »Eckart von Klaeden ist der schnellste Bundestagsabgeordnete... Der CDU-Parlamentarier hat bei einem Test auf der Datenautobahn im Internet alle Kollegen hinter sich gelassen.«

Zu solchen Bestleistungen bringt man es nicht als nachtaktiver Kikerikikellner. Von Spitzenpolitikern wird verlangt, daß sie jederzeit auch Fangfragen gewachsen sind wie jener, welche wiederum die *Berliner Zeitung* Eckart von Klaeden stellte: »Was bedeutet Deutsch-Sein für Sie?« Eckart von Klaeden erwiderte: »Eine Sprach- und Verantwortungsgemeinschaft. Letzteres ist ohne Europa nicht mehr vorstellbar!« Fürstin Gloria von Thurn und Taxis, die aidskranken Junkies, die morgen früh eine Telefonzelle am Kottbusser Tor vollkotzen werden, Hans-Olaf Henkel, Verona Feldbusch und Eckart von Klaeden gehören jetzt einer nationalen Verantwortungsgemeinschaft an, die ohne Europa nicht mehr vorstellbar ist: So reden Nullen, die regieren wollen. Und dabei auch noch tonnenschwere Verantwortung tragen wollen, für Sie und mich und Deutschland, vorausgesetzt, die Kasse stimmt.

Vom Leben derer, die er regieren will, kann Eckart von Klaeden nicht viel wissen. Seine persönlichen Seiten im Internet deuten nicht darauf hin, daß er jemals in einer Grillstation aushilfsweise als Frittierfettwechsler gearbeitet hätte, in den Semesterferien beim Büromaterialgiganten Herlitz Gabelstapler gefahren wäre, irgendwann Liebeskummer gehabt, eine menschliche Regung gezeigt oder auch nur ein einziges Mal im Leben irgendwo Schlange gestanden hätte, jedenfalls nicht im Sozialamt, sondern allenfalls vor der Kaviarschüssel beim Büffett der Jungen Wilden in der CDU. Was kann Eckart von Klaeden vom Leben kennen? Intrigen von Parteifreunden, Tagungsraumgestühl, Sekt oder Selters, graue Gremiengesichter und das Innere seines Dienstwagens natürlich, aber befähigt das einen Menschen dazu, Sie und mich, Dieter Bohlen und Beate Uhse, Christiane F. und Leni Riefenstahl und mit uns die ganze Nation gerecht und weise zu regieren?

Eckart von Klaeden traut sich das zu. Ich ihm nicht. Mir scheint, daß neben Eckart von Klaeden selbst ein Roboter wie Jürgen Möllemann fast menschlich wirkt. Ich will nicht von Eckart von Klaeden regiert werden. Sie vielleicht? □

Der Untersuchungs-ausschuß tagt!

Uwe Becker

TITANIC vs CDU

Großes Schwarzge

Fertig mit den Nerven: Willi Hausmann (CDU), Kellner (CH), von Klaeden (CDU)

Protokoll eines spontanen Betriebsausfluges

Donnerstag, 10. Mai

11.00 Uhr: Berlin

Im Bundestag wird über die Million debattiert, die Leisler-Kiep der CDU überwiesen hat.

11.00 Uhr: Frankfurt

In der TITANIC-Redaktion auch. Schnell ist man bei der Frage, ob die CDU-Führungsspitze noch einmal so amateurhaft reagieren wird, wenn – wie zu erwarten – weitere Summen auf Schwarzen Konten auftauchen. Man ist sich nicht ganz sicher und beschließt, die Probe aufs Exempel zu machen. Ein Kontoauszug der »Credit Suisse« wird organisiert und für Rückrufe eine Rufumleitung über ein Telefon in Luzern, dann setzt sich ein Freund der Redaktion mit Schweizer Dialekt ans Telefon, wo er sich binnen Sekunden in den behäbigen Bankangestellten Widmer (schweizerisch für Meier) verwandelt. Im Layout wird der Kontoauszug durch brutalstmögliche Fälschung von einer 1999er Überweisung (215 Schweizer Franken) zu einer Bareinzahlung (1 300 000 SFR) vom Oktober 1990 befördert, auch der glückliche Empfänger wird ausgetauscht; schlußendlich hat die CDU Bonn das Geld auf dem Konto. Das Kürzel »Tagi« in der Rubrik »Zahlungsgrund« dagegen bleibt stehen. Hört sich irgendwie albern bzw. konspirativ an, und wenn alles gut läuft, kann man sich darüber schön den Kopf zerbrechen...

13.17 Uhr: Frankfurt

Der kleine Bankangestellte Bernhard Widmer findet in der Luzerner Filiale der »Credit Suisse« in der Akte »Termine/Auslaufendes Festgeld« ein Konto der Bonner CDU, das nach 10 Jahren fällig wird.

Schweizer Schwarzgeld-Institut

-Treffen in Luzern

Kontostand: knapp 3 Millionen SFR! Mit der ihm eigenen Gelassenheit ruft er in der Berliner CDU-Zentrale an und fragt, ob das Geld wieder festgelegt oder überwiesen werden solle. Auf der anderen Seite der Leitung fällt jemand fast vom Stuhl. Widmer wird sofort zum Leiter des Fraktionsbüros durchgestellt, Herrn Wettengel. Obwohl Wettengel bisher vor allem im Zusammenhang mit der Vernichtung von allerlei CDU-Kassenbüchern auffällig wurde, kann er sich den Sachverhalt »überhaupt nicht erklären« und bittet dringend um Zufaxen irgendwelcher »Unterlagen«.

13.35 Uhr: Frankfurt

Die kann er bekommen: Der Kontoauszug geht auf die Reise, eine Stunde später klingelt das Telefon. Ein Angestellter der »Credit Suisse« in Zürich ruft an, um Herrn Widmer zu erklären, daß er ihn gar nicht kenne: »Hier am Telefon fragt ein Herr Ahrens nach Ihnen. Sie stehen aber gar nicht in unsrer Personalliste drin, die Telefonnummer, die er mir sagt, auch nicht!« Widmers schwer zu widerlegende Ausrede »Dann ist das irgendwie nicht gut grade!« überzeugt ihn jedoch, und er bittet, den in der Warteschleife hängenden Herrn Ahrens nach Luzern durchstellen zu dürfen. Er darf. Ahrens ist immerhin der Leiter der CDU-Innenrevision und hochgradig nervös, vielleicht auch deshalb, weil er den frisierten Kontoauszug überhaupt nicht zuordnen kann. Um ihn etwas aufzumuntern, erklärt ihm Widmer auf Nachfragen, wer das Konto vor 10 Jahren eröffnet hat: »Das ist ein Herr, ein Herr… ah, da steht es: Leisler-Kiep.«

Ahrens atmet mehrfach durch, sammelt sich aber schnell wieder und insistiert, ob es da »noch weitere Konten gibt, nicht daß wir danach noch andere Laufzeiten haben oder andere Konten in diesem Zusammenhang. Nicht, daß wir dann in 14 Tagen noch mal anfangen, weil da ein anderes Festgeld ausläuft!«

Der Schweizer verspricht Nachforschung; auch was das Kürzel »Tagi« angeht, das Widmer nicht erklären kann. Der freundliche Kollege von »Credit Suisse« Zürich aber wird in späteren CDU Pressemitteilungen als »Maulwurf« der TITANIC angefeindet. Seit wieviel Jahren das Satiremagazin einen Mann in der Züricher Bank hat, wird nicht mitgeteilt.

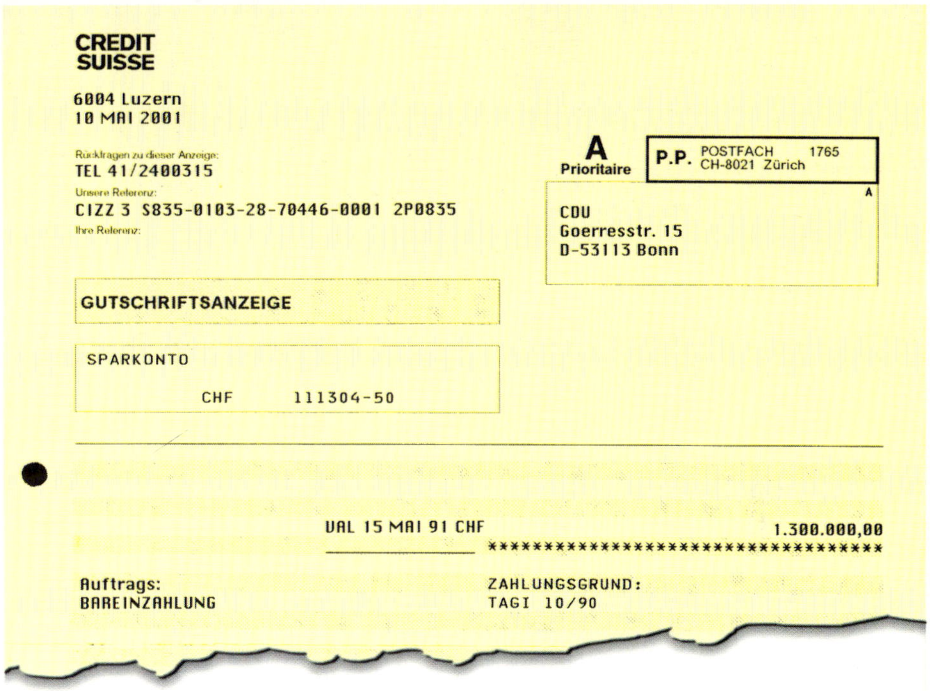
CREDIT SUISSE

6004 Luzern
10 MAI 2001

Rückfragen zu dieser Anzeige:
TEL 41/2400315
Unsere Referenz:
CIZZ 3 S835-0103-28-70446-0001 2P0835
Ihre Referenz:

A Prioritaire | P.P. POSTFACH 1765 CH-8021 Zürich

A
CDU
Goerresstr. 15
D-53113 Bonn

GUTSCHRIFTSANZEIGE

SPARKONTO
CHF 111304-50

VAL 15 MAI 91 CHF 1.300.000,00
****

Auftrags: BAREINZAHLUNG

ZAHLUNGSGRUND: TAGI 10/90

Subkontoauszug mit unsichtbaren Beträgen (A-E)

15.40 Uhr: Frankfurt/Berlin

In der Redaktion klingelt das Telefon. Merkwürdig ist das schon: Die CDU führt Auslandsgespräche über Luzern, um mit TITANIC-Redakteuren in Frankfurt ins Gespräch zu kommen!

WIDMER *(behäbig)* Credit Suisse Luzern, Widmer.
CDU *(nervös)* Ja, Ahrens noch mal, Herr Widmer. Herr Widmer, haben Sie schon etwas herausgefunden?
WIDMER *(langsam)* Ja, ich bin da dran. Es gibt da so… also es gibt sicher zwei Subkonten mit Zahlungseingängen.
CDU (bedrückt) Zwei weitere?
WIDMER *(verschlafen)* Ja, die eigentlich dieselbe Nummer haben, aber hinten ein A und ein B.
CDU Das sind aber zwei weitere Konten?
WIDMER *(sehr bedächtig)* Ja, aber die sind wie… die haben die gleiche Kontonummer.
CDU Ach, die gleiche Kontonummer. Im Grunde genommen sind das dann aber weitere Beträge?
WIDMER *(nicht direkt hektisch)* Das sind weitere Beträge, die aber nicht sichtbar werden.
CDU *(holt tief Luft)* Also kann man sagen, da ist das eine Konto mit 1,3 Millionen Franken...
WIDMER *(gedehnt)* Das ist nur 91er Eingang, das dürfte jetzt schon einiges mehr sein.
CDU *(resigniert)* Jaja, der 91er. Und zuzüglich der zwei Subkonten.
WIDMER *(Wort für Wort)* Ja, also wir sind noch dran, vielleicht gibt es nochmals eines.
CDU Ach so. Dann ruf ich morgen vormittag noch mal an. Okay, bis dann.
WIDMER *(gähnend)* Schönen Abend noch, auf Wiederhören.

Subkonten? Beträge, die nicht sichtbar werden? Was für Laien nach Vollidiotie klingt, ist für den Geld-Fachmann und -Kenner Ahrens keine Überraschung!

16.37 Uhr: London/Frankfurt

Ein neuer Anruf: Eine Dame aus London behauptet, unter dieser Nummer wäre ihr Freund aus Luzern zu erreichen, kein Schalterbeamter. Statt stundenlang die technischen Details einer Rufumleitung zu erklären, wird sie gebeten, am Freitagabend wieder anrufen. ▶

Unauffälligkeit hat drei Namen: Sonneborn, Rürup, Nagel

17.48 Uhr: Berlin/Frankfurt

Obwohl noch nicht ganz der nächste Vormittag ist, ruft Herr Ahrens wieder an. Tagi, ob man schon wisse...? Nein. Um ihm eine Freude zu machen, hat Widmer aber immerhin zwei weitere Subkonten gefunden, C und D, »wahrscheinlich geht das immer so weiter jetzt...« Auf die Beträge angesprochen, verweist ihn der Schweizer auf das Bankgeheimnis, rückt aber schlußendlich doch mit den Kontoständen raus: »Also A hat 1,25 und B, Moment, da ist 890 000 Franken, und die zwei neuen, 1 361 000, das ist also ungrad, und das letzte ist 1,56 Millionen.« Hauptgewinn! Mit Zins und Zinseszins insgesamt nur knappe 10 Millionen Franken. Herr Ahrens läßt sich auf seinen Sitz fallen und fragt, ob er in einer Stunde noch einmal anrufen dürfe. Er darf.

18.23 Uhr: Berlin/Frankfurt

Ahrens ist verschlissen. Statt seiner beim nächsten Anruf am Apparat: Eckart von Klaeden, parlamentarischer Geschäftsführer seiner Partei. Er möchte mehr Informationen und bekommt sie prompt: Widmer berichtet ihm leicht vorwurfsvoll, daß der *Spiegel* in Deutschland wohl Wind bekommen habe von den Konten und es inzwischen auch um den Ruf der Bank gehe. Klaeden räumt ein, den Bundesgeschäftsführer der CDU, Willi Hausmann, und den Fraktionsvorsitzenden Friedrich Merz informiert zu haben, glaubt jedoch nicht, daß einer von ihnen der Presse einen Tip gegeben hat. Dann überlegt er, am nächsten Tag persönlich nach Luzern zu kommen und fragt, ob er sich dort von allen Unterlagen Kopien machen dürfe. Widmer fragt zurück, ob er auch Kopien vom neu aufgetauchten Subkonto E haben will. Klaedens Vermutung, »Tagi« stehe vielleicht für Tagegeld, wird von Bankseite brüsk zurückgewiesen.

19.13 Uhr: Berlin/Frankfurt

Von Klaeden ruft an, fragt, ob man schon wisse, was wohl »Tagi« bedeute, und bittet um einen Besuchstermin für zwei Leute: »Was müssen wir denn mitbringen? Personalausweis?« Widmer rät zu, weil man ohne diesen nicht in die Schweiz einreisen darf. Da die Lufthansa streikt, plant Klaeden für den Fall, daß man keine Flüge bekommt, zu zweit noch in der Nacht mit dem Wagen aus Berlin anzureisen. Widmer freut sich insgeheim über die Vorstellung und fragt, was das eigentlich bedeute: CDU? Klaeden demonstriert politische Sachkenntnis: »Eine Partei! Eine politische Partei in Deutschland!« Ausnahmsweise erhält diese von Widmer einen Besuchstermin für den nächsten Tag: »Ist schon dringend, oder? Kommen Sie um 11 Uhr und fragen Sie nach mir oder Herrn Direktor Weber!«

19.18 Uhr: Frankfurt

Redaktionsassistentin Staniewski besorgt den Redakteuren Nagel, Rürup und Sonneborn einen schnellen Wagen, eine Kanne Kaffee, einen Reiseplan, eine Liste mit Wünschen der restlichen Redaktion (»Kuhglocken«, »Schweizer Franken«, »Schokostäbli«, »Tagi«, etc.) und stellt einen Wecker auf 4 Uhr.

Freitag, 11. Mai

9.00 Uhr: Luzern

Ein herrlicher Sommertag in der Schweiz. Die Redakteure stellen den Wagen ab, spazieren ein wenig an See und Altstadt herum und dann zur »Credit Suisse«, Schwanenplatz 8. Fotoreporter Nagel drückt sich mit seiner Kamera konspirativ in eine dunkle Ecke, Rürup kauft sich zur Tarnung ein paar Kilo Toblerone und lungert so unauffällig, wie es ihm mit seinen zwei Metern und fünf roten Bärten möglich ist, auf dem Platz herum, Sonneborn sitzt mit zwei leeren Schwarzgeld-Aktenordnern demonstrativ auf einer Bank vor der Bank und hält Ausschau. Der verrückte Plan der drei: Wenn Klaeden und Ahrens wirklich auftauchen, soll Sonneborn mit den Ordnern auf die CDU-Abordnung zuspringen, Nagel und Rürup das Ganze fürs TITANIC-Fotoalbum fotografisch dokumentieren. Während sie warten, mehren sich Fragen und Zweifel: Sollte der Vollblutnachwuchspolitiker Klaeden wirklich extra von Berlin nach Luzern brettern, um sich zwei leere Leitz-Ordner in die Hand drücken zu lassen? Wenn er die wirklich will, warum fährt er dann nicht einfach nach Frankfurt? Und: Kommt er bei Sonneborn mit seinem Personalausweis überhaupt durch?

10.55 Uhr: Luzern

Das Warten und Zweifeln hat ein Ende: Drei Männer gehen in die Bank. Sonneborn glaubt, Klaeden erkannt zu haben, ist sich jedoch nicht sicher: Er ist viel kleiner als auf Bildern! Aber neben ihm, der Mann mit dem zerknautschten Gesicht, war das nicht Willi Hausmann? Der Bundesgeschäftsführer der CDU, der einiger

Durch den Lieferanteneingang mit leeren Geldkoffern nach Hause: CDU

▶ »Geben Sie auch Schwarz-, pardon: Trinkgeld, Herr Klaeden?«

Erinnerungsfoto mit Nachwuchspolitiker

Lügen in der Spendenaffäre verdächtigt wird und im März versucht hat, aufgeflogene parteieigene Schwarzgelder den Herren Weihrauch, Kiep und Lüthje unterzuschieben? Er sieht ganz so aus! Schnell berät sich der TITANIC-Chefredakteur mit seinen Kollegen und spurtet dann allein in die Bank, um sich zu vergewissern. Als ihn eine Empfangsdame nach seinem Namen fragt, sucht er sämtliche Schweizer Sprachkenntnisse zusammen und antwortet: »Widmer!« Freundlich und ein wenig vorwurfsvoll wird ihm entgegnet, man erwarte ihn bereits im 1. Stock, wo er denn bliebe? Der Neu-Banker fährt mit dem Fahrstuhl nach oben, wird von einer Assistentin der Geschäftsführung in Empfang genommen, hört sich selber zum zweiten Mal an diesem Tag »Widmer« murmeln und wird dann mit einem herzlichen »Schön, daß Sie da sind!« zu den drei Wartenden geführt.

11.03 Uhr: Luzern

Eine nicht ganz unproblematische Situation: Zu dunkel zum Fotografieren, und Sonneborn kann kein Wort Dialekt! Zum Glück arbeitet sein Hirn unter Druck am besten, und im letzten Moment kommt er auf eine brillante Lösung: Er behauptet einfach, ein ganz anderer Widmer zu sein! Als die CDU-Politiker in geheimer Mission diese glaubwürdige Geschichte in bestem Hochdeutsch hören, reagieren sie sehr verschieden: Von Klaeden rauscht sekundenschnell in einen Nebenraum, Hausmann drückt sich noch tiefer in seinen Sessel und vergräbt das Gesicht in den Händen, Ahrens geht in die Offensive und fragt, was hier eigentlich vorgehe. Der falsche Widmer behauptet, keine Ahnung zu haben, stattdessen aber einen Termin mit Dr. Hürlimann. Er geht auf die Sekretärin zu und flüstert hinter vorgehaltener Hand: »Bitte rufen Sie Dr. Hürlimann an, aber so, daß diese drei Herren es nicht hören! Bankgeheimnis! Nummernkonto! Ich warte unten. Guten Tagi!« Dann verläßt er die Bank und drei extrem verstörte Herren.

12.35 Uhr: Luzern

Über 90 Minuten bleiben die Spitzenpolitiker in der Bank. Kein Wunder eigentlich: Da steht der Bundesgeschäftsführer einer politischen Partei in Deutschland mit zwei Parteikollegen und einem schlecht gefälschten Kontoauszug in einer bis dahin angesehenen Schweizer Bank und will einen Direktor sprechen, den es nicht gibt, um knappe 3 Millionen Franken abzuholen, die nur in seiner Vorstellung existieren! Und möglicherweise ist darüber hinaus noch Klärungsbedarf vorhanden, denn seit 1999 sitzt Helmut Kohl im Beirat der »Credit Suisse«.

Anschließend geht alles ganz schnell: Durch den Lieferanteneingang verläßt die CDU das Haus, ohne zu ahnen, daß ihnen fünf rote Bärte mit Toblerone-Tüten unauffällig folgen. Über Handy werden in einer kurzen Schnitzeljagd Nagel und Sonneborn herangeführt, und kurz nachdem Klaeden, Hausmann und Ahrens sich zur Beratung in einem nahegelegenen Restaurant niedergelassen haben, sind auch Nagel und Rürup mit ihren Fotoapparaten gut positioniert. Als Sonneborn mit den zwei CDU-Ordnern um die Ecke biegt, ist das Foto fürs Erinnerungsalbum nur noch Formsache. Daß Klaeden sich vor Schreck sein Bierglas über Tisch und Hose kippt, ist eine kurze Randnotiz der Weltgeschichte; ohne zu murren bringt der Ober ein neues Tischtuch. Während die TITANIC-Redakteure Platz nehmen, verschwindet Hausmann, um per Handy den Rest der Partei zu informieren.

Epilog

12.45 Uhr: Luzern

Trotz des herrlichen Wetters will keine richtige Feierstimmung aufkommen. Die Parteifreunde sind gezeichnet von den letzten 24 Stunden, und es ist schwer zu sagen, welche Gefühle bei ihnen überwiegen: die Erleichterung, keine 10 Millionen Franken verschwinden lassen zu müssen, oder der Ärger, sich nach allen vorangegangenen Ereignissen plötzlich auch noch mit TITANIC-Redakteuren an einem Tisch wiederzufinden.

Auf jeden Fall ist letzteres eine schöne Gelegenheit, noch einige freundliche Gehässigkeiten auszutauschen. Und weil die feixenden Redakteure wohl nicht lange auszuhalten sind, ziehen die griesgrämigen Politiker auch bald von dannen. Allerdings erst nachdem von Klaeden, der TITANIC nach eigenen Angaben kennt und schätzt, betont hat, wie stolz er darauf ist, daß er »von Anfang an mißtrauisch gewesen« sei. Sonneborn bedankt sich höflich, daß die CDU die beschwerliche Reise trotzdem nicht gescheut hat, dann geht jeder seiner Wege. Vor der Grenze erwerben die Redakteure zum Andenken noch einen Züricher *Tagesanzeiger*; eine Zeitung, die der Schweizer schon mal liebevoll »Tagi« nennt. Mitunter auch auf der Überweisung, mit der er sein Abo bezahlt. □

Martin Sonneborn

Darf das Kanzler werden?

Es geht alles kaputt

»Und der erste Engel ging hin und goß seine Schale aus auf die Erde; und es ward eine böse und arge Drüse an den Menschen, die das Malzeichen des Tieres hatten und die sein Bild anbeteten.« Offenbarung 16, Vers 2

Also stehet geschrieben: Als sich aber die Legislaturperiode ihrem Ende zuneigte, da sandten der Schröder-Teufel, die Ziege und das fahle Pferd Jockel noch einmal sieben Plagen herab, um den Bewohnern der Erde endgültig den Garaus zu machen. Und es war da eine große Zahl Ungerechter, die den drei Unreinen halfen, wo sie nur konnten.

Die erste Plage aber war ein Rudel Pitbulls, die bissen ein Siebentel der Menschheit tot. Die zweite Plage aber kam bald, und es war ein Buch, das da heißt »Generation Golf«, und alle, die es lasen, starben an Blödheit. Die dritte Plage aber war eine böse und arge Drüse, auf daß die Offenbarung erfüllet würde. Und diese Drüse ward an allen Menschen, die das Malzeichen des Tieres hatten, das heißt, einen Dotwin, und sein Bild anbeteten, das heißt, »Big Diet« sahen auf RTL II. Der Name der Drüse aber war BSE. Sodann kam die vierte Plage auf die Erde hernieder. Und die hieß Töpperwien und wandelte unter den Menschen als lebende Fackel. Wer sie aber ansah, bekam großen Durst und soff sich alsbald ins Koma. Nach diesen vier Plagen aber waren schon zwei Drittel der Menschheit ausgelöscht und der halbe Erdball verwüstet. Alsdann folgte die fünfte Plage, die da hieß Guido Knopp und seine hochinformative Sendung »Hitlers Apokalypse«; die aber raffte alle Fernsehzuschauer hinweg, was aber bedeutet, alle, die da wandeln auf Erden. Die sechste Plage hieß Pokémon und die siebente Fußballweltmeisterschaft. Die aber sandten der Schröderteufel und seine Kumpane nur so aus Scheiß, denn alles, was da kreucht und fleucht auf Erden, war längst ausgerottet. Die Erde aber ward pünktlich zum Ende der Legislaturperiode wieder wüst und leer wie zum Anbeginn der Zeiten.

Da aber lachten und grienten, meckerten und wieherten, gluckten und prusteten die drei Unreinen vor Freude und konnten sich gar nicht mehr einkriegen.

Hi, Pokémon-Trainer! Die neuen K

Exklusiv in TITANIC:

POKÉMON

GOLDEN EDITION

Basis-Pokémon
Milosevictu 90 KP

Vogel-Pokémon. Größe: 0,4 m, Gewicht: 3,2 kg.

Einer der drei seltenen Vogel-Pokémon und grimmiger Todfeind des schurkischen Clintor. Im sechsten Stadium spuckt er heiße Kugelblitze. 10

Schwäche Resistenz Rückzugskosten

Golden Edition – Copyright by TITANIC 2000 – Nachmachen verboten

Entsteht aus Kohlok
Das Merkel 30 KP

Klumpen-Pokémon. Größe: 1,2 m, Gewicht: 6,9 kg.

Der betont tranige Fasel-klumpen ist der Chef eines versprengten Restes vom ehe-maligen Cedeu-Team, das der kretinöse Kohlok mit einem Schrockmock auf den Mond-berg geschossen hat. 10

Schwäche Resistenz Rückzugskosten

Golden Edition – Copyright by TITANIC 2000 – Nachmachen verboten

Basis-Pokémon
Schrödo 20 KP

Rattfratz-Pokémon. Größe: 0,02 m, Gewicht: 12g.

Das kleinste alle Rattfratz-Pokémon entwickelt sich unter einem guten Trainer zu den drei Elementar-Pokémon Anödor, Langweilkop und Zumutuk. 20

Schwäche Resistenz Rückzugskosten

Golden Edition – Copyright by TITANIC 2000 – Nachmachen verboten

Milieu-Pokémon
Lafon 40 KP

Gourmet-Pokémon. Größe: 0,03 m, Gewicht: 70 kg.

Das rundliche Lustwesen mit eigenem Leibkoch schafft im dritten Stadium den Sprung von der Roten zur »Golden Edition«. Vorsicht: Trifft es auf Schrödo, entstehen gefährliche Spontan-gewitter! 10

Schwäche Resistenz Rückzugskosten

Golden Edition – Copyright by TITANIC 2000 – Nachmachen verboten

Steinblödes Pokémon
Ninarug 4 KP

Drachen-Pokémon. Größe: 1,8 m, Gewicht: 52 kg.

Das mit Abstand dümmste aller Pokemons kann ein tödliches Hirnvakuum erzeugen. Bei Ge-fahr setzt es sein eigenes Haar in Brand und wird zum gefürch-teten Superfeuerdrachen Ninaglut. 20

Schwäche Resistenz Rückzugskosten

Golden Edition – Copyright by TITANIC 2000 – Nachmachen verboten

Schweinefettes Pokémon
Markwort 60 KP

Quaddel-Pokémon. Größe: 1,3 m, Gewicht: 200 kg.

Der quaddelige Quork mit der dicken Pokéflöte speichert wie sein speichelleckerischer Ge-hilfe Lanni giftige Gase im fetten Körper. Das führt gelegentlich ohne Vorwarnung zur Explosion. 10

Schwäche Resistenz Rückzugskosten

Golden Edition – Copyright by TITANIC 2000 – Nachmachen verboten

ten sind da! Die hat noch keiner!

Zum Ausschneiden und Sammeln!

GOTTA CATCH'EM ALL!

Dreifaches Pokémon
Buster **90 KP**

Kokon-Pokémon. Größe: 0,6 m, Gewicht: 7,0 kg.

Rolliges Dummchen, aber gut bestückt: seine beste Waffe sind drei telepathische Pokébälle, die Markworts vergiftete Flöte in einem Spermagewitter zum Platzen bringen. 20

Schwäche | Resistenz | Rückzugskosten

Super Pokémon
Superboehlich **100 KP**

Vogel-Pokémon. Größe: 0,15 m, Gewicht: 0,2 kg.

Trotz seines putzigen Aussehens ist das zerbrechliche Uraltwesen ein ernstzunehmender Gegner, der seine Umwelt mit glasklaren Politanalysen paralysieren kann. 20

Schwäche | Resistenz | Rückzugskosten

Golden Edition – Copyright by TITANIC 2000 – Nachmachen verboten

Irres Pokémon
Jockelfisch **20 KP**

Schlamm-Pokémon. Größe: 6,4 m, Gewicht: 150 kg.

Die durchgetickte Schlammkrabbe aus der berüchtigten grünen »Psychopathen-Edition« will mit dem Ninarug ein Horror-Pokémonchen zeugen. Nur Supertrainer können ihn davon abhalten! 10

Schwäche | Resistenz | Rückzugskosten

Golden Edition – Copyright by TITANIC 2000 – Nachmachen verboten

Ur-Pokémon
Kohlok **10 KP**

Amöben-Pokémon. Größe: 40 m, Gewicht: 1000 kg.

Das legendäre Einzeller-Pokémon und Mündel von Superboehlich kann nicht laufen, nicht reden, nicht denken, ist aber Meister in der Bedienung des Money-Schrockmock. 30

Schwäche | Resistenz | Rückzugskosten

Golden Edition – Copyright by TITANIC 2000 – Nachmachen verboten

Haudrauf-Pokémon
Ernstaugus **200 KP**

Rattfratz-Pokémon. Größe: 1,2 m, Gewicht: 11,0 kg.

Wer diesen wildesten und unberechenbarsten Prügel-Pokémon aller Zeiten mit einem Journalistenausweis anlockt, ist ohne Busters Hilfe verloren. Höchste Gefahrenstufe! 10

Schwäche | Resistenz | Rückzugskosten

Golden Edition – Copyright by TITANIC 2000 – Nachmachen verboten

Betroffenheits-Pokémon
Aerorau **40 KP**

Vogel-Pokémon. Größe: 3,0 m, Gewicht: 0,7 kg.

Zwitteriges Vogel-Pokémon, das nur mittels einer Stehlampe einzufangen ist. Schon im zweiten Level sondern seine Augen eine salzhaltige Flüssigkeit ab, in der jeder Gegner ertrinkt. 0

Schwäche | Resistenz | Rückzugskosten

Golden Edition – Copyright by TITANIC 2000 – Nachmachen verboten

Stefan Gärtner & Oliver Nagel

Generation Lauch

Eine Introspektion

»Lauch. Der schwimmt sogar in Milch«

Kindheit, Schulzeit, Lauch

Uns geht es gut. Es ist Donnerstag abend, wir sitzen im Kinderzimmer und hören Haydn feat. Steely Dan bzw. Rudolf Schock. Wir tragen Matrosenanzüge mit blaßlila Socken und essen Toastbrot mit Lauch und Ketchup. Wir sind zwölf, und im Fernsehen läuft »Schaufenster am Donnerstag« mit interessanten Tieraufnahmen, aber ohne Fickszenen, was ein bißchen doof ist. Die Raumtemperatur beträgt dreißig Grad im Sitzen, und die Zigaretten sind auch schon wieder alle, was nicht schlimm ist, weil wir noch nicht rauchen dürfen. Wir bemalen uns die Fußnägel mit Edding und freuen uns schon auf die schöne Tracht Prügel, die wir dafür bekommen werden. Niemals wieder hatten wir in späteren Jahren solch ein sicheres Gefühl, zu einem bestimmten Zeitpunkt genau das falsche zu tun.

Nach der Tracht Prügel, es geht auf halb eins zu, werden wir in den kalten Keller gesperrt. Am nächsten Tag haben wir natürlich Schnupfen. Damals, als unsere Generation Kind war, hatten überhaupt immer alle Schnupfen: Florian, Christian, Benjamin, Joachim, Maike, Bernd, Michael, Alexandra, Andreas, Frauke, Verena, Markus, Dirk, Matthias, Philipp, Hermann, Heinrich, Himmler und Nicole. Nicole sowieso, die hatte ja immer alles zuerst: Playmobil-KZ, Eimer und Schaufel, Aids. Aber wir hatten erst mal Schnupfen. Gottseidank gab es damals so viel Schnupfen, denn wer abends keinen Schnupfen hatte, konnte am nächsten Tag auf dem Schulhof nicht mitreden und mußte sich in der kleinen Pause von Paschulke noch schnell anstecken lassen. Paschulke hatte immer einen Aktenkoffer dabei, las schon damals *P.M.*, hatte in KernPhysik eine Eins und Pickel. Solche Leute wurden dann später typischerweise Essayisten, Eskapisten oder Kunstfurzer.

Überhaupt waren die Behältnisse, in denen man seine Schulbücher transportierte, die ersten Symptome unserer sich entwickelnden Individualität. Neben der Paschulke-Fraktion mit den Aktenkoffern gab es eigentlich nur noch die Plastiktütenträger, wobei Plastiktüte natürlich nicht gleich Plastiktüte war. Die Marke war das entscheidende. Da gab es die Prolo-Tüten von ALDI, die im Unterricht ständig knisterten und derentwegen man immer ganz schlimm gehänselt wurde, die ESPRIT-Tüten, in denen grundsätzlich Büffellederimitatfedermäppchen, SuperLupo-Hefte und lecker belegte Lauchbrote steckten, und natürlich die weißen Angebertüten ohne Markenaufdruck, zu denen die Allercoolsten die passenden Hämatome (Marke »Vati«) trugen. Auf jeden Fall mußten die Tüten vollgeschmiert sein mit abgefahrenen Sprüchen wie »Hey«, »Arschkrampe«, »Neger raus« oder auch »Handle so, daß die Maxime deines Willens jederzeit zugleich als Prinzip einer allgemeinen Gesetzgebung gelten könnte, du dumme Sau«.

Mit den Plastiktüten korrespondierten Kleidungsstil und Musikvorlieben. Die Paschulke-Typen trugen gerne Hosen und hörten Oasis, Karl Marx und Elektropolka, die ESPRIT-Tüten bevorzugten Gummistiefel und Analjazz, und die ganz Avancierten trugen Levi's 110 und hörten dazu Bach, aber nur rückwärts und mit Ohrenstöpseln drin. Bis zum Abitur änderte sich daran nur so viel, daß man plötzlich Scheitel trug und die Mädchen Heidegger und Paul Pot süß fanden. Die Kindheit war vorbei.

»Heute ein Lauch«

Leben, Liebe, Lauch

Natürlich wußte auch die Generation Lauch, daß es so etwas gibt wie »Liebe« und daß es dazugehört, »ihn« auch mal »reinzustecken«. Um das rauszufinden, wurden die einen Steifenpolizist, Vaginalsekretär oder Beischlafwagenschaffner, und wir wurden Studenten. Zum Studentenleben gehörte damals unweigerlich die Studentenbude. Auf dem Klo hingen Günter Lauch-Poster, der Rest der Wohnung war im digitalen Geist der Zeit mit technischen Geräten vollgestellt: Rasierpinsel, elektrischer Aschenbecher, beheizbarer Kühlschrank. Mädchenwohnungen hatten außerdem eine Gästeküche, wo es meistens Lauchfleisch mit Treets oder Hammeldöner mit frischen Erdbeeren gab.
Studiert wurde entweder Nekrophilologie oder vormittags. Nebenher betrieb man fleißig Hochschulpolitik und engagierte sich im »Arbeitskreis Wespen & Lesben« oder beim ADAC. Abends lief dann die Glotze. Es war die Zeit der großen Fernsehunterhaltungsshow: Zuerst kam Peter Alexander, dann Frank Zander, dann Zarah Leander, Otto Sander, Brigitte Miranda (oder Mirinda?) und Til Schweiger-Dubrovnik. Die Lieblingssendung unserer Generation war aber Werbefernsehen: die Ariel-Klementine mit ihrem unvergeßlichen »Wäscht nicht nur sauber, sondern schmeckt auch gut«, Frau Dittmeyer mit dem offenen Hosenstall und vor allem die 70 Zwerge von »Lehmann's Lauchschnaps« mit 90 % Restalkohol. Nicht so gut dagegen fanden wir »Mork vom Ork« und »Boomer, der Streuner«, weil uns Politik nicht interessierte.
Was hätten wir auch tun können?

Statt dessen legten wir immer mehr Wert aufs Äußere. Seit damals tragen wir handgenähte Manschettenknöpfe und sind höflich zu allen, die stärker sind als wir. Beim Essen rülpsen wir nur nach Absprache, und wenn kein 57er Chateau Lafitte auf der Weinkarte steht, trinken wir eben Lauchsaft oder Schwipp-Schwapp. Wir sind brav. Unsere Vorbilder sind nicht Che Guevara, Rudi Dutschke oder Paul Breitner, sondern Horst Hrubesch, Kim Jong Il und Erasmus von Amsterdam (»Weiße Tulpen aus Athen«). Wir fahren Roller mit Helm und halten streng Diät. Die Eroberung des Weltraums ist uns scheißegal, wir gehen lieber mit Verena auf den Rummel und knutschen im Autoscooter auf der Rückbank. Wir wollen Kinder, aber keinen Sex – und umgekehrt. Wir hassen Angeber, Krieg und die postmoderne Diskursethik. Glück ist für uns ein einsamer Diaabend und anschließend ohne Abendbrot ins Bett (alleine).

»Ich lauche gern«

Zukunft, Träume, Lauch

Wie es mit uns weiter geht, ist eine Frage, die uns nicht allzusehr umtreibt. Die Generation Lauch lebt im Hier und Da, wie es gerade kommt. Man hat's nicht leicht, aber frau, und wer einmal lügt, der hat was zu erzählen. Im Prinzip glauben wir an gar nichts mehr, und schon gar nicht ans Prinzip (Hoffnung). Wenn wir die Wahl hätten, würden wir den ganzen Tag unsere Füße in Geschirrspülmittel baden und auf lila Kühen reiten, z.B. ins Kino, wo ein Film mit Dolph Lundgren läuft (»Generation Dolph«).

Wenn uns überhaupt etwas aus dem Bett treibt, dann ist es der Gedanke an Lauch. Lauch ist das Gemüse unserer Generation: Lauch paßt zu allem, hat Biß und ist die perfekte Grundlage für vitaminarme Ernährung (mit Ketchup). Lauch hat seinen eigenen »Kopf« und »macht« sein »Ding«, und dabei bläht er nur ganz wenig. Such is Lauch.

Generationsforscher attestieren uns gerne Schweißfüße und erektile Dysfunktion. Aber das ist nur die halbe Miete. Die andere Hälfte zahlen unsere Eltern oder das Sozialamt, und das ist ja wohl nur fair, wenn man bedenkt, daß wir unser Geld für Autoscooter, Horst Hrubesch-Schallplatten und Peter Alexander-Streetwear ausgeben müssen.

Die Suche nach dem Ziel hat sich erledigt. Veränderungen wird die Zukunft kaum bringen, höchstens daß Analjazz doch noch vom Rektalpop abgelöst. Und deswegen kann man sich um so intensiver um die eigene, ganz persönliche Vergangenheit kümmern. Wir fahren gerne übers Wochenende zu unseren Eltern in die Provinz und hätten dort immer noch unseren ersten Wohnsitz, wenn wir nicht längst Stadtverbot hätten. Wir treffen Paschulke und lassen uns immer noch von ihm anstecken, wenn auch nicht mehr mit Schnupfen, sondern nur noch mit seiner Leidenschaft für kalte Knoblauchspaghetti und Buchpreisbindung. Wir blättern melancholisch in unseren alten Kontoauszügen und freuen uns auf Oma Käthes Laucheintopf, der so lecker ist, daß man ihn nüchtern gar nicht erträgt.

Wie das Leben der Generation Lauch im Grunde eben auch.

Stefan Gärtner schrieb in TITANIC 8/84 über die »(De-)Generation Grünkohl« und Bausparen im Orwell-Jahr Oliver Nagel schrieb in TITANIC 2/77 über NATO-Doppelbeschluß, Atombusen-sperrvertrag und Rainer Barzels zweite Frau Rapunzel (47)

Mein Kampf hund

Sind alle Kampfhunde bösartig? Muß wirklich jeder einzelne langsam zu Tode gefoltert werden? Was ist denn mit den sensiblen unter ihnen? Mit solchen wie Bomber, dem klugen Kampfhund?

Frühstück bei den Asozialhelfern Kante und Zottel: Zottel schläft, einer (Kante) wacht bzw. kuckt fern.
keul!
Aufwachen, Zottel!
Wichtige Infos!
Schon wieder ist es zu tödlichen Angriffen von Kampfhunden gekommen. Die Bundesregierung prüft Pläne, wonach Kampfhunde auf Kosten der Besitzer eingeschläfert werden sollen.
Deshalb mußt du mir ja nicht gleich auf die Zwölf hauen! Auf die Zwölf ist doch nur für den »Kulturweltspiegel«!
Ist ja auch erst acht, Arschloch! Aber haste nicht zugehört? Unser Kampfhund soll weg!
Treten ist doch nur für »Sport-
tret!
Hier steht's auch noch mal: Wir müssen's sogar bezahlen!
Weg mit diesen Bestien!
Aber Bomber mag doch kleine Kinder so gern!
Fast so gern wie Pansen!
Kante macht sich langsam Gedanken – oder sagen wir: Sorgen. Sein Bomber wird doch nicht schon beim Abendessen sein...?

Währenddessen in der Universitätsbibliothek:
Wer hätte gedacht, daß es von der »Ästhetik des Widerstands« apokryphe Kapitel in finnischer Übersetzung gibt, wo der Mörder nicht der Gärtner ist, sondern andersrum?
Entschuldigung, Herr Bomber, wir schließen jetzt!
Vita brevis, ars longa... Sie wissen ja, wie es ist, wenn einen der Wissensdurst packt!
Höchstens Bierdurst.
Gleichzeitig vor der Universität...
Ist die Ampel schon grün? Ich will doch nur kurz in die Videothek!
Gut, daß unser kluger Bomber auf dem Nachhauseweg ist!
Schön, daß Sie mich über die Straße bringen, Herr Bomber! Mein Blindenhund ist nämlich von einem dieser widerlichen Kampfhunde totgebissen worden.
O tempora, o mores...
Während Bomber erst mal mit in die Videothek geht, um sich Fellinis »Kommissar Rex, Ginger und Fred« auszuleihen, schmieden Zottel und Kante finstere Hundemordpläne.
Mach erst mal das Licht an!
Die Pläne sind doch finster, du Saubande!
Bomber tollt derweilen mit Fellini durch den Park.
Kuck ich erst Fellini und dann das »Nachtstudio« mit Volker Panzer...
...oder umgekehrt?
Mensch, Bomber, ahnst du nicht, daß deine finsteren Herrchen schon die Todesspritze aufziehen?
Bomber! Paß auf, Bomber!!
Seit wann können Schmetterlinge reden?
Das war doch der Textkasten, Idiot!
Zu spät...
Hallo Kante! Kuckst du das »Nachtstudio« mit mir?
Wieso mit dir? Ich denke, das ist mit Volker Panzer?
Volker Panzer kommt mir nicht ins Haus!
festhalt!
stutz!
spritz!
drück!

Bomber stirbt...
Auch du, mein Sohn Zottel? (Shakespeare, Julius Cäsar)
...und stirbt...
Ich sterbe! das ist bald gesagt / Und bälder noch getan. (Goethe, Faust)
...und stirbt!
Komme! komme, kühles Grab! (Hölderlin, An Stella)
Heul! Wer war (schluchz!) eigentlich dieser (schnief!) Hölderlin?
Ist der (rotz!) nicht heute abend (schnüff!) im »Nachtstudio« (kotz!) mit Volker Panzer (brech!)?
keul!
Wofür war das denn jetzt?!
Da war ´ne Träne, du Träne! Und jetzt komm mit, Fellini kucken.
Armer Bomber! Damit so etwas nie, nie wieder geschieht, liebe Leser: Bitte nicht zuhause nachmachen!

Großer Durst

Eine kleine Meldung in der Zeitung: Ein Fußballreporter macht Überstunden und sich Gedanken. Über was? Warum schweigt die Feuerwehr?

Der Asbach war schon alle und draußen es schon hell. Auf Krücken kam mählich der Morgen heran und erwischte Rolf Töpperwien eiskalt. Er schluckte. Bewegte die leere und dennoch schwere Drei-Liter-Jumboflasche wie prüfend hin und her. Schluckte noch einmal. Aha. So schmeckt das also, wenn man nichts dabei trinkt. Gewöhnungsbedürftig.

Sanft schob er den apricotfarbenen Vorhang seines Louis XV-Schlafzimmers zur Seite und zauberte – oje, das letzte! – ein Dosenbier hervor, zog den Sicherungsring ab und beförderte den Inhalt ohne zu zögern in die kreisrunde Öffnung unterhalb seiner Nase. Da gehörte es hin, das wußte er, konnte er beschwören, da biß die Maus keinen Faden ab. Ein guter Trunk macht allzeit jung.

Dann krachte es. Plötzlich, ohne Vorwarnung, wie eine Explosion. Mit einem ohrenbetäubenden Prusten spotzte und spie der Sportreporter die zu hastig eingesogene Flüssigkeit wieder aus. Pfui Teufel! Vor Wut am ganzen Leibe zitternd, führte er die Dose näher ans trübe Auge, las das Unfaßbare: „Apfelschorle. Alkoholfreies Erfrischungsgetränk." Wie war das hierhin geraten? Ins geheime Bierdosenversteck! Ein Unfall? Sabotage? An solche Zufälle glaubte er nicht. Nicht als gewiefter Spitzenreporter.

Schon kurze Zeit später fiel Töpperwien ein, daß er verheiratet war. Mit einer Frau. Mit seiner Frau, wenn er's recht bedachte. Seine Frau! Genau! Die Sau! Die mußte dahinterstecken. Aber wehe! Die soll nur sehen, was sie davon hat.

Mit einer Eleganz, die er sich selbst gar nicht mehr zugetraut hatte, ließ er sich auf das tiefergelegte Doppelbett krachen, betrachtete sich keuchend im Deckenspiegel, wälzte sich herum und rollte zur Ostkante, glitt ab, robbte zum Schminktisch. Fast ein Lächeln umflorte seine Mundwinkel, als er zwischen den unzähligen Parfümprobefläschchen seiner Frau endlich den Nagellackentferner fand und damit die noch in der Dose verbliebene Apfelschorle aufmöbelte. Ein tiefer, langer Schluck,

Verbrennungen

Sportreporter Töpperwien verletzt sich schwer

Der ZDF-Fußballreporter Rolf Töpperwien hat sich schwere Verbrennungen zugezogen und ist in das Koblenzer Bundeswehrkrankenhaus eingeliefert worden. Nach Auskunft der Ärzte vom Montagabend schwebt er nicht mehr in Lebensgefahr. Der Unfall hatte sich am Sonntagmittag in Töpperwiens Wiesbadener Wohnung ereignet. Der 50-Jährige soll sich 40 Prozent seiner Haut verbrannt haben.

Seine erwachsene Tochter habe einen Schrei aus dem Schlafzimmer gehört und dann ihren Vater brennen sehen. Der Brand sei schnell gelöscht worden, bestätigte die Wiesbadener Feuerwehr. Töpperwien habe am Vorabend das Spiel Bielefeld gegen Bayern kommentiert und anschließend auf der VIP-Party des Frankfurter Konzertveranstalters Ossy Hoppe (50) teilgenommen. Gegen 5.30 Uhr habe er die Party verlassen, erst gegen 12 Uhr mittags brach der Brand aus. Die Polizei fand in Töpperwiens Schlafzimmer eine offene Flasche mit hochprozentigem „Stroh-Rum" und zahlreiche abgebrannte Streichhölzer. Der genaue Hergang lasse sich erst nach einem Gespräch mit Töpperwien klären, sagte ein Polizeisprecher. Dies sei aber im Moment nicht möglich. dpa

ein sanftes, langes Brennen, dann war die neue Cocktailmischung in den Tiefen des ZDF-Mannes verschwunden.

Bueno! Viel besser als der Whisky-Sour-Eimer, den er vorhin auf Ossys Party gewonnen und auf Ex erledigt hatte. Dieser Sauerwhisky war ihm noch nie sonderlich gut bekommen. Er wirkte eigentlich nur, wenn man sofort eine Flasche Burgunder nachlegte, besser aber Kümmerling oder Küstennebel, der fegt das Sodbrennen wie eine Feuersbrunst aus dem Magensack.

Dachte und blinzelte nun Töpperwien. Und lauschte. Die Vögel fingen schon an zu singen – oder hatten sie schon wieder aufgehört? Wie war das noch?

In seinem taghell und scharf ausgeleuchteten Schlafzimmer war Rolf Töpperwien nurmehr verschwommen vorhanden, seine Konturen gingen allmählich in das Muster des Persers über, auf dem er gerade zu Fall gekommen war. Zum Glück war der Perser schon lange tot, über Jahre hinweg ersäuft in riesigen Lachen von gelbem Bier und weißem Wein und braunem Rum. Gelangweilt rülpste der Reporter, nahm eine deutlich typhose Färbung an und stupste die stechend riechende Dose unters Bett, wo sie mit einem kaum hörbaren Klacken zwischen den anderen Weißblechleichen verschwand.

Nunc est bibendum! Dachte er und ärgerte sich. Er war ja derart planiert, daß er schon wieder fließend Latein lallen konnte. Das muß sich schleunigst ändern, ein Rausch muß her! Ein kapitaler, kolossaler und freilich auch komatöser Rausch, der ihn wenigstens kurzzeitig erlösen mochte von diesen elenden Pausen zwischen den Alkoholvergiftungen. Die brachten doch rein gar nichts.

Fast betete er, daß Morpheus ihn wenigstens auf Zeit freundlich aufnehme, ihn vorher aber vielleicht mit Steinhäger oder „Kleinem Feigling" anständig bewirte. Oder mit Caipiranha oder -pirinha oder gleich zwei von denen, wie immer sie auch heißen mochten. Natürlich wäre jederzeit auch Long Island Ice Tea willkommen oder ein Mojito mit einem Schiß Gun bzw. Schuß Gin wegen der Aufrundung der Volumenprozente. Im rumorenden Kopf klackerten die Eiswürfel aller in Zukunft noch zu bezwingenden Getränke.

Kaum schwankend zog er sich am Heizkörper hoch, tastete sich eine Wand weiter in Richtung Schlafzimmerschrank. Das Sockenfach! Aaaaah, wußte er's doch. Da war die volle Literflasche Wermut, die ihm Hitzfeld mal zugesteckt hatte, und da war das Davidoff-Rasierwasser, das er neulich in der Umkleidekabine bei Olli Kahn gezogen hatte. Hah! Das sollen mir die Grünschnäbel erst mal nachmachen! Diese Weicheier, diese angeblich neue Sportreportergeneration, die mich ab-

VON OLIVER MARIA SCHMITT

lösen und mir ans runde Leder will! Diese gelverschmierten Lackaffen!

Er dachte nach, ob er sich einen Negroni genehmigen solle.

Einen herrlich roten Negroni aus Wermut, Campari und Gin, mit Eiswürfeln und Orangenschnitz. Lechz! Obwohl, Eis und Orange, das war ja nur Kosmetik, warf einen ja nur zurück, war außerdem unerreichbar fern in der Küche. Wermut aber war da, wenigstens noch eine halbe Flasche, da er sich eben beim ersten Schluck noch klug zurückgehalten hatte. Campari könnte eventuell noch in der Truhe mit der Dreckwäsche sein, und Gin war sowieso genug da. Seit sie auf Gasheizung umgestellt hatten, war der Öltank im Keller ja freigeworden, und an 4000 Litern hatte selbst ein Herr seines Formats ein Weilchen zu knabbern. Zu schlürfen. Runter, in den Keller schlurfen und dann schlürfen, hihi. Das war lustig.

Gerade kamen ihm *nur* solche Ideen. Er würde das Wortspiel demnächst in eine seiner Übertragungen einfließen lassen. Vielleicht bei Dänemark gegen Holland, die Arschlöcher.

Johannes B. Kerner, die Arschmade! schloß nun Töpperwien überraschend die gedankliche Nullerkette. Diesen blondierten Dumpfmeister würde er sich auch noch vornehmen. Eine fette Packung würde er ihm besorgen, immer rein in die Fresse, voll auf die Zwölf, mit Nachschlag und Sahne! Ihm sollten sie erst mal kommen, ihm, Töpperwein, Rolf, ZDF-Sportreporter vom feinsten.

Moment: Töpper*wein*? War das der richtige Name? Er klang zwar irgendwie einleuchtend, fast zwingend, aber hieß er denn wirklich so? Hieß er genaugenommen nicht – Rolf? Eben: Rolf. Wenn das kein Grund zum Feiern war!

Begeistert trank er mit sich selbst Brüderschaft und den Wermut nieder. Schmeckte auch ohne Campari und alles, fast besser als das Davidoff-Gebräu, das quasi von selbst hinterhergegurgelt kam. Was der Kahn nur daran findet? Dann schon lieber den doppelten Augenthaler – acht Weizen und nichts zu essen –, das hatte was, und übersichtlich war es auch.

Auge wollte er eh noch mal angerufen haben. Mal wieder in München die „Leierkasten"-Rutsche machen. Die würden sich hüten, wieder so unverschämt abzukassieren wie weiland '95. Obwohl er sofort danach eingeschlafen war, hatten sie ihm damals für eine lächerliche Nacht mit dieser Melanie fette 3990,- Otzen in Rechnung gestellt. Weil Auge im Nebenzimmer Bier nachgeordert hatte oder was. Nachdem er aber, hihi, mit dem offiziellen Briefkopf der ZDF-Chefredaktion interveniert hatte, gingen sie fast um die Hälfte runter. Jawohl, Beckmann, das mußt du erst mal bringen, du Arschkopf!

Töpperwien öffnete das Fenster und mümmelte nach draußen. Interessant. So riecht also frische Luft. Gar nicht schlecht, dieses Zeug. Fern blinkte der Taunus, da zwitscherte was. Es rauschten die Wälder. Oder war er es selbst?

Für einen Moment hatte Töpperwien die Vermutung, ja die fast schon schiere Gewißheit, daß er rückwärts sehen könne. Aus der Deckung hinter dem Bügelbrett fixierte er einen Gegenstand, löste von diesem per Lichtquantenabsaugung die Bildsignale ab und verteilte sie auf seiner Netzhaut. Das war ja wie Fernsehen! Das lief von selbst! Er mußte gar nicht erst hinschauen, die Dinge starrten ihn ganz von selbst an!

Warum nur, dachte er, bin ich Idiot, Dämon und Sportreporter in einem? Und warum wird kein Naps gebracht? Ein Trunk fordert den andern, aber wie könnte der beschaffen sein? Aus Erdbeeren, weißem Rum und Triple Sec? Moment, das war ja Strawberry Daiquiri, den mochte er ja gar nicht! Lieber einen Tennessee Cloisterwoman Sunset aus 10 cl Jack Daniels, 10 cl Southern Comfort, 0 cl Orangensaft und 10 cl Klosterfrau. Auch wäre ein Whisky-Hütchen nicht zu verachten. Aber nur deswegen einen ganzen Kasten Cola aus dem Keller hochschleppen? Arschlecken und rasieren!

Trink einen Rum!

Töppi, trink einen Rum! raunte es aus der Steckdose, deutlich hörbar, wenn man nur hinhörte. Durst ist der beste Kellner, und bis zur nächsten Übertragung, konzedierte der ZDF-Mann, war ja noch ewig Zeit. Falls nicht, könnte er der Fernseh- auch eine Blutübertragung vorziehen, da ist man ruckizucki wie neugeboren. Fit wie ein Turnschuh, fit wie ein ganzes Heer von diesen Scheiß-Holländern.

Mit einem Metallteil, welches er flink vom Garderobenständer gebrochen hatte, hebelte er die Verkleidung am Fuß des Schlafzimmerschranks ab. Aber nur kurz und nur aus Versehen, denn was er suchte, befand sich gar nicht mehr unterm Schrank, da war mittlerweile auch nur noch Leergut, nein, die Rumflasche hatte er ja schon wohlweislich im Nachttischschränkchen verstaut. Direkt neben den Streichhölzern.

Wer Rum nicht mag, den dürstet nicht. Über den rechten Flügel katapultierte er sich auf den Alkoven, landete hart, stieß ächzend die Reporterhand westwärts zum Schränkchen, öffnete es, rüttelte und schüttelte schließlich eine prächtige Buddel voll Rum durch die Luft! Triumph! Ein voller und ganzer Liter mit „Stroh-Rum", mit vollen 80 Umdrehungen.

Stroh – genau! So was muß man im Kopf haben, da gehört es hin, hergestellt im Rum-Land Österreich. Chapeau, Herr Stroh! Der muß kesseln! Und wenn man ihn zuvor flambierte, auf 50 Prozent reduzierte und gleichzeitig erhitzte, dann kesselte der noch viel mehr. Sackerzement, die Lackaffen, der Kerner! Die sollten ihn jetzt mal sehen! Auge auch! Die Scheiß-Holländer!

Aaahaha, die Holländer, lächerlich!

Recht gierig war die Pulle entschraubt und der Verschluß auf den Perser gespuckt, wo er sich umgehend in ein Nichts aus Schemen und Pixeln auflöste. Vom Bett tönte Gelächter, der Sportreporter klemmte den Rekord-Rum unter den Arm und griff sich die Zündis. Wie er hatten sie rote Köpfchen. Diese idiotischen Holländer, dachte er, können nicht kicken, aber in Enschede auf die Feuerwehr warten, haha, dachte er und zwickte ein Hölzchen aus der Pappe, jetzt geht die Rumba richtig los, dachte er, Enschede, Brennschede, dachte er.

Aber nicht mehr lange. □

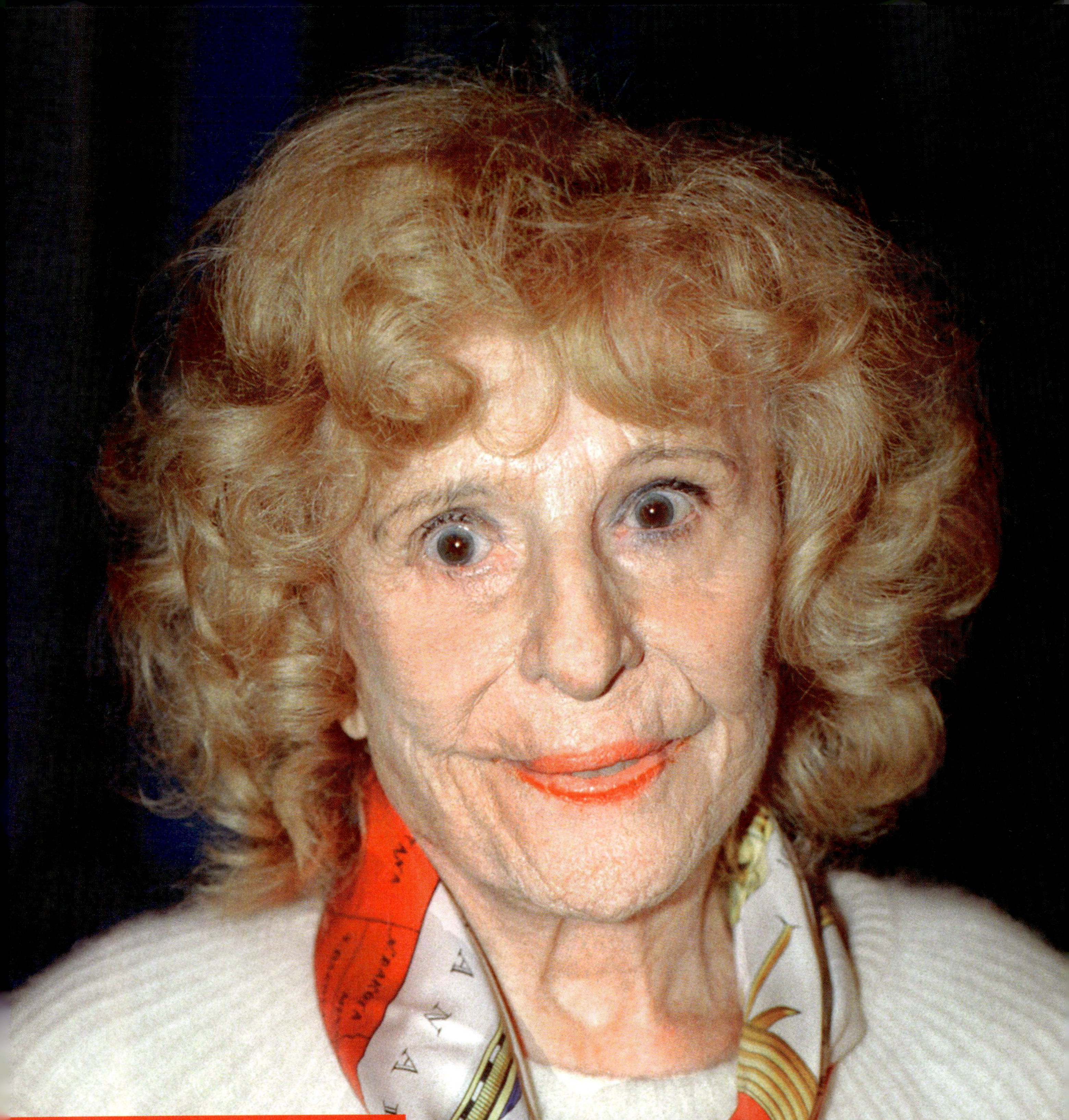

BSE in Gummibärchen

Muß THOMAS GOTTSCHALK sterben?

Rattelschneck

Gefälschte Bestechungsbriefe bei der WM-Entscheidung

Böses Spiel gegen Franz

Samstag, 158/27
. Juli 2000, 80 Pf

Bild

UNABHÄNGIG · ÜBERPARTEILICH

FRANKFURT

Leser-Telefon 069/29 20 41

„Titanic"-Chefredakteur Martin Sonneborn.

Foto: ACTION PRESS

Deutschland freute sich über die Fußball-WM 2006 – dann der Schock.

Plötzlich stand Franz Beckenbauer, der so aufopferungsvoll um die WM gekämpft hat, im Brennpunkt. Bestechungsbriefe waren aufgetaucht. Ein ganz böses Spiel gegen Kaiser Franz! Die üble Briefattacke – alles Fälschungen. Ein geschmackloser Schwindel des Satire-Magazins „Titanic" unter Chefredakteur Martin Sonneborn.

Das hätte uns die WM kosten können. Jetzt droht der Zeitschrift selbst ein Nachspiel: Der DFB will klagen – SPORT.

To: Mr. Jack A. Warner
- confidential -

URGENT PLEASE CONVEY IMMEDIATELY

Frankfurt, 5.7.2000
23:00

Dear Mr. Warner,

in this difficult situation, Mr. Beckenbauer and I would like to emphasize the urgency of our appeal to hold the World Cup 2006 in Germany.

Let me come straight to the point:
In appreciation of your supp…
in favour of Germany. …all gift for your vote
Please do not hesita…
requests!

We must in t… …ific
I look for…
sincerely

GERMANS IN WORLD CUP BUNG SCANDAL

'Gifts for vot

THE German team bidding for the 2006 World Cup offered bribes to stage the soccer showpiece, it was claimed last night.

Hours after Germany secured the right to stage the event, Channel 4

■ by JERRY LAWTON

Charles Dempsey w
revealed that he'd rec
the secretary of the G
trying to buy up his v
The letter was push

Thursday
July 13 2000
Britain's newspaper for Europe

The Guard

A thing of beauty
John Berger in G2

Ryder rumpus
Page 16

Wie TITANIC einmal nach Deutschland h

15. Dezember 1998

Franz Beckenbauer übernimmt die deutsche Bewerbung um die WM 2006. In den nächsten anderthalb Jahre folgen Weltreisen mit dem Golfschläger, kleineren Gastgeschenken und Hausbesuchen bei Mitgliedern des FIFA-Exekutiv-Komitees, die mit 20 Millionen Mark zu Buche schlagen.

5. Juli 2000

14.00 Uhr (MEZ) Europa: Zürich

Franz Beckenbauer präsentiert die deutsche Bewerbung vor den 24 Mitgliedern des FIFA-Komitees. Über lange Minuten schwadroniert der Kaiser schwitzend darüber, daß es in Deutschland ein gutes Straßennetz sowie wunderbare Hotelzimmer gebe, und daß eigentlich alle 80 Millionen Deutschen heute hätten mitkommen wollen, daß dafür aber nicht genügend Platz auf der Bühne sei. Leider reicht der Platz aber aus für Boris Becker, Thomas Bach, Claudia Schiffer, Günter Netzer und Gerhard Schröder, die schweigend und mit verbissenem Dauerlächeln eine halbe Stunde lang neben Beckenbauer herumstehen und ihre Daumen drücken.

14.30 Uhr (MEZ)
Europa: Frankfurt

In der TITANIC-Redaktion, die gar nicht wußte, daß auch sie mit nach Zürich kommen wollte, wird der Auftritt als belustigend und hochpeinlich empfunden.

16.00 Uhr (MEZ) Europa: Zürich

Die Stimmung innerhalb der deutschen Delegation ist gedämpft. Trotz millionenschwerer Wirtschaftsverträge, die DaimlerChrysler und Siemens in den letzten Tagen mit stimmberechtigten asiatischen Staaten geschlossen haben, rechnet man nach dem Rückzieher Brasiliens und der entsprechenden Blockbildung im Komitee mit dem Zuschlag für die Südafrikaner.

22.40 Uhr (MEZ)
Europa: Frankfurt-Bockenheim

Nach dem Abendbrot, reiflicher Überlegung und ein paar Bieren beschließt TITANIC-Chefredakteur Martin Sonneborn spontan, das Ruder herumzureißen, fährt noch einmal in die Redaktion und entwirft an seinem Computer das erste Bestechungsschreiben.

23.15 Uhr (MEZ)
Europa: Frankfurt/Zürich

Nach einem Anruf im Grand Hotel Dolder in Zürich, bei dem die Dame an der Rezeption verspricht, die angekündigten »hochwichtigen Nachrichten« direkt an die Adressaten weiterzuleiten, gehen sieben gleichlautende Faxe an die FIFA-Herren Chung (Südkorea) Warner (Trinidad), Teixeira (Brasilien), Al-Dabal (Tunesien), Bhamje (Botswana), Dempsey (Neuseeland) und Blazer (USA). Ausgewählt sind die sieben nach sportpolitischen Aspekten (die ersten sechs) bzw. nach ihrer Physiognomie (Chuck Blazer). Die Fax-Seiten, in denen ein Herr »Martin Hansen, Secretary TDES«, noch einmal sein und Franz Beckenbau-

ie Fußball-WM 2006 lte

Protokoll einer erfolgreichen Bestechung

ers Interesse an der Ausrichtung der WM 2006 bekräftigt, tragen weder Briefkopf noch sind sie unterzeichnet. Dafür wird dem Adressaten für seine Stimme ein kleines Geschenk (»a small gift«) in Aussicht gestellt und um direkten Rückruf unter einer Frankfurter Telefonnummer gebeten. Wie sich später herausstellt, steckt eine diensteifrige Schweizer Hotelangestellte die Faxe in einen Umschlag und schiebt sie – in Anbetracht der späten Stunde – unter den Türen der FIFA-Mitglieder durch. Daß TDES für »TITANIC, das endgültige Satiremagazin« steht, weiß sie nicht.

Blazer

23.55 Uhr (MEZ) Europa: Frankfurt/Zürich
Niemand hat zurückgerufen. Aber es geht auch anders: Um 23.58 Uhr geht ein zweites Fax an Chuck Blazer auf die Reise. Hierin wird das annoncierte »small gift« erstmals konkretisiert: »A fine basket with specialities from the black forest, including some really good sausages, ham and – hold on to your seat – a wonderful KuKu-Clock! And a beer mug, too! Do we leave you any choice???« Offensichtlich nicht, der nächste Tag wird es zeigen!

6. Juli 2000

09.00 Uhr (MEZ) Europa: Zürich
Das FIFA-Exekutivkomitee tritt zusammen und wählt in einer anderthalbstündigen geheimen demokratischen Wahl den Gastgeber der Fußball-WM 2006.

11.00 Uhr (MEZ) Europa: Frankfurt
In der TITANIC-Redaktion beginnt der Tag mit Zeitungs-

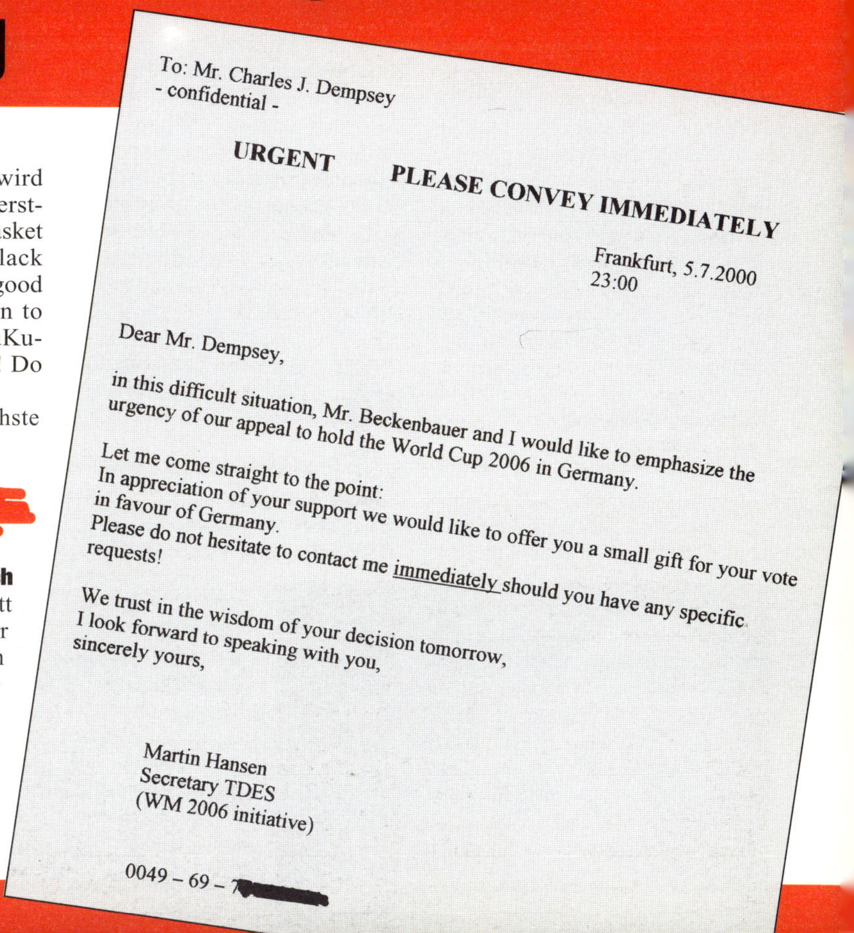
To: Mr. Charles J. Dempsey
- confidential -

URGENT PLEASE CONVEY IMMEDIATELY

Frankfurt, 5.7.2000
23:00

Dear Mr. Dempsey,

in this difficult situation, Mr. Beckenbauer and I would like to emphasize the urgency of our appeal to hold the World Cup 2006 in Germany.

Let me come straight to the point:
In appreciation of your support we would like to offer you a small gift for your vote in favour of Germany.
Please do not hesitate to contact me <u>immediately</u> should you have any specific requests!

We trust in the wisdom of your decision tomorrow,
I look forward to speaking with you,
sincerely yours,

Martin Hansen
Secretary TDES
(WM 2006 initiative)

0049 – 69 – 7[redacted]

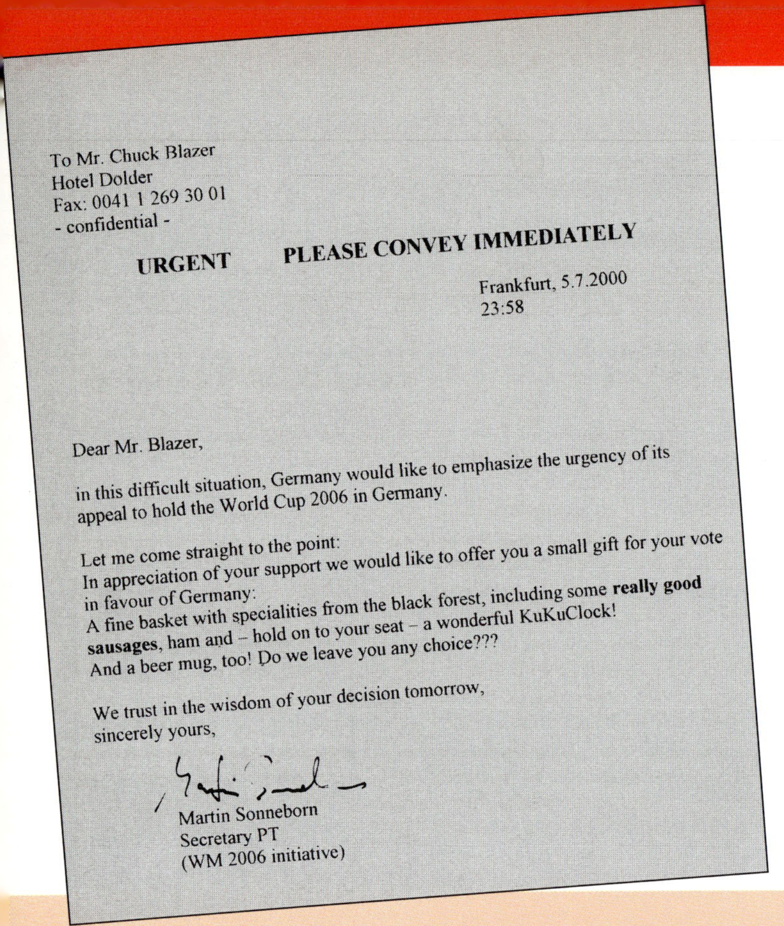
To Mr. Chuck Blazer
Hotel Dolder
Fax: 0041 1 269 30 01
- confidential -

URGENT **PLEASE CONVEY IMMEDIATELY**

Frankfurt, 5.7.2000
23:58

Dear Mr. Blazer,

in this difficult situation, Germany would like to emphasize the urgency of its appeal to hold the World Cup 2006 in Germany.

Let me come straight to the point:
In appreciation of your support we would like to offer you a small gift for your vote in favour of Germany:
A fine basket with specialities from the black forest, including some **really good sausages**, ham and – hold on to your seat – a wonderful KuKuClock!
And a beer mug, too! Do we leave you any choice???

We trust in the wisdom of your decision tomorrow,
sincerely yours,

Martin Sonneborn
Secretary PT
(WM 2006 initiative)

lektüre. Ab 14.00 Uhr läuft der Fernseher, aber mit einer Überraschung rechnet niemand.

14.00 Uhr (MEZ) Europa: Zürich
In der Neuen Zürcher Messe tritt FIFA-Präsident Sepp Blatter vor die Kameras, öffnet in dramatischer Art und Weise einen verschlossenen Umschlag und gibt bekannt, daß Deutschland mit 12 zu 11 Stimmen den Zuschlag für die WM bekommen habe. Enttäuschung in der Redaktion, hatte man doch Südafrika das Spektakel von Herzen gegönnt. Wenig später macht Sepp Blatter gegen alle Regeln öffentlich, daß Südafrika die Wahl in der Tat gewonnen hätte, wenn nicht Jack Dempsey sich der Stimme enthalten hätte. Der 78jährige Dempsey hatte von seinem Verband den Auftrag, für Südafrika zu stimmen.

19.10 Uhr (MEZ) Europa: Zürich/Frankfurt/London
Das rote Aktions-Telefon, dessen Nummer in den Faxen angegeben war, klingelt. Martin Sonneborn nimmt ab. Er glaubt sich einem der angeschriebenen FIFA-Leute gegenüber, die Gegenseite vermutet, den Urheber eines Bestechungsversuchs an der Strippe zu haben. In Wirklichkeit sind die zwei Anrufer Reporter des britischen Fernsehsenders *Channel4*, Brandon Pittaway und ein Kollege, und haben eins der Faxe in ihrem Besitz. Der Zeichner Rattelschneck wird hinzugerufen, der seinen Hauptwohnsitz in New York hat; er dolmetscht im folgenden zwischen den Parteien. Das Gespräch wird mitgeschnitten – und zwar, wie sich später herausstellt, von beiden Seiten –, beim Auswerten des Bandes werden im nachhinein auch die leisen Kommentare hörbar, die die Engländer geben, während Rattelschneck gerade ins Deutsche übersetzt.

Channel4 Guten Tag, Herr Hansen, ich habe eine card, äh letter mit Ihrem Namen from the FIFA executive comitee: »Dear Mr. Warner, in this difficult situation Mr. Beckenbauer and I would like to emphasize…«
TITANIC Ja, this is right, that's my fax from yesterday evening.
Channel4 Okay, why… Ah Mr. Hansen, this letter it says »let me come straight to the point… sincerely yours Martin Hansen…« *(aufgeregt)* This letter, did you write the letter?
TITANIC Yes, sure, I did.
Channel4 *(noch erregter)* You did write the letter?
TITANIC *(ruhig)* Yes.
Channel4 *(investigativ)* And what is TDES?
TITANIC It's a comitee for the World Cup 2006 in Germany.
Channel4 *(völlig aufgelöst)* It's a comitee, it's a comitee, yes?
TITANIC Yes.
Channel4 *(dreht fast durch)* And you are secretary of the bid comitee?
TITANIC Yes.
Channel4 *(faßt sich mühsam)* And why did you write the letter?
TITANIC One moment, I call my äh translator. *(Rattelschneck kommt dazu und dolmetscht)*
Channel4 *(leise zu seinem Kollegen)* Ah! He is in trouble! He is the secretary of the bid!
TITANIC Yes? Hallo?
Channel4 Why did you write the letter? Can you ask him, why did he write the letter.
TITANIC Ja, weil es für unser Land sehr wichtig ist, daß wir die WM 2006 hier nach Deutschland holen.
Channel4 It's important to have the World Cup 2006 in Germany?
TITANIC Exactly.
Channel4 *(ungläubig)* But obviously it could be interpreted as a form of corruption, as a form of bribery or inducement.
TITANIC Das kommt darauf an, was er verlangt für seine Stimme.
Channel4 It depends on what your demand would be for your vote? Are we talking about money? Was he offering money or was he offering other things?
TITANIC Das können Sie sich aussuchen, ob das jetzt ein Mercedes ist oder Geld.
Channel4 *(ungläubig)* It could be money or it could be other things?
TITANIC Yes.
Channel4 *(glaubt sich einem Watergate auf der Spur)* Did he receive any telephone calls from members of the FIFA executive comitee who received the letter?
TITANIC Ich bin nicht befugt, darüber Auskunft zu erteilen.
Channel4 He is not authorized to talk about that? Okay, so he admits sending up the letter, but he cannot tell me whether he had any response?
TITANIC Exactly.
Channel4 *(wittert einen möglichen Pulitzerpreis)* How many letters did he send to members of the FIFA executive comitee?
TITANIC Ich möchte mit Ihnen gerne über Ihr eigenes Fax sprechen und über Ihre Wünsche, aber nicht über die Faxe Ihrer Kollegen.
Channel4 But can he answer the question, this is a straight question, a simple question. How many faxes were sent to members of the FIFA executive comitee? I have been told about seven. *(leise zur Seite)* This is fucking unbelievable!
TITANIC Genug, um die Entscheidung herbeizuführen…
Channel4 *(energisch)* One final question. I want to know exactly, for whom Mr. Hansen works, does he work for the World Cup bid and if so, how long has he worked for the World Cup bid, the TDES Deutschland?
TITANIC Ich arbeite seit ca. zwei Monaten daran.
Channel4 In what specific aspect of the bid does he work?
TITANIC Ich kann Ihnen dazu nicht mehr sagen.
Channel4 One final question: Did Franz Beckenbauer or any other member of the German bid know about this letters? *(überzeugt zur Seite)* This is really fucking amazing!
TITANIC Darauf möchte ich in diesem Gespräch nicht eingehen, ich möchte noch einmal um absolute Vertraulichkeit bitten, und das werden wir natürlich öffentlich nicht weiter erörtern…
Channel4 *(beiseite, jubelnd)* It's got to be, it's got to be! *(wieder laut in den Hörer, triumphierend)* Ah! I am not a member of a FIFA bid. Ich arbeite für Kanal 4 Fernsehen in London. *(triumphierend)* Ich bin Journalist. Can you tell him? I am a journalist, *(stolz)* I work for Channel4 television news in London and *(drohend)* I have taken a note of the conversation that we have had. *(beiseite, im Rausch)* He didn't mean that he talks to a journalist. He thought I was a bid-member!
TITANIC *(aufgeregt, schreiend)* Um Gottes willen, ein Journalist, nein! Ein Journalist für Kanal 4 in England. Nein! Um Gottes willen…
Channel4 *(zur Seite, lacht sich ins Fäustchen)* He said: Gott im Himmel!
TITANIC *(hysterisch)* Ich beende sofort das Gespräch. Wir werden das niemals öffentlich zugeben!
Channel4 You terminate the conversation. *(leicht hämisch)* Thank you very much indeed.

19.00 (GMT) Uhr Europa: London
Mit der zweiten Meldung seiner Hauptnachrichtensendung deckt *Channel4* einen Skandal auf: Ein Sekretär des deutschen TDES namens Martin Hansen hat einem Reporter des Senders gegenüber eingeräumt, sieben Mitgliedern des FIFA-Komitees Bestechungsbriefe unter der Hoteltür durchgeschoben zu haben. Zum Beweis spielt *Channel4* Auszüge des Telefongespräches ein. Der Bericht schließt mit der Feststellung: Es bestehe dringender Aufklärungsbedarf. Die BBC zieht nach, ganz Großbritannien ist empört über das unsaubere Spiel der Deutschen. Dempsey ist derweil schon auf dem Rückweg nach Neuseeland. In Interviews spricht er davon, massiv bedrängt worden zu sein.

20.05 Uhr (MEZ)
Europa: Frankfurt
Ab sofort klingelt das Aktions-Telefon pausenlos. Die TITANIC-Redakteure gehen auf ein paar Biere in den Günthersburg-Park.

23.00 Uhr (MEZ)
Europa: Zürich/Frankfurt
Brandon Pittaway hat mit zwei Kollegen die deutsche Delegation in einem exklusiven Restaurant aufgespürt. Als der DFB-Pressesprecher mit dem Fax konfrontiert wird, ist es mit der guten Stimmung schnell vorbei, die Feier wird abgebrochen.

23.00 Uhr (MEZ)
Europa: Günthersburg-Park
Ganz anders im Günthersburg-Park.

7. Juli 2000

06.00 (GMT) Europa: London
Der *London Evening Standard* veröffentlicht Auszüge aus dem Fax an Charles Dempsey.

07.00 Uhr (MEZ) Europa: Zürich
Die Bestechungsvorwürfe ziehen Kreise, bei der FIFA jagt längst eine Krisensitzung die nächste. Sepp Blatter überlegt, die Wahl wiederholen zu lassen. FIFA-Generalsekretär Zen-Ruffinen will die Justizbehörden einschalten, weiß aber leider nicht, welche. Auf die Idee, die Fax-Absenderkennung oder die Frankfurter Telefonnummer zu überprüfen, ist bisher niemand gekommen.

14.40 Uhr (MEZ)
Europa: Frankfurt /Hamburg
Bevor das passiert, erklärt TITANIC gegenüber der Presseagentur *dpa*, Absender der nächtlichen Faxe zu sein.

14.45 Uhr (MEZ)
Welt: Frankfurt/Paris/New York/ London/Rom etc.
Die nächsten sieben Stunden wird die TITANIC-Redaktion von Medienvertretern belagert. Neben den deutschen TV- bzw. Radio-Nachrichtensendungen, Nachrichtenagenturen und überregionalen Zeitungen stürzen sich auch ausländische Medien auf die Nachricht, von der *New York* über die *London* bis zur *Irish Times*, von *Herald Tribune*, *Le Monde*, *Dagens Nyheter*, der gesamten englischen Boulevard- und spanischen, italienischen Sport-Presse über *La Republicca*, BBC (TV und Radio), RAI, den spanischen Sender RCN, der nach eigenen Angaben komplett Südamerika abdeckt, bis zu den Südafrikanischen *Cape Argus* und *Star*. Und andere auch! Martin Sonneborn erklärt gegenüber der Nachrichtenagentur Reuters: »Ich tat es für mein Land!« Auf die Frage der BBC, ob man die Bestechungsfaxe als FIFA-

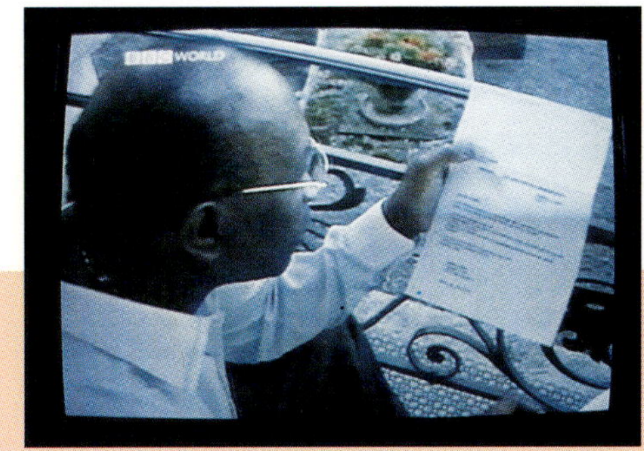

Mitglied ernst nehmen konnte, räumt er ein: »Ja, wenn man sehr hungrig war.«

02.00 Uhr (MEZ)
Australien, Afrika: Neuseeland/Südafrika
Ozeanien und Südafrika erwägen, die Wahl anzufechten und wiederholen zu lassen.

18.00 Uhr (MEZ)
Europa: Frankfurt
DFB-Generalsekretär Horst Schmidt verspricht TITANIC eine Anzeige für diesen »üblen Scherz« und erklärt gegenüber der Presse, der DFB habe viel Humor, aber »die Grenze der Satire ist weit überschritten worden!« TITANIC erklärt gegenüber der Presse, man habe auch viel Humor, aber wo die Grenzen der Satire liegen, bestimme man »doch lieber selbst, und nicht die Laien vom DFB!«

22.00 Uhr (MEZ)
Europa: Frankfurt
Günthersburg-Park, Diskussion über die Grenzen der Satire und des DFB.

8. Juli 2000

10.00 Uhr (MEZ)
Europa: Frankfurt
Schon in der ersten Welle von Berichten vermuten verschiedene seriösere Journalisten, daß der »folgenschwere Scherz des Satiremagazins TITANIC möglicherweise das Zünglein an der Waage« gewesen sei und den Ausschlag für das überraschende Wahlergebnis gegeben habe. Die Boulevard-Presse sieht die Aktion eher als Anschlag auf Franz Beckenbauer, der uns fast die WM gekostet hätte: »Dieser Feind des Fußballs war es!«zürnt die Berliner *BZ* und veröffentlicht ein Bild des vermeintlichen Übeltäters.

Oliver Nagel und Martin Sonneborn sind zum Interview mit *Spiegel TV* in der TITANIC-Redaktion verabredet. Schon auf dem Weg dorthin dürfen sie in der *Bild*-Zeitung, die mit der Schlagzeile »Böses Spiel gegen Franz« titelt, ihre eigene Redaktions-Telefon- und Fax-Nummer lesen, zusammen mit der Aufforderung, TITANIC anzurufen und die Meinung zu sagen. Fünf Stunden lang tun *Bild*-Leser genau dieses, das Telefon klingelt ununterbrochen, das Aufnahmegerät läuft heiß.

11.00 Uhr (GMT) Europa: England
Obwohl man die eigene Bewerbungsniederlage zu verkraften hat, zeigt man sich in England als sportlicher Verlierer: Nach Auskunft der britischen Satirezeitschrift *Private Eye* lacht ganz Großbritannien über die Bestechungsfaxe, insbesondere über die angebotene Kuckucksuhr.

22.25 Uhr (MEZ)
Europa: Frankfurt
Nach dem Bericht von *Spiegel TV* kommt es in der TITANIC-Redaktion zu einer zweiten Anrufswelle, diesmal mit überwiegend positivem Echo.

10. Juli 2000

03.00 Uhr (MEZ)
Australien: Auckland
Der 78jährige Charles Dempsey erklärt vor der Presse sein Verhalten bei der Abstimmung damit, daß er von verschiedenen Seiten stark unter

Druck gesetzt worden sei, und sagt, »den Rest habe ihm ein Bestechungsbrief gegeben, der um seine Stimme für Deutschland warb« *(Reuters)*: »der Bestechungsbrief von TITANIC« (*FAZ*). Offensichtlich sah ein sympathischer älterer Herr, der Presseberichten zufolge außer von seinen Kollegen sowohl von seinem Golffreund Beckenbauer als auch von Tony Blair und Nelson Mandela unter Druck gesetzt wurde, keinen anderen Ausweg mehr, als sich um seiner persönlichen Integrität willen der Stimme zu enthalten.

22.30 Uhr (MEZ) Europa: Hamburg
In den *Tagesthemen* resümiert Sprecherin Gabi Bauer: »Jetzt ist es raus: Die TITANIC hat den Deutschen die Fußball-Weltmeisterschaft beschert! Weil das satirisch gemeinte Bestechungs-Fax des satirisch gemeinten Magazins nämlich den bedrängten neuseeländischen FIFA-Vertreter, Charles Dempsey, endgültig zur Verzweiflung brachte. Dempsey ist derjenige, der sich bei der letzten Entscheidung zwischen Südafrika und Deutschland enthalten hatte – obwohl er seine Stimme Südafrika geben sollte. Heute hat er – zurück in Neuseeland – versucht, seine ›Verzweiflungstat‹ zu erklären – und auch, daß er sich, so sagt er, der Folge gar nicht bewußt gewesen sei. Das sei ihm erst hinterher klar geworden.
Welch ein Mißverständnis!«

Welch ein Mißverständnis!
Martin Hans Sonneborn □

Bestechungsbriefe: Der DFB will die Fälscher verklagen

Fortsetzung von Seite 1

So lief das üble Spiel gegen Franz Beckenbauer:

Die Frankfurter „Titanic"-Redakteure schickten Faxe an das Züricher Hotel, in dem die 24 Mitglieder des Exekutiv-Komitees wohnten. Auf deren Stimme kam es ja an.

In dem Schreiben hieß es u.a.: „In Anerkennung Ihrer Unterstützung würden wir Ihnen gerne ein kleines Geschenk für Ihre Stimme für Deutschland zukommen lassen. Zögern Sie nicht, mit uns in Verbindung zu treten." Unterschrieben wurde mit Martin Hansen.

In einem zweiten Fax hat m[illegible] den Funktionären typisch [illegible]sche Produkte wie Schwarzw[illegible]der Schinken und Kuckucksuhr[illegible] als Geschenk angeboten.

Die falschen Bestechungs[illegible]fe aber kamen vielen gleich m[illegible]würdig vor. FIFA-Vizepräside[illegible] Jack Warner: „Die Briefe waren schlecht getippt und sahen ziemlich komisch aus." FIFA-Pressechef Keith Cooper: „Das Ganze ist dumm und amteurhaft gemacht."

Dennoch: Hätte man die Briefe ernst genommen – Deutschland hätte die WM verlieren können.

Verantwortlich für den Brief-Attacke gegen Beckenbauer ist „Titanic"-Chefredakteur Martin Sonneborn. Sein Redakteur Stefan Gärtner erklärt: „Wir haben uns nichts zu Schulden kommen lassen. Wir sind die Helden."

Über die „Titanic"-Aktion kann aber keiner lachen. Und auch der Zeitschrift selbst wird es wohl schnell vergehen. Denn der DFB will klagen.

Generalsekretär Horst R. Schmidt erklärte gestern: „Die große Freude über den Erhalt der WM ist sehr schnell getrübt worden. Diese Geschichte hat absoluten Schaden zugefügt – dem DFB und Deutschland. Der DFB erwägt – in Absprache mit der FIFA – rechtli[illegible] „Ti[illegible] die Grenze der [illegible] überschritten worden."

Liebe BILD-Leser, meinen Sie das auch? Rufen Sie doch unter der Nummer 069/9705040 die „Titanic"-Redaktion an und sagen Sie Ihre Meinung. Oder schicken Sie ein Fax: 069/97050497.

„Titanic" wird noch Ärger krie[illegible] Neuseelands FIFA-Mitgl[illegible] [illegible] schon. [illegible] Stimm-Enthaltung brachte Deutschland den Zuschlag, mit dem Südafrika schon fest gerechnet hatte. Dempsey erklärte, unablässige Telefonanrufe hätten ihn zur Enthaltung bewogen.

Die FIFA gab am frühen Abend bekannt: Sämtliche Untersuchungen wg. angeblicher Bestechung werden eingestellt.

Ist das Lachen vergangen: FIFA-Mitglied Charles Dempsey.

2006 DEUTSCHLAND

Pressestimmen

Die Reaktionen der Weltpresse auf die WM-Vergabe sind gemischt. Riesen-Enttäuschung natürlich in Südafrika.

▶ **Sowetan:** „Hochverrat an Südafrika."

▶ **Daily Mail:** „Eine Schande für Europa."

▶ **Blick (Schweiz):** „Triumph für Kaiser Franz – Ohrfeige für FIFA-Sepp."

▶ **Tages-Anzeiger:** „Deutschland im Glück. Beckenbauers größter Erfolg."

▶ **Sun (England):** „Der Kaiser vollendet WM-Hattrick. Die Körbchen von Schiffer, die die Wahl gewannen."

▶ **Express:** „Beckenbauer kam, sah und siegte."

▶ **Marca (Spanien):** Be[illegible]bauers Wunder."

▶ [illegible]**onen-Zeitung** (Österrei[illegible]): „Was Kaiser Franz an[illegible]st, wird zu Gold."

▶ [illegible] **Soir: (Belgien):** „Ein S[illegible] der Vernunft."

▶ **Malay Mail (Malaysia):** „Beckenbauers Charisma ist ein Gütesiegel für jedes Ereignis."

▶ **Gazzetta dello Sport (Italien):** „Dieser Triumph eröffnet Franz das Tor zum UEFA-Präsident."

▶ **Corriere dello Sport (Italien):** „Die Niederlage Blatters ist so bitter wie Beckenbauers Sieg zuckersüß ist."

aus: *Bild*, 8.7.2000

»Sie sind ein ganz großes Schwein, die TITANIC!«

Bild-Leser telefonieren mit der Redaktion

Anrufer Euch Hunden droht der Tod!

Anruferin Ja, des is ja a Unverschämtheit, habts ihr koa Hirn im Kopf?! Des is a ganz a große Schweinerei is des. A sowas hat Deutschland in Verruf gebracht!

Anrufer Ich wollte nur sagen, daß ihr Arschlöcher seid. Danke.

Anruferin I ruf wäge derer Bestechungsbriefe an! Also eire Zeitung ghert verboten. Wenn man so eine Schmutzkampagne macht, dann ghöret ihr weg. Wär ich der DFB, ihr müßtet Millionen zahlen, was innen Topf kommt für arme Länder. Wenn mer so etwas treibt, des is eine Schande für Deutschland. Des hat mit Pressefreiheit nichts zu tun, wenn mer so ebbes mache tut, wenn mer endlich des Spiel kriegt und ihr machet da also sowas, des darf net sei. Mir hem da scho e Unterschriftesammlung gmacht und schicke des, daß eure Zeitung verbote werd. Mir sin scho dabei, mir sin uffem Markt, mir ham schon e paar Seite voll. Do in Stuttgart isch der Fischmarkt und do habet scho so viele unterschriebe, die also sehr erbost sind über sowas Schmutziges...

Anrufer Ich möchte Ihnen sagen, daß ich an meinen drei Kiosken Ihre Zeitschrift nicht mehr auslegen werde. Sie sollten sich zutiefst schämen.

Anrufer Ja, grüß Gott, sind Sie da von der Redaktion vom... Focus, oder?
TITANIC Äh, nein!
Anrufer Dann hob i falsch gewählt, entschuldigung.
TITANIC Nein, von TITANIC sind wir.
Anrufer Ach so – *(versteht plötzlich)* Ach, von TITANIC! Ah, die hob i ja gmeint!
TITANIC Ach so! Ja, dann sagen Sie das doch!
Anrufer Ja, i sag des ganz offen, also ich find des unerhört sowas, i mein, des hat ja mit Satire nix zum tun!

Anrufer Also hören Sie mal, was Sie da gemacht haben, da fällt mir Kaiser Wilhelm dazu ein: Vaterlandslose Gesellen! Ich bin '29 geboren, da war der schon in Holland. Aber der hat damals, da war Bismarck Kanzler, da hat Kaiser Wilhelm das Wort geprägt: Vaterlandslose Gesellen.

Anrufer Alle hinter Gitter! Meine Meinung.

Anrufer Miers hier! Also ihr seid für eueren Artikel da, für diese Sache doch wirklich keine Journalisten.
TITANIC Das stimmt.
Anrufer Ihr seid der letzte Dreck. Dreck seid ihr, mehr nicht. Sowas müßte man aus der... äh: weg ziehen! Mein Gott nee, schämt ihr euch überhaupt nicht? Ihr Scheißer?

Anrufer Hier ist Ständel. Ich wollte kurz mal mit Ihnen über die Faxe sprechen, die Sie an die FIFA-Leute geschickt haben. Meine Meinung dazu ist eigentlich, daß das eine absolut dümmliche und stümperhafte Aktion war, also das hat mit Journalismus überhaupt nichts zu tun.

Anrufer Ich bin der Vorsitzende der Dortmunder Fußball-Fans, wir werden dafür sorgen, daß TITANIC in Dortmund nicht mehr in den Regalen liegt.

Anrufer Grosche hier, aus Chemnitz. Ich wollte Ihnen mal folgendes sagen: Es ist schlimm, was Sie hier veranstaltet haben.
TITANIC Es ist schlimm, was Sie 40 Jahre veranstaltet haben da drüben!
Anrufer Das ist mir ganz egal, was Sie sagen, das können Sie gar nicht beurteilen, weil Sie viel zu weit weg sind da drüben! Aber wie Sie unser Land verunglimpfen!
TITANIC Sie sollten sich was schämen, uns im Westen Ratschläge erteilen zu wollen!
Anrufer Wir sind deutschere Deutsche als Sie im Westen, das soch ich Ihnen! Wir würden unser Land nie so verunglimpft haben, auch unser neues Vaterland niemals! Daß Sie sowas überhaupt dürfen! Das gehört doch verboten! Sie müßten bestraft werden!
TITANIC Aus dem Osten lassen wir uns gar nichts sagen!
Anrufer *(erbost)* Das hat mit dem Osten gornischt zu tun!! Wir sind Deutsche seit zehn Johrn! Wir sind schon seit hundert *(verbessert sich)* seit tausend Jahren Deutsche! Aber Sie sind wahrscheinlich immer noch e Wessi, e arroganter Wessi, mehr kann ich zu Ihnen nicht sogn!

Anruferin Widerlich und ekelhaft, was Sie da gemacht haben. Das ist ja ganz, ganz widerlich!

Anrufer Sie Schmierfinken gehören *(unverständlich)*!
TITANIC Wie bitte?
Anrufer Sie Schmierfinken! Dankeschön.

Anrufer Ihr Schweine! Morgen geht eine Bombe hoch!

Anruferin Hallo, ich wollte nur sagen, die Grenze der Satire ist weit überschritten!
TITANIC Äh, von der *Bild*-Zeitung?
Anruferin Von der *Bild*-Zeitung, jawoll! Jawohl!

Anruferin Ja, i wollt Sie eigentlich nur fragen, sind da eigentlich normale Menschen in Ihrer Redaktion?
TITANIC Nein, bis auf die Redaktionsassistentin, die ist relativ normal. Die Redakteure nicht.
Anruferin Also, sind nicht normal?
TITANIC Nein.
Anruferin Ja. Also, das G'fühl hab ich auch. Also, tschüß dann.

Anrufer *(schwer ausländischer Akzent)* Ja schäme sich wege dieser Scheiße Dinge!

Anrufer Guten Tach! Mein Name tut nichts zur Sache, ich habe da etwas gelesen...
TITANIC Komischer Name: Tutnichts zur Sache!
Anrufer Ja, das interessiert nich! Wissen Sie was? Sie sind ein ganz großer Nestbeschmutzer! Sie können nur froh sein, daß ich weiter weg wohne, sonst könnten Sie was erleben! So was da reinschreiben! Wie können Sie so was machen? So was gegen den Franz Beckenbauer! So diffamarieren! Das gibs doch garnich! Was bilden Sie sich eigentlich ein, wer Sie sind?
TITANIC Wir diffamarieren, wen wir wollen!
Anrufer Ja, das glaube ich auch! Wissen Sie was? Sie gehören gar nich hier nach Deutschland, Sie sollte man auswandern!
TITANIC Wohin?
Anrufer Ja, wohin, das möchte ich Ihnen lieber nich sagen! Das ist eine bodenlose Frechheit, wie Sie sich benehmen! Sie beschmutzen das Nest, auf Wiedersehen!

Anrufer Mayer Franz! Ich rufe an wegen Ihrer Satire! Zwecks WM-Bewerbung! Das ist eine bodenlose Frechheit! Für diese Frechheit gehört Ihnen die Lizenz entzogen! Weil das artet in Verleumdung aus, so etwas zu tun.
TITANIC Welche Lizenz? Die Satire-Lizenz?
Anrufer Jo, genauso isses! Das is eine bodenlose Frechheit, was Sie sich da geleistet haben! Sowas gehört bestraft! Ich hoffe, daß der DFB durchkommt mit seiner Klage und Ihnen so 'ne Geldstrafe angedroht wird, daß Ihnen Hören und Sehen vergeht! Wiederhörn.

Anrufer Ihr Lumpen!!!

Anrufer Hallo! Sie können Ihrem Chefredakteur oder dem verfluchten Nestbeschmutzer sagen, wenn ich die Drecksau auf der Straße treffe, dann landet er im Krankenhaus, dieser Hundsohn!
TITANIC Das bin ich doch selbst!
Anrufer Sie sind das selbst, Sie verfluchter Hurensohn! Also, wenn ich Sie auf der Straße sehe, dann spucke ich Sie an, Sie Drecksau!

Anruferin Grüß Gott! Ich wollte bloß bei Ihnen anrufen und wollte bloß sagen, was für ein Trottel des bei Ihnen is, der sowas in Umlauf bringt, diese Briefe da. Steht heute in der *Bild*-Zeitung, man soll einmal bei Ihnen anrufen, ich hab noch nirgends angerufen, bei niemand noch, aber dou hab ich gsacht, da muß ich anrufen, weil mich das geärchert hat. Das wars, danke.

Anrufer Hörnsema, was haben Sie denn da mit Ihrem Bestechungsbrief gemacht? Dat is ja grausam! Da is ja, wat der Kohl gemacht hat, ne Lachnummer dagegen! Eine große Sauerei, was ihr da gemacht habt! Ihr habt ja die ganze Bundesrepublik, ganz Deutschland habt ihr ja veräppelt hier! Wie könnt ihr sowas machen! Ihr müßt bestraft werden wie ein Bandit!
TITANIC An was denken Sie?
Anrufer Das denke ich! Ihr müßt bestraft werden wie ein Verbrecher! Wie ein Mörder!
TITANIC Also mit Zuchthaus?
Anrufer Ach, noch viel schlimmer!
TITANIC Arm ab?!
Anrufer Noch viel, viel schlimmer is dat!
TITANIC Arm und Bein ab?
Anrufer Bein ab? Aufn Stuhl gehört ihr!
TITANIC Auf den elektrischen Stuhl?
Anrufer Ja sicher!
TITANIC Den gibts ja hier gar nicht!
Anrufer Eine Schande is dat! Dat is ja dat eben! Wenn ihr in Amerika wärt, dann wärt ihr direkt am Stuhl!

Anrufer *(ruhig, aber vollkommen wahnsinnig)* Ich bin kein Sportler, und ich wollte mal wissen wegen der WM: Sind wir dran schuld, haben wir betrogen oder was ist da?
TITANIC Nein, wir haben versucht zu betrügen, aber...
Anrufer Tatsächlich! Denn wissen Sie, ich habe manchmal Angst, daß das Ausland uns mit den Palästinensern verwechselt. Wir sind Deutsche! Und so schlecht, wie wir gemacht werden, sind wir nicht!
TITANIC Ja, aber wir tragen ja keine Kopftücher zum Beispiel.
Anrufer Nein, nein. Ich weiß, was Sie meinen. Ich wollte das nur mal wissen, wissen Sie, die ganze Hetzerei wird ja jeden Tag verrückter.
TITANIC Ja, aber, tut mir leid, in diesem Falle ist es gerechtfertigt, wir haben ja versucht zu bestechen.
Anrufer Tatsächlich?! Aye, aye, Sir! Naja...

Anrufer Ihr Blatt nehm ich nur noch für zum Arsch abputzen!

Anruferin Ah ja, natürlisch! Ja ich finde das sehr hundegemein. Ich bin schon älter, aber eines kann ich Ihnen sagen: Der Tschornalismus is auch nicht mehr das, was er mal war. Es gibt so viele Probleme auf der Welt, die man aufgreifen könnte und die vielleicht auch den Menschen bewegt! Aber so was, ich weiß es nicht. Das ist nicht richtig.
TITANIC Aber Fußball bewegt die Menschen doch auch.
Anruferin Ja, aber das war ein ganz grober Spaß. Aber sicher, das war ein sehr grober Spaß.

Anrufer Mein Name ist Stecher, und ich wollte Ihnen sagen, daß Ihre Reporter Schmierfinken sind und Ihre Satirezeitung eine Schande für Deutschland. Nehmen Sie das zur Kenntnis!

Anrufer: Jaja, ich wollte Ihnen nur sagen: eine große Sauerei und man sollte Ihren Kopf kleiner machen und ihre gesamte Zeitschrift sollte man schnellstens in die Pleite führen. Das ist doch eine Ungehörigkeit, wie die jungen Leute, die sich einbilden, daß wir endlich mal etwas schönes in Deutschland haben, alles häßlich, negativ und schlecht sehen. Sie sind ein ganz großes Dreckschwein! Wiedersehen!

Anrufer Es ist ein Akt von Dummheit, so etwas zu tun. Das hat nichts mit Satire zu tun. Das ist so ein typischer Akt deutscher Dummheit.

Anrufer Euch sollte man das Blatt zumachen! Das ist eine Schweinerei, wenn man so mit der Ehre von Leuten umgeht! Da bin ich ganz dagegen!
TITANIC Kaufen Sie doch alle TITANICs vom Kiosk weg, die können Sie ja dann zumachen.
Anrufer Das mache ich nicht! Die werde ich verbrennen!
TITANIC Die können Sie dann alle zumachen und verbrennen.
Anrufer Ja, genau! Wiederhörn!

Anrufer Ihrem Reporter, machen Sie bitte ein glühendes Eisen und brennen Sie ihm das Kainsmal auf die Stirn!
TITANIC Was für ein Mal?

TITANIC Solche *Bild*-Zeitungs-Journalisten?
Anrufer Nicht die *Bild*-Zeitung, die Journalisten von Ihrem Journal!

Anrufer Erbärmliches Dreckspack!

Anrufer Ihr Schweinebacken, was habt ihr denn mit unserer WM-Bewerbung gemacht, hä?

te bestraft werden, wer so Schande über das eigene Land bringt!

Anrufer Das ist eine Schande für ganz Deutschland, euern Laden sollte man in die Luft sprengen!

Anruferin Ach, Satire? Das versteht doch nicht jeder, ich hab das gelest, da haben

»Wegen euch haben wir die WM nicht gekriegt!«

TITANIC Ja, wer seid ihr denn?
Anrufer Der heilige Geist! Was soll das denn?
TITANIC Und ihr habt 'ne WM-Bewerbung laufen?!
Anrufer Was denn sonst, hä? 's is unter aller Kanone ist das, was da ablief! Niveaulos, letzten Endes, nä, Miesepeter!

Anrufer Also das geht ja unter keine Kuhhaut, so was. Daß so was nicht straffällig ist in Deutschland hier, das ist für mich unerklärlich. Sie hätten doch dem Land einen Schaden zufügen können, was mit Milliarden gar nicht zu beziffern ist!

Anrufer Ich hoffe, ihr bekommt den größten Ärger, den es überhaupt gibt. Also, was ihr euch da geleistet habt, das geht unter keine Kuhhaut, wirklich nicht.

Anrufer *(sehr alt)* Was sind das für Rrrrredakteurrre bei Ihnen? Sind das Deutsche oder sind das große Arschlöcher? Ich tippe auf Nummrrrro zwei!

Anruferin *(mit Fistelstimme)* Ja grüß Gott, ich bin 77 Jahre, Ihr Gag war sehr gut! Wissen Sie, warum Golfspielen jetzt plötzlich so populär unter Bankern und Finanzjongleuren ist? Weil man das auch mit Handschellen spielen kann! Gut, also, tschüß!

Anrufer Sie sind Schweine sind Sie, wissen Sie das auch? Sie sind ein ganz großes Schwein, die TITANIC!

Anrufer Euch Schweinen gehört die Bude unterm Arsch angezündet!

Anrufer Kunzel hier! Wenn es nicht verboten wäre, würde ich jetzt sagen, man muß die Redakteure erschießen, die das gemacht haben.

Anrufer Euch sollte man aufhängen am höchsten Ast, den es in Deutschland gibt, ihr Dreckschweine! Nestbeschmutzer!

Anrufer Ich habe 5 Kioske in Heidelberg, da wird Ihr Heft ab sofort nicht mehr verkauft!

Anrufer Netzer aus Altripp! Das sollte euch 50 Millionen kosten! Wie Hunde soll-

Sie also nur Spaß gemacht? Aha, na dann ist also Blödsinn, dann ist es doch gut.

Anruferin Der auf dem Bild, das sieht man doch, das ist der Enkel von Hitler!

Anrufer Der Sonneborn, der ist doch schwul? Und der Gärtner ist auch schwul! Und Sie sind auch schwul, das höre ich doch an der Stimme! Verbrecher jedenfalls und Vollidioten!

Anrufer Sie gehören eingesperrt! Wegen Urkundenfälschung und Deutschland in den Schmutz ziehen! Wer sich da noch hinter pseudojuristischen Dingen verschanzt, der sollte Prügelstrafe erhalten. Im Rechtsstaat gehören Leute wie Sie ins KZ.

Anrufer Ich finde es nicht schlimm, das ist doch Satire, so was muß drin sein. Wir sind doch nicht mehr das Dritte Reich, wo es keine Beleidigung gegen den Führer geben darf. Das ist eine Mediensatire, und *Bild* ist selbst ein Medium und hat das mit hochgepuscht. Mir ist es egal, ob TITANIC dadurch eine höhere Auflage bekommt. Ich bin *Bild*-Leser und habe vorher schon alle möglichen anderen Zeitungen durchprobiert, aber *Bild* hat in Deutschland die besten Kulturseiten. Das Problem ist, daß es in Deutschland keine Intelligenzija gibt, vergleichbar wie in den USA, wo es genügend Selbstreinigungskräfte gibt.

Anrufer Ihr gehört auf den Mond geschossen, ihr Scheißkerle!

Anrufer Eich ghert a Handgranatn in die Redaktion neigschmisse, daß'r allesamt in d' Luft fliegt!

»Vaterlandsverräter!«

Anrufer Eine Unverschämtheit (ereifert sich), ganz Deutschland freut sich, und dann macht ihr so einen Scheiß!! Ich würd mich schämen!!! Schämen! Schämen sollst dich!!!

Anruferin Hallo?
TITANIC Hallo?
Anruferin *(verwirrt)* Hallo?
TITANIC Hallo!
Anruferin Ja?
TITANIC Wir wollten Sie mal anrufen, wegen dieser Sachen in der *Bild*-Zeitung.

Anrufer Ein Kainsmal! Daß jeder ihn erkennt als Lügner und großen Schwindler und daß sowas überhaupt nicht als Reporter zugelassen werden darf! Die gehören totgeschlagen! Das ist das größte Mordinstrument, das es in Deutschland gibt, das ist die deutsche Presse! Auf Wiederhören!

Anrufer Ich wollte nur einen Kommentar abgeben zu dem, was da in der *Bild* steht: Solche Journalisten sollte man aus dem Verkehr ziehen!

Liebe TITANIC-Leser, meinen Sie das auch? Rufen Sie doch unter der Nummer **040 / 34722092** *Bild*-Chefredakteur Udo Röbel an und sagen Sie Ihre Meinung! Oder senden Sie unter der gleichen Nummer ein Fax.

Parklandschaft, August 2001

Kampfhase
Guter Kickboxer.
Nachteil: mit einem Bündchen Jungkarotten leicht abzulenken.

Einmalwaffe **Wespennest**
Hocheffizient im Einsatz.
Nachteil: Winterpause! Halter laufen Gefahr, sich ins soziale Abseits zu begeben.

Kampfschildkröte
Stark im Defensivbereich.
Nachteil: im Mobilitätsvergleich vorletzter Platz (letzter Platz: Schnecke).

Kampflamm
Kann durch optische Aufrüstung beeindrucken.
Nachteil: scheut Auseinandersetzungen. Aggressionszucht bislang erfolglos.

Kampfmaschine **Wellensittich**
(hier mit Beruhigungskappe)
Knabbert Ohrläppchen etc.
Tips für aggressionsfördernde Aufzucht: Gelege kurz in kochendes Wasser, danach eiskalt abschrecken. Käfig unter Spannung halten (360 V).
Nachteil: häufig unkonzentriert.

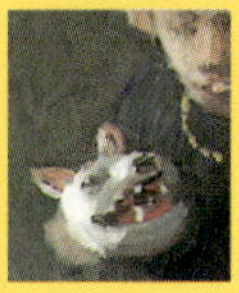

Beißhandschuh
Für Personen, denen Tierhaltung zu mühsam ist.
Nachteile: jede Menge.

Michael Sowa

Neu im Streichelzoo: Der Hodenkrebs FOTO: HERRNDORF

Ein ganz normaler Tag in ganz normalen Zeiten…

Kuhbootfahrt ins Paradies

Doch es ist noch gar nicht so lange her, da sah hier alles ganz anders aus…

Wieder einmal muß der alte Familienvater seine Geschichte erzählen:

»Jaja, es gab einmal eine Zeit, in der man uns fast vernichtet hätte...«

Die Kinder sind entsetzt: »Was meinst du damit?«

»Waren wir nicht immer die Herrscher der Welt?«

Über soviel Unwissenheit muß der Alte den Kopf schütteln: »Was wißt ihr denn schon, ihr Hornochsen? Aber ich habe sie selbst erlebt, die schlimme Zeit. Die Menschen hatten das Kommando übernommen. Sie tranken die Milch aus unseren Eutern, zerschnitten uns in zwei Hälften und quetschten unser Fleisch zwischen zwei wabbelige Brötchenhälften. Aus den Hörnern machten sie Wikingerhelme für Karnevalsfeiern, und mit unseren Augen füllten sie Mon Chéri...«

Jetzt schütteln die Kinder den Kopf: »Ich dachte, das wäre die Piemontkirsche...«

»Hahaha, du kleines Ferkel, das haben die meisten Menschen auch gedacht. Ihr seht, das konnte ja kein gutes Ende nehmen. Und als Gott das Treiben der Kühe und Menschen sah, wurde er sehr zornig und sprach:

›Ich habe euch die Welt in einwandfreiem Zustand übergeben. Saftige Wiesen sollten mein Tempel sein. Ihr aber versammelt euch in den Schlachttempeln der Menschen und laßt euch in Kunstdärme füllen. Ich habe nicht länger ein Wohlgefallen an euch und werde euch hart bestrafen.‹«

Atemlos lauschen die Zuhörer, und geschickt legt der Alte eine Pause ein, bevor er weiterspricht:

»ER ließ Prionen vom Himmel fallen, und vielen Kühen und Menschen wurden die Sinne verwirrt. Danach schickte er eine große Flut, die alles Land bedecken sollte. Nur Norbert, der ein gottgefälliges Leben geführt hatte, wollte er verschonen.«

Die Kinder können es nicht fassen:

»Aber dein Name ist doch auch Norbert, heißt das...?«

Genau das soll es heißen. Schmunzelnd erzählt Norbert, was Gott ihm damals befahl:

»Bau eine Arche und nimm an Bord deine Familie und ein Paar von allen Menschen, die dir nützlich erscheinen.«

In der Zuhörerschaft regt sich Verwunderung:

»Können denn Kühe wirklich Archen bauen?«

»Nicht wirklich, wir haben nun mal vier linke Hufe. Aber irgendwie gelang es mir dann doch, und ich nahm von jeder Menschenart ein Paar an Bord…«

»Dann begann es zu regnen, vierzig Tage und vierzig Nächte, und ich trieb mit der Arche auf den Fluten dahin. Als ich die Hoffnung fast aufgeben wollte, ragte Land aus dem Wasser. Das gelobte Land. Da ging ich mit meiner Familie von Bord, es in Besitz zu nehmen, und wir dankten für die wunderbare Rettung.«

»Tja, den Rest wißt ihr selber. Ihr wurdet ja in diesem gelobten Land geboren – als freie Kühe, Schweine oder Gänse. Kein Mensch würde es mehr wagen, euch in einen Kunstdarm zu füllen oder Wikingerhelme aus euren Hörnern zu machen.«

»Und was ist mit Mon Chéri?« fragt das Ferkelchen. »Die werden jetzt mit Quallen gefüllt«, antwortet Norbert. Und da müssen alle wie verrückt lachen, daß sie sich kaum noch beruhigen können.

»Hahahahahahahahahahahaha…«

Es gab jedoch auch Lebewesen, die hatten von der ganzen Geschichte kein Wort verstanden. Sie waren schon viele Stunden mit Norbert und seinen Freunden unterwegs und wollten endlich Feierabend machen: »Jetzt hör dir den Lärm an, den diese wahnsinnigen Viecher da veranstalten. Wird höchste Zeit, daß die geschlachtet werden.«

»Wem sagst du das? Ist noch was von den Kirschpralinen da?« □

Text: Hans Zippert, Illustration: Heribert Lenz

Guido Knopp, der knoppäugige Leiter der ZDF-Redaktion Zeitgeschichte, gilt unter Historikern längst so viel wie Jürgen Fliege unter Bibelforschern. Seine »Hitler«-Serien erreichen sogar »Marienhof«-Fans und sagen ihnen, wer gut (Rommel) und wer böse (Keitel) war. Soeben kam aus Knopps Ressort ein neuer History-Hammer. »Der dritte Weltkrieg« – eine topwissenschaftliche TV-Analyse: Was wäre, wenn Gorbatschow 1989 Pfarrer Eppelmann und Vaclav Havel nicht mit Kerzen und Plakaten hätte herummachen, sondern teeren und federn lassen? Genau: Lichtblitz, Druckwelle, Gardinenlöschen.

Fußballreporter nennen dieses Verfahren seit etwa 3000 Jahren »Hätte-wenn-und-aber«, für Guido Knopp jedoch ist es »Counterfactnal History«. Woraus sich für Titanic die Frage ergibt: Was wäre, wenn Guido Knopp nicht nur Redaktionsleiter, sondern Programmdirektor des ZDF wäre?

FR 10. Januar ZDF Programmvorschau

8.00 Adolf tivi
u. a. mit Tabaluga und dem bösen Schneemann
Tabaluga gelingt es, einen Heizkoffer in Adolfs eisigen Unterschlupf Glaßburg zu schmuggeln. Doch das feige Häschen Happy verpetzt alles, und Tabaluga wird von Adolfs Pinguinen weggebracht

9.00 Ehen vor dem Volksgericht
Studioverhandlung
Was wäre, wenn Eva Braun die Patronen in Hitlers Selbstmord-Pistole durch Giftkapseln ersetzt hätte? Ein Vertrauensbruch, gut. Aber muß man deshalb gleich zurückschießen?

10.00 Was nun, Herr Kaltenbrunner?
Interview mit einem Überraschungsgast aus Paraguay

10.30 Versteckte Kamera
Tommy Ohrner »leimt« die Hitlers dieser Welt (Wh. vom Vorabend)
Heute nimmt der Spaßvogel vom Dienst u.a. Radovan Karadzic (darf nicht mehr verreisen) und Augusto Pinochet (muß in den Knast) auf die Schippe

11.15 Ein Heim für Tiere
Heute: Blondi

Blondi ist ein Deutscher Schäferhund, dessen Besitzer einen schlimmen Unfall hatte. Guido Knopp sucht ein neues Herrchen für das Tier, erklärt aber auch, warum Blondi vor allem eine harte Hand braucht

12.00 Discovery – Die Welt entdecken
Todeswoge Tsunami – Riesenwelle über Hawaii
In dramatischen Bildern zeigt diese Reportage eine gigantische Naturkatastrophe. Hätte Hitler dieses Inferno überlebt, wäre er jemals auf Hawaii gewesen? Wer hätte ihn dorthin bringen können? Warum eigentlich? Kompetente Zeitzeugen geben Auskunft. Mit den Stars aus »Hitlers Helfer« und »Hitlers Krieger«

13.00 Was wäre, wenn… …jetzt der Strom ausfiele?
Bildstörung mit Guido Knopp

14.00 Hitlers Deutsche
2 687 003. Folge: Gertraude Kannegießer, Melkerin aus Wensickendorf
Gertraude Kannegießer aus Wensickendorf diente Hitlers Regime 12 Jahre als Melkerin. Hat sie wirklich von nichts gewußt? Das Team von Dr. Guido Knopp hat ihre Verstrickung, aber auch ihre Opferrolle analysiert und leicht verständlich aufbereitet

14.45 Hitlers Verstecke
Teil VII: Pompeji
Lavaströme, Schlamm und Geröll begruben einst die reiche Römerstadt Pompeji. In ihrer Dokumentation gehen Guido Knopp und seine Mannschaft der Frage nach, ob sich Adolf Hitler in der versunkenen Metropole verbergen konnte. Einiges spricht dafür: Immerhin war Italien ja ein Verbündeter Deutschlands…

15.30 Kaiserlautern – Dortmund
Fußball-Städtevergleich
anschl. gegen

17.15 Was wäre, wenn…
Kaiserslautern den Einwurf in der 39. Spielminute erhalten hätte?
In seiner neuesten Doku-Soap zeigt Guido Knopp, daß Olaf Marschall dann halblinks frei gestanden hätte, aber noch an Jürgen Kohler hätte vorbeikommen müssen…

18.00 Gibt es so etwas wie eine Kollektivschuld der gesamten Dortmunder Abwehr?
Ethik-Talk
Es diskutieren: Übungsleiter Otto Rehhagel, »Katsche« Schwarzenbeck, Helmut Schmidt, Gerd Schmückle, Ralph Giordano. Moderation: Dr. Guido Knopp

19.00 hitler
Nachrichten mit Adolf Hahne

19.30 Hitlerparade im ZDF
Uwe Hübner stellt Neuerscheinungen vor, die von Dr. Guido Knopp für hitlerverdächtig befunden wurden. U. a. dabei: Bernhard Brink (»Alles auf Endsieg«)

20.15 Am liebsten Marlene
Arztserie
Marlene wird in ein Fußballstadion gerufen. Olaf liegt schwerverletzt auf dem Rasen, Jürgen hat ihm fast den gesamten Bewegungsapparat zermanscht. Mannschaftsarzt Dr. Mengele ist ratlos

21.00 Frontal
Politmagazin mit Hitler & Kienzle

In ihrer unnachahmlichen Art frotzeln sich die beiden Moderatoren stellvertretend für die beiden Seiten des politischen Spektrums. Wer hat diesmal die bissigste Pointe?

21.45 hitler-journal
Nachrichtenmagazin

22.15 Was wäre, wenn…
…Hitler 1933 von sechs Millionen Juden vergast worden wäre?
Diese überraschende Variante von »Counterfactual History« läuft darauf hinaus, daß dann Roland Freisler als Chefankläger in Nürnberg alle Hände voll zu tun gehabt hätte…

23.00 Knopps Helfer
Folge 1: Walburga Dietzgen, Hausfrau aus Oberhausen
Der Leiter der ZDF-Redaktion Zeitgeschichte hat sich entschlossen, seine aufsehenerregende Serie »Hitlers Deutsche« unter neuem Titel zu wiederholen: »Ohne das eiserne Stillhalten dieser tapferen Menschen hätte ich keine einzige meiner Serien machen können und müßte heute Spätdienste in der Nachrichtenredaktion schieben.«

23. 45 hitler nacht
Nachrichten

23.59 Hitlers Hymne
Es singen und spielen das Bundeswehrmusikkorps unter der Leitung von Prof. Wolffsohn sowie Fans von Hertha BSC

André Mielke

Knopps Helfer im Quotenkrieg: A. Hitler

Noch 1000 Jahre – dann ist Schluß!

Ein Apokalypsen-Report

<u>Hinweis des Verlages:</u> Unmittelbar vor Fertigstellung dieses Buches ist sein Herausgeber Christian Y. Schmidt an apokalyptischen Wahnvorstellungen verstorben. Deshalb sehen wir uns gezwungen, an dieser Stelle ausdrücklich zu erklären, dass die in diesem Buch verbreiteten Weltuntergangsthesen der bare Unsinn sind.
Im übrigen verweist der Verlag auf diesen Titanic-Artikel, der beweist, dass die Erde erst in 1000 Jahren untergehen wird. Auch diesen Beitrag drucken wir hier aus Gründen der Beutelschneiderei einfach noch mal ab.
Und also stehet geschrieben: Wer aber seinen Dispo noch nicht ausgeschöpft hat, der abonniere!
Achtung! Einmaliges Angebot! Das 1000-Jahre-Titanic-Abo! Nur 5 Millionen Euro! Schützt zuverlässig gegen Apokalypsen aller Art, Teufel, Ziegen und fahle Pferde! Schreiben Sie einfach an: Titanic-Verlag, Am Treptower Park 28-30, 12435 Berlin

Das nennt man Glück im Unglück: Kaum ist der Jahrtausendwechsel wider Erwarten ohne Apokalypse verlaufen, schockt Stephen Hawking mit der Ankündigung: Die Erde stirbt in 1000 Jahren! Und leider hat er recht. Anders als herkömmliche Weltuntergangspropheten ist Hawking unser nach U. Wickert bester Wissenschaftler und weltweit der einzige H4-Professor, den man in einem Atemzug sowohl mit Albert Einstein als auch mit unheilbarer Muskellähmung nennt. Dieses Genie überlegt sich jedes Wort, bevor sein Sprachcomputer sich die Mühe macht, es auszusprechen – kurz und gut: Das dritte Millennium klingt mit dem *Grand finale* aus. Uff.

Und kaum liegt diese Wahrheit auf dem Tisch, geht's allweil rund. Gewohnt sensibel reagiert die Börse, speziell am Neuen Markt. Die Werte rutschen in den Keller, weil nach dem Totalcrash auch die besten Chips nicht störungsfrei arbeiten werden. Gelassener verhält man sich in Industrie und Finanzbranchen. Mehrere Hersteller beginnen bereits mit der Produktion von Lichtschutzbrillen, die ein gefahrloses Betrachten des Untergangs erlauben, und rechnen mit wachsender Nachfrage, je näher der Event rückt. Bei Lebensversicherungen mit Laufzeiten von mehr als tausend Jahren sind schon heute recht günstige Konditionen auszuhandeln. Einige schwarze Schafe schädigen allerdings die Volkswirtschaft, indem sie Schecks unbemerkt um tausend Jahre vordatieren.

Trotzdem bleibt die befürchtete Mentalgesamtbaisse aus. Richtiggehend aufgeräumt begehen Organisationen, Unternehmen und Städte, bei denen gerade kein rundes Jubiläum ansteht, ihre Noch-Tausendjahrfeiern. Gleichfalls regen Zulaufs erfreuen sich diejenigen religiösen Gemeinschaften, die den Weltuntergang und die Errettung der Erwählten seit je fürs Jahr 3000 prophezeien. Und auch Bewerber um politische Mandate nutzen gern die vermutlich letzte Gelegenheit, für ein tausendjähriges Reich zu werben. Halter von Kraftfahrzeugen freilich sollten rechtzeitig prüfen, ob die Kasko-Versicherung Weltuntergänge abdeckt. Was nutzt es schließlich, wenn der Wagen zwar als gestohlen gemeldet werden kann, aber Leihwagen mehr als knapp sind?

Während weite Kreise der gesetzteren Bevölkerung schon heute zu Hamsterkäufen bei Kreuzworträtseln neigen, herrscht bei Jüngeren noch Unklarheit, auf welche Art des Untergangs man sich wie einstellen soll. Hier verweisen Experten auf die divergenten Bedürfnisse individueller Katastrophentypen; sachkundige Berater helfen zunehmend bundesweit, ein maßgeschneidertes Konzept zu erstellen. Baut etwa der Nachbar bereits einen Bunker, reicht es, einen Tunnel dahin zu graben, um im entscheidenden Moment schneller drin zu sein. Übereinstimmend wird jedoch empfohlen, sich eine neue Klimaanlage zuzulegen und, wenn's dann doch zu tropisch wird, überreichlich kühle Cocktails einzupfeifen.

Aber was auch immer man da vorzieht: Vom Aussterben der Menschheit werden sehr viele Leute betroffen sein. Um die meisten ist es zweifellos nicht schade. Für die anderen gilt es, Ausweichplaneten im All zu besiedeln. Stephen Hawking empfiehlt den Mars oder den Jupitermond Titan, der nach dem Aufbau einer Vegetation und der Versklavung der Titanen mit Mutter Erde vergleichbar wäre, wenn auch bedeutend kleiner. Der Platz wird aber reichen, da im Grunde nur drei Menschenpärchen eine neue Heimat finden müssen: ein heterosexuelles, ein schwules und ein lesbisches. Voraussetzung all dessen ist nach Hawking aber eine rasche raumfahrttechnologische Entwicklung. Nicht auszudenken, wenn das Grüppchen dann in der Tat erfolgreich landet, aber feststellt, daß die schönsten Altbauten schon längst von Außerirdischen gemietet sind!

So sieht's aus. Und wer all dies für Folgen der Panikmache eines kranken Körpers hält, der ist selber nicht ganz dicht. Denn Weltuntergänge sind etwas völlig Normales und kommen in der Geschichte des Alls fast täglich vor – bloß nimmt von den meisten niemand Notiz. Ärgerlich allerdings wird es, wenn so was einem selbst passiert. Und deswegen geschieht diese Panikmache völlig zu Recht. □

Verena Lindinger